Will Grayson, Will Grayson

JOHN GREEN y DAVID LEVITHAN

John Green nació en Indianápolis en 1977, y se graduó en Lengua y Literatura Inglesa y Teología de Kenyon College. Tras iniciar su carrera en el mundo editorial como crítico y editor, ha sido galardonado con el premio de honor Printz y el premio Edgar por sus diversas novelas. Con su última novela, *Bajo la misma estrella*, ha demostrado su capacidad para emocionar a lectores de todas las edades y se ha convertido en uno de los autores más vendidos del mundo.

David Levithan nació en Nueva Jersey en 1972 y se graduó en Lengua Inglesa y Ciencia Política de Brown University. Es director editorial en Scholastic Press, compañía en la que trabaja desde 1991. Su más reciente novela, *Two Boys Kissing*, ganó el premio literario Lambda en la categoría infantil/juvenil. David vive en Hoboken, New Jersey, y es profesor en The New School en Nueva York.

Will Grayson, Will Grayson

Will Grayson, Will Grayson

JOHN GREEN y DAVID LEVITHAN

Traducción de Noemí Sobregués

VINTAGE ESPAÑOL
Una división de Penguin Random House LLC
Nueva York

Para David Leventhal
(por estar tan cerca)
D. L.

Para Tobias Huisman
J. G.

capítulo uno

Cuando era pequeño, mi padre solía decirme: «Will, puedes elegir a tus amigos, y puedes meterte el dedo en la nariz, pero no puedes meter el dedo en la nariz de tus amigos». A mis ocho años, me pareció una observación bastante aguda, pero resulta que es incorrecta en varios aspectos. Para empezar, no puedes elegir a tus amigos, porque, de haber podido, nunca habría acabado con Tiny Cooper.

Tiny Cooper no es la persona más gay del mundo, y no es la persona más gorda del mundo, pero creo que podría ser la persona más gorda del mundo que es muy muy gay, y también la persona más gay del mundo que es muy muy gorda. Tiny ha sido mi mejor amigo desde quinto, menos todo el semestre pasado, cuando se dedicó a descubrir el verdadero alcance de su homosexualidad, y yo me dediqué a tener un Grupo de Amigos de verdad por primera vez en mi vida, lo que provocó que dejara de hablarme por dos faltas leves:

1. Después de que un miembro del comité del instituto se enfadara con los gays en el vestuario, defendí el derecho de Tiny Cooper a ser tanto enorme (y, por ello, el mejor

atacante de nuestra mierda de equipo de fútbol americano) como gay en una carta al periódico del instituto
que hice la tontería de firmar.

2. Un tipo de mi Grupo de Amigos llamado Clint se puso
   a hablar de la carta durante la comida, y mientras hablaba me llamó zorra chillona, y como yo no entendía qué
   quería decir exactamente zorra chillona, le pregunté:
   «¿Qué quieres decir?». Volvió a llamarme zorra chillona,
   y en ese punto le dije a Clint que se fuera a tomar por
   culo, cogí mi bandeja y me marché.

Así que supongo que, en sentido estricto, fui yo el que dejó
el Grupo de Amigos, aunque pareciera lo contrario. La verdad es
que daba la impresión de que no caía bien a ninguno de ellos,
pero estaban ahí, que ya era algo. Y ahora no están, de modo
que me he quedado totalmente privado de vida social.

Sin contar a Tiny, claro. Y supongo que tengo que contarlo.

El caso es que unas semanas después de las vacaciones de Na-
vidad, estoy sentado en mi sitio en la clase de cálculo cuando
Tiny entra tan tranquilo, con una camiseta de deporte metida
en los pantalones, aunque hace tiempo que ha terminado la
temporada de fútbol. Cada día, Tiny consigue meterse milagrosamente en el pupitre de al lado del mío en la clase de
cálculo, y cada día me sorprende que lo consiga.

Así que Tiny se apretuja en su pupitre, yo me sorprendo,
como no puede ser de otra manera, y entonces se gira hacia mí
y me susurra en voz alta, porque en el fondo quiere que los
demás lo oigan:

—Me he enamorado.

Pongo los ojos en blanco, porque Tiny se enamora de algún pobre chico cada hora en punto. Todos son iguales: delgados, sudorosos y bronceados, y esto último es abominable, porque en Chicago, en el mes de febrero, todos los bronceados son artificiales, y los chicos con bronceado artificial (me da igual que sean gays) son ridículos.

—Eres un cínico —me dice Tiny haciendo un gesto de desdén con la mano.

—No soy cínico, Tiny —le contesto—. Soy práctico.

—Eres un robot —replica.

Tiny cree que soy incapaz de sentir lo que los seres humanos llaman emociones porque no he llorado desde que cumplí siete años, cuando vi la película *Todos los perros van al cielo*. Supongo que por el título debería haber sabido que no tendría un final feliz, pero en mi defensa debo decir que tenía siete años. En cualquier caso, desde entonces no he llorado. La verdad es que no entiendo qué sentido tiene llorar. Además, creo que llorar es casi (aparte de que se mueran familiares o amigos y cosas así) totalmente evitable si sigues dos reglas muy sencillas: 1) no dar demasiada importancia, y 2) callarte. Todas las desgracias que me han sucedido en la vida han sido consecuencia de no haber cumplido una de estas dos reglas.

—Sé que el amor es real porque lo siento —me dice Tiny.

Al parecer la clase ha empezado sin que nos hayamos enterado, porque el señor Applebaum, que presuntamente nos enseña cálculo, aunque lo que sobre todo me enseña es a soportar estoicamente el dolor y el sufrimiento, dice:

—¿Qué es lo que sientes, Tiny?

—¡Amor! —le contesta Tiny—. Siento amor.

Y todo el mundo se gira y se ríe o se queja, y como estoy sentado a su lado y es mi mejor y único amigo, también se ríen y se quejan de mí, que es precisamente la razón por la que no elegiría a Tiny Cooper como amigo. Llama demasiado la atención. Además, es patológicamente incapaz de seguir cualquiera de mis dos reglas. Va tranquilamente por ahí, haciendo sus excentricidades y hablando por los codos, y luego se queda perplejo cuando le cae la mierda encima. Y, por supuesto, por pura proximidad, eso implica que me caiga la mierda encima a mí también.

Después de clase, estoy mirando fijamente mi taquilla y preguntándome cómo he podido dejarme *La letra escarlata* en casa cuando llega Tiny con sus amigos de la Alianza Gay-Hetero: Gary (que es gay) y Jane (que quizá lo es y quizá no, nunca se lo he preguntado).

—Parece que todo el mundo cree que he declarado mi amor por ti en la clase de cálculo —me dice Tiny—. ¿Yo enamorado de Will Grayson? ¿No es la gilipollez más grande que has oído en tu vida?

—Genial —le contesto.

—Son imbéciles —añade Tiny—. Como si enamorarse tuviera algo de malo.

Gary suelta un gruñido. Si pudiera elegirse a los amigos, me plantearía elegir a Gary. Tiny se hizo amigo de Gary, Jane y el novio de Gary, Nick, al unirse a la AGH, cuando yo era miembro numerario del Grupo de Amigos. Apenas conozco a Gary, porque solo hace un par de semanas que vuelvo a tener contacto con Tiny, pero parece el más normal de todos los amigos que Tiny ha tenido en su vida.

—Una cosa es estar enamorado y otra muy distinta proclamarlo en clase de cálculo —puntualiza Gary.

Tiny empieza a hablar, pero Gary lo corta.

—Mira, no me malinterpretes. Tienes todo el derecho del mundo a estar enamorado de Zach.

—Billy —dice Tiny.

—Espera, ¿qué ha pasado con Zach? —le pregunto.

Porque habría jurado que Tiny estaba enamorado de Zach en la clase de cálculo. Pero desde su proclamación han pasado cuarenta y siete minutos, así que quizá está acelerando el ritmo. Tiny ha tenido unos 3.900 novios, la mitad de ellos solo por internet.

Gary, que parece tan desconcertado por la aparición de Billy como yo, se acerca a las taquillas y golpea suavemente la cabeza contra el metal.

—Tiny, que seas una puta que se enrolla con todo dios no es bueno para la causa.

Miro a Tiny y le digo:

—¿Podemos acallar los rumores de nuestro amor? Perjudica mis posibilidades con las damas.

—Llamarlas «las damas» tampoco ayuda mucho —me dice Jane.

Tiny se ríe.

—En serio —insisto—. Siempre acabo pringando.

Tiny me mira por una vez serio y asiente.

—Aunque que conste que podrías haberlo hecho peor —dice Gary.

—Y lo ha hecho —comento.

Tiny se planta en medio del pasillo haciendo una pirueta de ballet y grita riéndose:

—Querido mundo, Will Grayson no me pone. Pero debéis saber algo más sobre Will Grayson. —Y empieza a cantar como un enorme barítono de Broadway—: *¡No puedo vivir sin él!*

La gente se ríe, grita y aplaude mientras Tiny sigue con su serenata y yo me marcho a clase de lengua. El camino es largo, y se hace todavía más largo cuando alguien te detiene para preguntarte qué tal sienta que te sodomice Tiny Cooper, y cómo logras encontrar «la minipolla gay» de Tiny Cooper debajo de su barrigón. Reacciono como siempre, bajando la mirada y acelerando el paso. Sé que lo dicen en broma. Sé que conocer a alguien consiste en parte en ser cruel con él, o algo así. Tiny siempre tiene una respuesta brillante, como: «Para ser alguien que teóricamente no me desea, parece que dedicas mucho tiempo a pensar y hablar de mi pene». Quizá a Tiny le funciona, pero a mí no. Lo que me funciona es callarme. Lo que me funciona es seguir las reglas. Así que me callo, no le doy importancia, continúo andando y enseguida acaba.

La última vez que dije algo digno de mención fue cuando escribí la puñetera carta al director sobre el puñetero Tiny Cooper y su puñetero derecho a ser una puñetera estrella de nuestro espantoso equipo de fútbol americano. No lamento lo más mínimo haber escrito aquella carta, pero sí haberla firmado. Firmarla fue una clara violación de la regla de callarse, y ya vemos a lo que me ha llevado: a estar solo un martes por la tarde, mirándome las Converse negras.

Por la noche, no mucho después de que haya pedido pizzas para mí y para mis padres, que a esas horas están todavía, como

14

siempre, en el hospital, Tiny Cooper me llama y me suelta en voz baja y muy deprisa:

—Dicen que Neutral Milk Hotel toca esta noche en el Escondite, no lo han anunciado, nadie lo sabe, mierda, Grayson, ¡mierda!

—¡Mierda! —grito.

Una cosa es cierta: cada vez que sucede algo increíble, Tiny es el primero en enterarse.

Aunque no suelo ser muy dado al entusiasmo, Neutral Milk Hotel me cambió la vida. En 1998 sacaron un álbum absolutamente fantástico llamado *In the Aeroplane Over the Sea*, y desde entonces no se sabía nada de ellos, supuestamente porque el cantante vive en una cueva en Nueva Zelanda. Pero en cualquier caso es un genio.

—¿A qué hora?

—No lo sé. Solo lo he oído. Voy a llamar también a Jane. Le gustan casi tanto como a ti. Vale, pues ya. Ya. Vamos al Escondite ahora mismo.

—Voy para allí —contesto abriendo la puerta del garaje.

Llamo a mi madre desde el coche y le cuento que Neutral Milk Hotel toca en el Escondite.

—¿Quién? ¿Qué? ¿Estás jugando al escondite? —me pregunta.

Tarareo un par de compases de una de sus canciones y mi madre dice:

—Ah, he oído esa canción. Está en la selección que me hiciste.

—Exacto —le contesto.

—Bueno, tienes que estar en casa a las once —me dice.

—Mamá, es un acontecimiento histórico. La historia no tiene toque de queda —replico.

—A las once —insiste.

—Vale. Joder —le digo.

Y tiene que irse a extirpar un cáncer.

Tiny Cooper vive en una mansión con los padres más ricos del mundo. Creo que ninguno de los dos trabaja, pero son tan asquerosamente ricos que Tiny Cooper ni siquiera vive en la mansión. Vive solo en la cochera. El muy capullo tiene tres dormitorios y un frigorífico en el que siempre hay cerveza, y sus padres nunca le molestan, así que podemos pasarnos todo el día allí, jugar con videojuegos y beber cerveza, pero resulta que Tiny odia los videojuegos y yo odio la cerveza, de modo que lo que solemos hacer es jugar a los dardos (tiene una diana), escuchar música, charlar y estudiar. Empiezo a decir la T de Tiny cuando sale de su habitación corriendo, con un mocasín negro de piel puesto y el otro en la mano.

—Vamos, Grayson, vamos, vamos —me dice.

Y de camino todo va perfectamente. En la carretera Sheridan no hay mucho tráfico, tomo las curvas como si estuviera en las 500 Millas de Indianápolis, escuchamos mi canción favorita de NMH, «Holland, 1945», nos metemos en la Lake Shore Drive, las olas del lago Michigan rompen contra las rocas, llevamos las ventanillas del coche entreabiertas para que no se empañen los cristales, entra en tromba el sucio y tonificante aire frío, y me encanta el olor de Chicago. Chicago es el agua salobre del lago, el hollín, el sudor y la grasa, y me encanta, y me encanta esta canción, y Tiny dice «Me encanta esta canción», y se ha quitado la gorra para despeinarse a conciencia, lo que me lleva a pensar que, igual que yo voy a ver a Neutral Milk Hotel, ellos van a verme a mí, así que me miro en el retrovisor. Me parece que tengo la cara demasiado cuadrada, y los ojos demasiado grandes, como si estuviera permanentemente sorprendido, pero ninguno de mis defectos tiene arreglo.

El Escondite es un antro de tablas de madera encajonado entre una fábrica y un edificio del Ministerio de Transporte. No es como para alardear, pero en la puerta hay cola, aunque solo son las siete, de modo que me apiño en la fila con Tiny hasta que aparecen Gary y la quizá homosexual Jane.

Jane lleva una camiseta de cuello de pico, con «Neutral Milk Hotel» escrito a mano, y encima un abrigo abierto. Como Jane entró en la vida de Tiny en la época en la que yo salí, apenas nos conocemos. Aun así, diría que ahora mismo es la cuarta persona de mi lista de mejores amigos, y parece que tiene buen gusto en cuanto a música.

Estoy esperando a la puerta del Escondite, con un frío que me hace fruncir el entrecejo, cuando Jane me saluda sin mirarme y le devuelvo el saludo.

—Este grupo es buenísimo —me dice.

—Lo sé —le contesto.

Creo que es la conversación más larga que he mantenido con Jane. Doy varias patadas a la gravilla del suelo, observo una minúscula nube de polvo que me envuelve el pie y le digo a Jane que me gusta mucho «Holland, 1945».

—A mí me gustan sus temas más complejos, los polifónicos y ruidosos —me dice.

Me limito a asentir con la esperanza de que parezca que sé lo que significa «polifónico».

Uno de los problemas de Tiny Cooper es que no puedes susurrarle al oído, ni siquiera si eres razonablemente alto, como yo, porque el capullo mide dos metros, así que tienes que dar un golpecito en su hombro de gigante y mover la cabeza para que entienda que quieres susurrarle al oído. Entonces se agacha y le dices:

—Oye, ¿Jane es la parte gay o la parte hetero de la Alianza Gay-Hetero?

Tiny acerca la boca a mi oído.

—No lo sé. Creo que salió con un tío el primer año de instituto —me susurra.

Puntualizo que él salió con unas 11.542 chicas el primer año de instituto, y Tiny Cooper me pega un puñetazo en el brazo que para él es de broma, pero que en realidad me destroza el sistema nervioso.

Gary está frotando los brazos de Jane de arriba abajo para que entre en calor cuando por fin empieza a moverse la cola. Unos cinco segundos después vemos a un chico que parece desconsolado, un chico bajito, rubio y bronceado, exactamente como le gustan a Tiny.

—¿Qué te pasa? —le pregunta.

—Es solo para mayores de veintiún años —le contesta el chico.

—Eres… eres una zorra chillona —le digo a Tiny tartamudeando.

Sigo sin saber lo que significa exactamente, pero me parece apropiado.

Tiny Cooper arruga los labios y frunce el entrecejo. Se vuelve hacia Jane.

—¿Tienes carnet falso?

Jane asiente.

—Yo también —contesta Gary.

Tenso los puños y aprieto la mandíbula. Quiero gritar, pero digo:

—Perfecto, pues me vuelvo a casa.

Yo no tengo un carnet falso.

Pero enseguida Tiny dice muy tranquilo:

—Gary, pégame en la cara con todas tus fuerzas mientras esté enseñando el carnet, y tú, Grayson, entras por detrás de mí, como si fueras del garito.

Nadie dice nada por un momento, hasta que Gary comenta en voz demasiado alta:

—Uf, la verdad es que no sé pegar.

Nos acercamos al segurata, que lleva un gran tatuaje en el cráneo rapado.

—Sí que sabes. Pégame fuerte —murmura Tiny.

Me quedo un poco atrás, observando. Jane le da el carnet al segurata, que le echa un vistazo, la mira y se lo devuelve. Le toca a Tiny. Respiro varias veces muy deprisa, porque una vez leí que las personas con mucho oxígeno en la sangre parecen más tranquilas, y después observo a Gary poniéndose de puntillas, echando el brazo hacia atrás y pegándole a Tiny un puñetazo en el ojo derecho. La cabeza de Tiny retrocede.

—¡Ay, joder, ay, ay, mierda, mi mano! —grita Gary.

El segurata salta para sujetar a Gary, Tiny Cooper se gira para impedir que el segurata me vea y, mientras se va girando, entro en el bar como si Tiny Cooper fuera mi puerta giratoria particular.

Una vez dentro, miro hacia atrás y veo al segurata sujetando por los hombros a Gary, que se mira la mano y hace muecas. Entonces Tiny apoya una mano en el segurata y le dice:

—Tío, solo estábamos haciendo el tonto. Pero buen golpe, Dwight.

Tardo un minuto en entender que Gary es Dwight. O Dwight es Gary.

—Te ha pegado un buen hostión en el ojo —dice el segurata.

—Me lo debía —le contesta Tiny.

Y Tiny le cuenta al segurata que Gary/Dwight y él juegan en el equipo de fútbol americano de la Universidad DePaul, y que hace un rato, en la sala de pesas, ha mirado mal a su compañero. El segurata dice que jugó en la línea ofensiva cuando iba al instituto, y de pronto charlan tranquilamente mientras el segurata echa un vistazo al extraordinariamente falso carnet de Gary, y enseguida los cuatro estamos dentro del Escondite, a solas con Natural Milk Hotel y un centenar de extraños.

La marea de gente que rodea la barra se abre, Tiny consigue un par de cervezas y me ofrece una. La rechazo.

—¿Por qué Dwight? —le pregunto.

—Según el carnet, se llama Dwight David Eisenhower IV —me contesta Tiny.

—¿Y de dónde leches habéis sacado los carnets falsos? —le pregunto.

—Hay sitios —me contesta Tiny.

Decido conseguir uno.

—Pensándolo mejor, tomaré una cerveza —le digo, sobre todo por tener algo en la mano.

Tiny me pasa la que se había empezado a beber y me abro camino hacia el escenario sin Tiny, sin Gary y sin la quizá homosexual Jane. Solo yo ante el escenario, que apenas se eleva medio metro, así que si el cantante de Neutral Milk Hotel es especialmente bajo (pongamos un metro veinte), enseguida podré mirarlo directamente a los ojos. Otras personas se acercan al escenario, y la zona no tarda en abarrotarse. He venido otras veces a ver espectáculos para todos los públicos, pero no tenían nada que ver. La cerveza, que ni me he bebido ni pienso beberme, me suda en la mano, y estoy rodeado de extraños llenos de piercings y tatuajes. Ahora mismo, hasta el último mono del Escondite es más guay que cualquiera del Grupo de Amigos. Esta gente no piensa que me pasa algo, ni siquiera me miran. Dan por sentado que soy uno de ellos, lo que me parece la cima de mi carrera en el instituto. Aquí estoy, en una velada para mayores de veintiún años en el mejor bar de la segunda ciudad de Estados Unidos, preparándome para formar parte de las doscientas personas que verán el concierto que reunirá al mejor grupo poco conocido de la última década.

Cuatro tipos salen al escenario, y aunque no se parecen demasiado a los miembros de Neutral Milk Hotel, me digo que no importa, que solo he visto fotos en internet. Pero empiezan a tocar. No sé cómo describir la música de este grupo, aparte de decir que suena como cien mil ratas hundiéndose en un mar hirviendo. Y el tipo empieza a cantar.

Ella me quería, yeah,
pero ahora me odia.
Ella se enrollaba conmigo, colega,
pero ahora sale
con otros tíos,
con otros tíos.

Salvo que hubiera sufrido una lobotomía prefrontal, es absolutamente imposible que al cantante de Neutral Milk Hotel se le pasara por la cabeza esta letra, por no hablar de que la escribiera y la cantara. Entonces me doy cuenta de que he conducido hasta aquí, he esperado fuera, en la gris frialdad, y quizá he provocado que Gary se rompiera los huesos de la mano para escuchar a un grupo que está claro que no es Neutral Milk Hotel. Y, aunque no veo a Tiny entre la multitud de silenciosos y estupefactos fans de NMH que me rodea, grito: «¡Me cago en ti, Tiny Cooper!».

Al final de la canción, mis sospechas se confirman cuando el cantante dice a un público en absoluto silencio: «¡Gracias! Muchas gracias. NMH no ha podido venir, pero somos Ashland Avenue y estamos aquí para hacer rock». «No —pienso—. Sois Ashland Avenue y estáis aquí para hacer mierda.» Alguien me da un golpecito en el hombro, me giro y veo a una chica que está increíblemente buena, de unos veintipico años, con un piercing debajo del labio inferior, pelo rojo y botas hasta las rodillas.

—Pensábamos que tocaría Neutral Milk Hotel... —me dice con tono interrogante.

—Yo... —tartamudeo un segundo, y luego continúo—: también. Yo también he venido por ellos.

La chica se inclina hacia mi oreja para gritar por encima de la atonal y arrítmica afrenta a la decencia que es Ashland Avenue.

—Ashland Avenue no es Neutral Milk Hotel.

Por alguna razón, el hecho de que la sala esté llena, o de que la desconocida sea una desconocida, me vuelve parlanchín, así que le contesto, también a gritos:

—Ashland Avenue es lo que ponen a los terroristas para que confiesen.

La chica sonríe, y de repente me doy cuenta de que es consciente de nuestra diferencia de edad. Me pregunta dónde estudio.

—Evanston —le contesto.

—¿Instituto? —me pregunta.

—Sí —le contesto—, pero no se lo digas al camarero.

—Me siento como una auténtica asaltacunas —me dice.

—¿Por qué? —le pregunto.

Se ríe. Sé que en realidad no le intereso, pero aun así me siento ligeramente guay.

En ese momento una enorme mano se apoya en mi hombro, giro la cabeza y veo el anillo de graduación de la enseñanza básica que Tiny lleva en el meñique desde octavo, así que inmediatamente sé que es él. Y pensar que hay idiotas que aseguran que los gays tienen buen gusto…

Me giro y veo a Tiny con lágrimas en los ojos. En una lágrima de Tiny Cooper podría ahogarse un gato. Articulo con los labios «¿QUÉ PASA?», porque Ashland Avenue está haciendo mierda a demasiado volumen para que me oiga, y Tiny me da su teléfono y se marcha. Veo una actualización de estado ampliada en el perfil de Facebook de Tiny.

Zach: cuanto mas lo pienso mas pienso pq acavar con una gran amistad? sigo pensando que tiny es jenial.

Me abro camino entre un par de personas hasta Tiny, le tiro del hombro y le grito al oído:

—QUÉ MAL ROLLO.

—ME HA DEJADO ACTUALIZANDO SU ESTADO —me contesta.

—SÍ, YA LO HE VISTO —le digo—. AL MENOS PO-DRÍA HABERTE MANDADO UN MENSAJE, O UN E-MAIL, O UNA PALOMA MENSAJERA.

—¿QUÉ VOY A HACER? —me grita Tiny al oído.

Quiero decirle: «Con un poco de suerte, buscarte a un tío que sepa que genial se escribe con ge», pero me encojo de hombros, apoyo la mano en su espalda y lo empujo en direc-ción a la barra para alejarnos de Ashland Avenue.

Sin embargo, resulta ser un error. Justo antes de llegar a la barra, veo a la quizá homosexual Jane junto a una mesa alta. Me dice que Gary se ha marchado muy enfadado.

—Parece que todo ha sido una maniobra publicitaria de Ashland Avenue —me dice.

—Pero ningún fan de NMH escucharía esta chorrada —le digo.

Jane me mira con mala cara y los ojos muy abiertos.

—El guitarrista es mi hermano —me dice.

—Vaya, lo siento, colega —le digo sintiéndome un perfec-to gilipollas.

—Es coña, joder —me contesta—. Si fuera mi hermano, re-negaría de él.

En algún momento de nuestra conversación de cuatro segundos he perdido la pista a Tiny, lo cual no es tarea fácil, así que le cuento a Jane que han dejado a Tiny por el muro del Facebook, y todavía está riéndose cuando Tiny aparece por nuestra mesa con una bandeja con seis chupitos de un líquido verdoso.

—No bebo alcohol —le recuerdo a Tiny.

Tiny asiente y empuja un chupito hacia Jane, que niega con la cabeza.

Tiny se bebe un chupito, hace una mueca y exhala.

—Sabe como la polla del demonio en llamas —dice Tiny empujando otro chupito hacia mí.

—Suena exquisito —le contesto—, pero paso.

—¿Cómo puede —grita Tiny, y se bebe otro chupito— dejarme… —Otro chupito— por el FACEBOOK cuando le he dicho que lo QUIERO? —Y otro—. ¿Qué mierda de mundo es este? —Otro—. Lo quiero de verdad, Grayson. Sé que piensas que soy gilipollas, pero supe que lo quería en cuanto nos besamos. Mierda. ¿Qué voy a hacer?

Y reprime un sollozo con el último chupito.

Jane me tira de la manga y se inclina hacia mí. Siento su cálido aliento en el cuello.

—Vamos a tener un grave problema cuando los chupitos empiecen a hacerle efecto.

Decido que Jane tiene razón, y encima Ashland Avenue es horroroso, así que tenemos que largarnos del Escondite cuanto antes.

Me vuelvo para decirle a Tiny que es hora de marcharnos, pero ha desaparecido. Miro a Jane, que observa la barra con expresión muy preocupada. Enseguida vuelve Tiny Cooper, esta vez con solo dos chupitos, gracias a Dios.

—Bebe conmigo —me dice.

Niego con la cabeza, pero Jane me da un golpecito en la espalda y entiendo que tengo que sacrificarme por Tiny. Me meto la mano en el bolsillo y le paso a Jane las llaves de mi coche. La única manera segura de impedir que se beba el resto del brebaje verde plutonio es que yo me tome un chupito, así que lo cojo.

—Ay, en fin, Grayson, que le den por culo —suelta Tiny—. Que den por culo a todo el mundo.

—Brindo por eso —le digo.

Me bebo el chupito, que me impacta en la lengua como un cóctel Molotov ardiendo, con cristal y todo. Escupo sin querer todo el chupito en la camisa de Tiny Cooper.

—Un Jackson Pollock monocromo —dice Jane, y dirigiéndose a Tiny—: Tenemos que marcharnos. Este grupo es como una endodoncia sin anestesia.

Jane y yo salimos juntos, suponiendo (y resulta ser correcto) que Tiny, con mi chupito de lluvia radiactiva en la camisa, nos seguirá. Como no he llegado a beberme el brebaje alcohólico que Tiny me había dado, Jane me lanza las llaves por los aires. Las cojo y me siento al volante cuando Jane ya se ha metido en el asiento de atrás. Tiny se deja caer en el asiento del copiloto. Arranco el coche, y mi cita con la monumental decepción auditiva llega a su fin. Pero apenas lo pienso de camino a casa, porque Tiny sigue hablando de Zach. Es lo que pasa con Tiny, que sus problemas son tan grandes que los tuyos quedan ocultos detrás.

—¿Cómo es posible equivocarse tanto? —pregunta Tiny por encima de los ruidosos gritos de la canción de NMH favorita de Jane (y la que menos me gusta a mí).

Circulo por la Lake Shore y oigo a Jane cantando en el asiento de atrás, un poco desafinada, pero mejor de lo que lo haría yo si cantara en público, cosa que no hago debido a la regla de callarme.

—Si no puedes creer en tu instinto, ¿en qué vas a creer? —dice Tiny.

—Puedes creer en que dar importancia suele acabar mal —le contesto.

Y es verdad. Dar importancia no te hunde en la miseria algunas veces. Te hunde en la miseria siempre.

—Me han roto el corazón —dice Tiny.

Como si nunca le hubiera pasado, como si nunca le hubiera pasado a nadie. Y quizá ese es el problema, quizá a Tiny cada ruptura le parece tan radicalmente nueva que, de alguna manera, nunca le ha sucedido antes.

—Y no me estás ayudando —añade.

Y entonces me doy cuenta de que le cuesta articular las palabras. Diez minutos para llegar a su casa si no pillamos tráfico, y directo a la cama.

Pero no puedo conducir a la velocidad a la que Tiny se descompone. Cuando salgo de la Lake Shore (seis minutos exactos), arrastra las palabras y berrea, dale que te pego al Facebook, la muerte de la educación y lo que sea. Jane apoya las manos, con las uñas pintadas de negro, en los enormes hombros de Tiny, que no deja de llorar. Pillamos todos los semáforos en verde mientras la Sheridan se extiende lentamente ante nosotros, y el chupito y las lágrimas se mezclan hasta que la camiseta de Tiny es un desastre húmedo.

—¿Cuánto falta? —me pregunta Jane.

—Vive cerca del centro —le contesto.

—Joder. Tranquilo, Tiny. Solo necesitas dormir, nene. Mañana lo verás todo un poco mejor.

Al final giro en un callejón y avanzo por los baches hasta que llegamos a la cochera de Tiny. Salto del coche y tiro mi asiento hacia delante para que Jane pueda salir. Damos la vuelta hasta el asiento del copiloto. Jane abre la puerta, alarga el brazo hasta Tiny y, gracias a un milagro de destreza, consigue desabrocharle el cinturón de seguridad.

—Muy bien, Tiny. Ha llegado la hora de que te vayas a la cama —le dice.

—Soy tonto —dice Tiny.

Y suelta un sollozo que seguramente queda registrado en la escala Richter de Kansas. Pero se levanta y va dando tumbos hasta la puerta de atrás. Lo sigo para asegurarme de que llega bien a la cama, lo que resulta ser una buena idea, porque no llega bien a la cama.

Cuando ha dado unos tres pasos en la sala de estar, se para en seco. Se gira y me mira entrecerrando los ojos, como si nunca me hubiera visto y no entendiera por qué estoy en su casa. Se quita la camisa. Sigue mirándome perplejo y me dice con un tono totalmente sobrio:

—Grayson, tiene que pasar algo.

—¿Cómo? —le pregunto.

—Porque si no, ¿qué pasa si acabamos como todos los del Escondite?

Y estoy a punto de volver a decir «¿cómo?», porque esa gente era mucho más guay que nuestros compañeros de clase y mucho más guay que nosotros, pero de repente entiendo lo que quiere decir. Quiere decir: ¿qué pasa si nos hacemos viejos esperando a un grupo que no va a volver? Observo a Tiny con la mirada perdida, puesta en mí, balanceándose adelante y atrás como un rascacielos al viento. Y entonces se cae de bruces.

—Oh, chico —dice Jane detrás de mí.

Y en ese momento me doy cuenta de que Jane está aquí. Tiny, con la cara pegada a la alfombra, ha empezado a llorar de nuevo. Miro un buen rato a Jane, y poco a poco se le dibuja una sonrisa. Al sonreír le cambia toda la cara. Nunca había visto ni me había fijado en esa sonrisa que levanta las cejas, muestra los dientes perfectos y arruga los ojos. De repente está tan guapa que casi parece un truco de magia, pero eso no quiere decir que me guste. No quisiera parecer gilipollas, pero Jane no es mi tipo. Tiene el pelo rizado, hecho un desastre, y casi siempre se junta con tíos. Mi tipo es un poco más femenino. Y, sinceramente, ni siquiera me gusta tanto mi tipo de chica, por no hablar de otros tipos. No es que sea asexuado. Es solo que no soporto los dramas románticos.

—Vamos a meterlo en la cama —dice Jane por fin—. Que sus padres no lo encuentren así mañana.

Me arrodillo y le digo a Tiny que se levante, pero sigue llorando sin parar, de modo que al final Jane y yo nos colocamos a su izquierda y lo giramos hasta situarlo boca arriba. Paso por encima de él, me agacho y lo sujeto con fuerza por la axila. Jane hace lo mismo en el otro lado.

—Uno —dice Jane.

—Dos —digo yo.

—Tres —dice ella.

Y gruñe. Pero no pasa nada. Jane es bajita. Veo su corto brazo flexionando los músculos. Y como tampoco yo puedo levantar mi mitad de Tiny, decidimos dejarlo ahí. Cuando Jane tapa a Tiny con una manta y le pone una almohada debajo de la cabeza, ya está roncando.

Estamos a punto de marcharnos cuando a Tiny se le acumulan los mocos y empieza a hacer unos ruidos horribles que parecen ronquidos, pero más siniestros y más húmedos. Me inclino hasta su cara y veo que inhala y exhala los asquerosos y burbujeantes hilos de mocos de sus últimas lloreras. Tiene tantos mocos que temo que se ahogue.

—Tiny —le digo—, tienes que sacarte los mocos de la nariz, tío. —Pero como no se mueve, me acerco a su tímpano y grito—: ¡Tiny!

Nada. Entonces Jane le da una bofetada en la cara, bastante fuerte. Nada. Solo el espantoso ronquido de estar ahogándose en mocos.

Y en ese momento me doy cuenta de que Tiny Cooper no puede meterse el dedo en la nariz, lo que niega la segunda parte del teorema de mi padre. Y poco después, delante de Jane, refuto totalmente el teorema inclinándome y limpiándole los mocos a Tiny. En definitiva: no puedo elegir a mi amigo, él no puede meterse el dedo en la nariz, y yo puedo (no, debo) metérselo en su lugar.

capítulo dos

dudo todo el tiempo entre matarme y matar a todos los que
me rodean.

parecen ser las dos únicas opciones. todo lo demás es una
pérdida de tiempo.

ahora mismo cruzo la cocina en dirección a la puerta de
atrás.

mi madre: desayuna algo.

no desayuno. nunca desayuno. no he desayunado desde que
conseguí salir por la puerta de atrás sin haber desayunado.

mi madre: ¿adónde vas?

al instituto, mamá. podrías esforzarte alguna vez.

mi madre: retírate el pelo de la cara… no se te ven los ojos.

pero, mamá, de eso se trata, joder.

me siento mal por ella. de verdad. me da auténtica pena tener que tener una madre. no debe de ser fácil tener un hijo como yo. nunca se está preparado para semejante decepción.

yo: adiós.

no le digo «que te vaya bien». creo que es una de las mayores gilipolleces que se han inventado nunca. uno no tiene la opción de decir «que te vaya mal», o «que te vaya de pena», o «me importa una mierda cómo te vaya». cada vez que te despides de alguien, se supone que tienes que desearle que le vaya bien. bueno, pues no me lo creo. estoy totalmente en contra.

mi madre: que te vaya…

la puerta se cierra en mitad de la frase, pero ya sé cómo termina. mi madre solía decir «hasta luego» hasta una mañana en que estaba tan harto que le contesté: «hasta nunca».

lo intenta, y por eso es tan patético. me gustaría decirle: «lo siento por ti, de verdad que lo siento», pero decirlo podría dar inicio a una conversación, y una conversación podría dar inicio a una pelea, y entonces me sentiría tan culpable que tendría que marcharme a portland o algo así.

necesito un café.

cada mañana espero que el autocar del instituto se estrelle y que todos nos muramos entre la chatarra en llamas. así mi madre podría denunciar a la empresa del autocar del instituto por no hacer autocares escolares con cinturones de seguridad y podría conseguir más dinero por mi trágica muerte del que jamás conseguiría con mi trágica vida. a menos que los abogados de la empresa del autocar del instituto pudieran demostrar al jurado que no había la menor duda de que yo era un tocapelotas. entonces se limitarían a comprarle a mi madre un ford fiesta de segunda mano y dirían que están en paz.

no es que maura me espere antes de clase, pero sé, y ella sabe, que la buscaré. es una práctica habitual para intercambiar una sonrisa antes de separarnos. es como esas personas que se hacen amigas en la cárcel, aunque en realidad no se hablarían si no estuvieran en la cárcel. algo así somos maura y yo, creo.

yo: dame un trago de café.
maura: cómprate tu puto café.

entonces me pasa su brebaje XXL del dunkin donuts y le doy un gran trago. si pudiera pagarme el café, juro que me lo compraría, pero lo veo así: la vejiga de maura no piensa que soy un gilipollas, aunque lo piensen los demás órganos. así han ido las cosas entre maura y yo desde que recuerdo, es decir, desde hace casi un año. creo que la conocí un poco antes, pero quizá no. en algún momento del año pasado su tristeza se encontró con mi fatalidad, y maura pensó que era una buena combinación. yo no estoy tan seguro, pero al menos consigo café.

ahora llegan derek y simon, y está bien, porque me ahorrará algo de tiempo en la comida.

yo: pásame los deberes de mates.

simon: claro. toma.

un buen amigo.

suena el primer timbre. como todos los timbres de nuestra excelente institución de enseñanza básica, no es un timbre, sino un largo pitido, como si estuvieras a punto de dejar un mensaje en un contestador diciendo que llevas el peor día de tu vida. y nadie fuera a escucharlo.

no me explico por qué puede querer alguien ser profesor. es decir, tienes que pasarte el día con un grupo de niños que no pueden ni verte o que te hacen la pelota para sacar buenas notas. eso debe de afectarte después de un tiempo, acabar rodeado de gente a la que nunca caerás bien de verdad. lo sentiría por ellos si no fueran tan sádicos y tan perdedores. en el caso de los sádicos, se trata de poder y control. enseñan, de modo que tienen una razón oficial para dominar a los demás. y prácticamente todos los demás profesores son perdedores, desde los que son tan incompetentes que no hacen nada hasta los que quieren ser los mejores amigos de sus alumnos porque nunca tuvieron amigos cuando iban al instituto. y están también los que creen sinceramente que recordaremos algo de lo que nos cuentan después de los exámenes. bien.

de vez en cuando te toca un profesor como la señora grover, que es una perdedora sádica. bueno, no tiene que ser fácil ser profesor de francés, porque ya nadie necesita saber francés. se dedica a besar el *derrière* de los mejores alumnos, pero le molesta que los chicos normales le hagamos perder el tiempo.

así que reacciona poniéndonos a diario exámenes y trabajos maricas como «planea un viaje a euro disney», y después se hace la sorprendida cuando le digo «sí, mi viaje a euro disney es minnie utilizando una baguette como consolador para divertirse un rato con mickey». como no tengo ni idea de cómo se dice «consolador» en francés (¿*consolateur*?), digo «consolador», finge no entender lo que estoy diciendo, dice que minnie y mickey comiendo baguettes no es un viaje. me pone un insuficiente, por supuesto. sé que se supone que debería importarme, pero la verdad es que me cuesta imaginar algo que me importe menos que mis notas de francés.

lo único que merece la pena de todo lo que hago en esa hora (en realidad en toda la mañana) es escribir «isaac, isaac, isaac» en la libreta, y luego dibujo a spiderman escribiéndolo en una telaraña. y es cutre, pero da igual. no lo hago para ser guay.

me siento a comer con derek y simon. es como si estuviéramos sentados en una sala de espera. decimos algo de vez en cuando, pero básicamente nos quedamos clavados en el asiento. alguna vez leemos revistas. si alguien se acerca, levantamos la mirada. pero no suele pasar.

no hacemos ni caso a la mayoría de los que pasan por nuestro lado, ni siquiera a los que se supone que nos gustan. a derek y a simon no les interesan las chicas. les gustan sobre todo los ordenadores.

derek: ¿creéis que sacarán el software X18 antes del verano?

simon: he leído en un blog que puede ser. sería genial.

yo: toma tus deberes.

miro a los chicos y chicas de las demás mesas y me pregunto qué podrían decirse. se aburren tanto que intentan compensarlo hablando a gritos. prefiero sentarme aquí y comer.

tengo el siguiente ritual: cuando llegan las dos en punto, me permito entusiasmarme con la perspectiva de marcharme. es como si llegara el momento en que puedo tomarme el resto del día libre.

sucede en mates, y maura está sentada a mi lado. en octubre descubrió mi ritual, así que ahora cada día a las dos me pasa un trozo de papel con algo escrito. algo como «felicidades», «¿podemos irnos ya?» o «si esta clase no acaba pronto, voy a darme de cabezazos». sé que debería contestarle, pero normalmente asiento. creo que quiere que salga con ella o algo así, y no sé qué hacer.

en nuestro colegio todo el mundo hace actividades extraescolares.

mi actividad extraescolar es irme a casa.

a veces me paro un rato en el parque, pero no en febrero, no en esta zona de las afueras de Chicago (que los de aquí llaman naperville), porque te cagas de frío. si voy ahora, se me congelarán las pelotas. no es que las utilice para nada, pero prefiero conservarlas, por si acaso.

además tengo mejores cosas que hacer que aguantar a los que han dejado la universidad diciéndome cuándo puedo subirme a la rampa con el skate (en general nunca), y a los skate-punks de nuestro instituto mirándome por encima del hombro porque no soy lo bastante guay para fumar y beber con ellos, y no soy lo bastante guay para ser straightedge. paso de radicalismos, por si les interesa. dejé de intentar formar parte de su rebaño, que niega ser un rebaño, cuando acabé noveno. ni que el skate fuera mi vida.

me gusta tener la casa para mí cuando llego a casa. no tengo que sentirme culpable por no hacer caso a mi madre si no está.

lo primero que hago es ir al ordenador para ver si isaac está conectado. como no lo está, me preparo un sándwich de queso (soy demasiado vago para tostarlo) y me hago una paja. tardo unos diez minutos, aunque no la cronometro.

isaac sigue sin haberse conectado cuando vuelvo. es la única persona de mi buddy list, mi lista de amigotes, un programa de mensajería que no podría tener un nombre más imbécil. ¿es que tenemos tres años?

yo: hola, isaac, ¿quieres ser mi amigote?
isaac: ¡claro, amigote! ¡vámonos de pesca!

isaac sabe que estas cosas me parecen idiotas, y a él le parecen tan idiotas como a mí. como el lol. si hay algo más idiota que las listas de amigotes es el lol. si a alguien se le ocurre utilizar lol conmigo, arranco el ordenador de la pared y se lo aplasto en la cabeza al primero que pase. nadie está riéndose a carcajadas de las cosas a las que ponen lol. creo que debería escribirse loll, lo que hace la lengua de una persona lobotomizada. loll. loll. ya no puedo pensar. loll. ¡loll!

o ttyl, «hablamos luego». cabrón, en realidad no estás hablando. hablar exigiría contacto vocal real. o <3. ¿crees que parece un corazón? si lo crees, es solo porque nunca has visto un escroto.

(¡rofl! ¿cómo? ¿de verdad te has «tirado al suelo de la risa»? bueno, pues quédate un momento en el suelo, por favor, que VOY A PEGARTE UNA PATADA EN EL CULO.)

tuve que decirle a maura que mi madre me había obligado a quitar el programa de mensajería para que dejara de mandarme mensajes cada vez que intentaba hacer algo.

sangregotica4567: q tal?
ultimavoluntad: trabajando.
sangregotica4567: en q?
ultimavoluntad: en mi nota de suicidio. no se me ocurre
    como acabar.
sangregotica4567: lol

así que asesiné mi nick y resucité con otro. isaac es la única persona que lo sabe, y así seguirá siendo.

reviso mi e-mail, y casi todo es spam. me gustaría saber una cosa: ¿hay alguien en el mundo entero que reciba un e-mail de <u>hlyywkrrs@hothotmail.com</u>, lo lea y se diga: «¿sabes?, lo que tengo que hacer es alargarme el pene un 33 %, y la manera de hacerlo será mandar 69,99 dólares a la amable señorita ilena de MÁXIMA VIRILIDAD S.A. por medio de este útil link de internet»? si de verdad hay personas que pican en estas cosas, lo que debería preocuparles no es la polla.

tengo una solicitud de amistad de un desconocido en el facebook; la borro sin mirar el perfil porque no me parece natural. porque la amistad no debería ser algo tan sencillo. es como si pensaran que basta con que te gusten los mismos grupos para ser almas gemelas. o libros. «omg… te gusta the outsiders 2… ¡somos idénticos!» no, no somos idénticos. tenemos el mismo profesor de lengua. no es lo mismo.

son casi las cuatro, y a estas horas isaac suele estar conectado. hago la tontería de ponerme condiciones con los deberes. algo así como «si busco en qué fecha los mayas inventaron los palillos, podré mirar si isaac ya se ha conectado». luego, «si leo tres párrafos más sobre la importancia de la cerámica en las culturas indígenas, podré revisar mi cuenta de yahoo». y por último, «si contesto estas tres preguntas e isaac todavía no se ha conectado, podré hacerme otra paja».

estoy en la mitad de la primera pregunta, una gilipollez sobre por qué las pirámides mayas son mucho más guays que las egipcias, cuando hago trampas, echo un vistazo a mi buddy list y veo el nombre de isaac. estoy a punto de pensar «¿por qué no me ha llamado?» cuando en mi pantalla aparece una ventanita. como si me leyera la mente.

atadopormipadre: estas?
escaladegrises: si!
atadopormipadre: ☺
escaladegrises: ☺ × 100
atadopormipadre: he pensado en ti todo el dia
escaladegrises: ???
atadopormipadre: solo cosas buenas

escaladegrises: que pena ☺

atadopormipadre: depende de lo que consideres alegría ☺☺

así ha sido desde el principio. me siento cómodo. al principio me asustó un poco su nick, pero enseguida me contó que era porque se llamaba isaac, y «alfinalmipadredecidiomatarlacabraenlugardeami» era demasiado largo. me preguntó por mi antiguo nick, ultimavoluntad, y le conté que me llamo will, «voluntad» en inglés, y así empezamos a conocernos. estábamos en uno de esos chats aburridos que cada diez segundos se queda en absoluto silencio hasta que alguien escribe «hay alguien?», y otros escriben «si», «yo» y nada más. se suponía que estábamos en un foro de un cantante que me gustaba, aunque no teníamos demasiado que decir de él aparte de qué canciones eran las mejores. era muy aburrido, pero así conocí a isaac, de modo que supongo que tendremos que contratar al cantante para que cante en nuestra boda. (no tiene ninguna gracia.)

no tardamos en mandarnos fotos y archivos de mp3, y en hablar de que casi todo era una mierda, pero lo irónico era que, mientras hablábamos del tema, el mundo no era tan mierda. menos, por supuesto, al final, cuando teníamos que volver al mundo real.

es injusto que viva en ohio, porque no está tan lejos, pero como ninguno de los dos conduce y a ninguno de los dos se le pasaría por la cabeza decir: «oye, mamá, ¿te apetece cruzar indiana para llevarme a ver a un chico?», estamos atascados.

escaladegrises: estoy estudiando sobre los mayas.

atadopormipadre: angelou?

escaladegrises: ???

atadopormipadre: da igual. nosotros nos saltamos a los mayas. ahora solo estudiamos historia «americana».

escaladegrises: es que los mayas no estaban en america?

atadopormipadre: segun mi instituto, no. **quejido**

escaladegrises: y a quien has estado a punto de asesinar
hoy?

escaladegrises: y con «asesinar» quiero decir «desear que
desaparezca», por si acaso los administradores contro-
lan esta conversacion

atadopormipadre: podrian haber sido once. doce, si cuentas al gato.

escaladegrises: … o la seguridad nacional

escaladegrises: puto gato!

atadopormipadre: puto gato!

no he hablado a nadie de isaac porque a nadie le importa.
me encanta que él sepa de todo el mundo, pero nadie sepa
quién es él. si tuviera amigos reales con los que creyera que
puedo hablar del tema, podría crearme algún conflicto. pero
como ahora mismo bastaría con un coche para llevar a la gente a mi funeral, creo que está bien.

al final isaac tiene que marcharse, porque se supone que no
debería utilizar el ordenador de la tienda de música en la que
trabaja. tengo la suerte de que no parece que vaya mucha gente
a esa tienda y de que el jefe debe de ser camello o algo así, porque siempre deja a isaac solo para ir a «ver a alguien».

me alejo del ordenador y termino los deberes en un momento. luego voy a la sala de estar y pongo *ley y orden*, porque

lo único seguro en la vida es que encienda el televisor cuando lo encienda, siempre habrá un episodio de *ley y orden*. esta vez es el episodio en el que un tipo estrangula a una rubia tras otra, y aunque estoy seguro de que lo he visto ya unas diez veces, lo veo como si no supiera que la guapa periodista con la que está hablando no tardará en tener la cuerda de la cortina alrededor del cuello. no veo esa parte, porque es una auténtica idiotez, pero en cuanto la policía pilla al tipo y empieza el juicio, dicen

abogado: tío, mientras la estrangulaba, la cuerda rozó un trozo microscópico de piel de su mano, la pasamos por el microscopio y descubrimos que está bien jodido.

él piensa que ojalá se hubiera puesto guantes, aunque seguramente los guantes habrían dejado fibras y habría estado bien jodido igual. cuando acaba, ponen otro episodio que creo que no he visto, hasta que un famoso atropella a un niño con su todoterreno, y me digo: ah, es el episodio en el que un famoso atropella a un niño con su todoterreno. lo veo de todas formas, porque no tengo nada mejor que hacer. entonces llega mi madre, me ve aquí y también nosotros nos convertimos en una reposición.

mi madre: ¿qué tal te ha ido el día?
yo: mamá, estoy viendo la tele.
mi madre: ¿estarás listo para cenar en un cuarto de hora?
yo: mamá, ¡estoy viendo la tele!
mi madre: bueno, pon la mesa en los anuncios.
yo: PERFECTO.

no lo entiendo. ¿hay algo más aburrido y patético que poner la mesa para solo dos personas? es decir, con manteles individuales, tenedores de ensalada y todo lo demás. ¿a quién pretende tomar el pelo? daría cualquier cosa por no tener que pasar los próximos veinte minutos sentado frente a ella, porque no es capaz de dejar que el silencio fluya. no, tiene que llenarlo hablando. quiero decirle que para eso están las voces interiores, para recurrir a ellas en los silencios. pero no quiere quedarse con sus pensamientos si no los pronuncia en voz alta.

mi madre: si tengo suerte esta noche, quizá consigamos
    algunos dólares más para el coche.
yo: no tienes que hacerlo.
mi madre: no seas tonto. así tengo un motivo para ir a ju-
    gar al póquer con las chicas.

la verdad es que preferiría que lo dejara correr. se siente peor que yo por el hecho de que no tenga coche. en fin, no soy uno de esos gilipollas que creen que en cuanto cumplen diecisiete años tienen el divino derecho americano a tener un flamante chevrolet en la puerta. sé cuál es nuestra situación, y sé que no le gusta que yo tenga que trabajar los fines de semana en el cvs para pagarnos las cosas que tenemos que comprar en el cvs. que siempre esté triste por eso no me hace sentir mejor. y por supuesto va a jugar al póquer no solo por el dinero. necesita más amigos.

me pregunta si me he tomado las pastillas antes de salir corriendo esta mañana, y le contesto que sí, ¿no estaría ahogándome en la bañera si no me las hubiera tomado? no le gusta mi respuesta, así que le digo «es broma, es broma», y tomo nota mentalmente de que las madres no son el mejor público para el humor farmacológico. decido no comprarle la camiseta de «la mejor madre del mundo de un capullo depresivo» para el día de la madre, como había pensado. (vale, no hay camisetas con esa inscripción, pero si las hubiera, tendrían gatitos metiendo las garras en enchufes.)

lo cierto es que pensar en la depresión me deprime un huevo, así que vuelvo a la sala de estar a seguir viendo *ley y orden*. como isaac no vuelve al ordenador hasta las ocho, espero. maura me llama, pero no tengo fuerzas para contarle nada, aparte de lo que está pasando en *ley y orden*, y odia que lo haga, así que dejo que salte el contestador.

yo: soy will. ¿para qué cojones me llamas? deja un mensaje y quizá te llame. [PIII]

maura: hola, perdedor. estaba tan aburrida que te he llamado. pensaba que, si no estabas haciendo nada, podría ser la madre de tus hijos. bueno, creo que llamaré a joseph para pedirle que lo hagamos en el pesebre y engendremos a otro niño jesús.

cuando me doy cuenta, ya son casi las ocho. pero ni siquiera me preocupa lo bastante como para devolverle la llamada. es lo que pasa entre maura y yo, que no solemos devolvernos las llamadas. lo que hago es ir al ordenador y es como si me convirtiera en una niñita que acaba de ver el arcoíris por primera vez. estoy aturdido, nervioso, esperanzado y desesperado, y me digo a mí mismo que no tengo que mirar obsesivamente el chat, aunque es como si lo proyectaran sobre el interior de mis párpados. a las 8.05 aparece su nombre y empiezo a contar. cuando se abre la ventanita solo he llegado a doce.

atadopormipadre: hola!

escaladegrises: saludos!

atadopormipadre: me alegro mucho de que estes aqui.

escaladegrises: me alegro mucho de estar aqui.

atadopormipadre: el trabajo hoy = aburridisimo! una chica ha intentado robar y ni siquiera he sido sutil. siempre habia sentido cierta simpatia por los que roban en tiendas.

atadopormipadre: pero ahora quiero verlos entre rejas. le he dicho que lo dejara donde estaba y me mira en plan «dejar donde estaba el qué?», hasta que le meto la mano en el bolsillo y saco el disco. y que dice? «oh».

escaladegrises: ni siquiera «perdona»?

atadopormipadre: ni siquiera.

escaladegrises: las tias dan asco.

atadopormipadre: y los tios somos angelitos? ☺

seguimos así casi una hora. ojalá pudiéramos hablar por teléfono, pero sus padres no le dejan tener móvil, y sé que algunas veces mi madre mira el mío cuando estoy en la ducha. pero así está bien. es el único momento del día en que el tiempo merece la pena de verdad.

pasamos nuestros habituales diez minutos despidiéndonos.

atadopormipadre: tengo que irme.

escaladegrises: yo tambien.

atadopormipadre: aunque no quiero.

escaladegrises: yo tampoco.

atadopormipadre: mañana?

escaladegrises: mañana!

atadopormipadre: te deseo.

escaladegrises: yo tambien te deseo.

es peligroso, porque tengo la regla de no permitirme desear nada. de niño, demasiadas veces juntaba las manos o entrecerraba los ojos y esperaba algo con toda mi alma. incluso pensaba que algunos rincones de mi habitación eran mejores que otros para desear. debajo de la cama era perfecto, pero encima de la cama no. el fondo del armario funcionaba, siempre y cuando me colocara sobre las rodillas la caja de zapatos llena de cromos de béisbol. nunca jamás en el escritorio, pero siempre con el cajón de los calcetines abierto. nadie me había dado estas reglas. las descubrí yo solo. pasaba horas organizando un deseo concreto, y cada vez chocaba contra un estrepitoso muro de total indiferencia. tanto por un hámster como porque mi madre dejara de llorar. el cajón de los calcetines estaba abierto, y yo me sentaba detrás del baúl de los juguetes con tres figuras de superhéroes en una mano y un cochecito en la otra. no esperaba que todo fuera mejor. esperaba que una sola cosa fuera mejor. y nunca fue así. así que al final me rendí. me rindo todos los días.

pero no con isaac. a veces me asusta desear que funcione.

esa misma noche recibo un e-mail suyo.

ahora mismo siento que mi vida está totalmente dispersa. como si todo fueran trocitos de papel y alguien encendiera un ventilador. pero hablar contigo hace que sienta como si por un momento hubieran apagado el ventilador. como si las cosas tuvieran sentido realmente. tú acabas con mi dispersión, y te lo agradezco mucho.

DIOS, ESTOY TAN ENAMORADO…

capítulo tres

Durante una semana no pasa nada. No lo digo en sentido figurado, como si hubiera escasez de eventos significativos. Quiero decir que no ocurre nada de nada. Inmovilidad total. Y es una bendición, la verdad.

Levantarse, ducharse, ir a clase, el milagro de Tiny Cooper y el pupitre, mirar lastimeramente en todas las clases el reloj de Aventuras Sobre Ruedas del menú infantil del Burger King, el alivio cuando suena el timbre de la última clase, el autobús hasta casa, los deberes, la cena, los padres, la puerta cerrada, buena música, el Facebook, leer las actualizaciones de los demás sin escribir nada, porque mi política de callarme se extiende a la comunicación escrita, luego la cama, levantarse, ducharse y otra vez a clase. No me importa. A medida que pase la vida, la tranquila desesperación relevará a la bipolaridad radical.

Pero entonces el jueves por la noche vuelvo a casa, Tiny me llama y empiezan a pasar cosas. Le saludo, y Tiny, a modo de introducción, me dice:

—Deberías venir a la reunión de la Alianza Gay-Hetero de mañana.

—No te lo tomes como algo personal, Tiny, pero no me gustan las alianzas —le contesto—. En fin, ya conoces mi política sobre las actividades extraescolares.

—No, no la conozco —me dice Tiny.

—Bueno, estoy en contra —le digo—. Con las actividades escolares me sobra. Oye, Tiny, tengo que dejarte. Me llama mi madre por la otra línea.

Cuelgo. Mi madre no me llama por la otra línea, pero tengo que colgar, porque no quiero que me convenza.

Pero Tiny vuelve a llamarme.

—En realidad necesito que vengas porque tenemos que aumentar la cantidad de miembros —me dice—. La financiación del instituto depende en parte de la cantidad de gente que viene a las reuniones.

—¿Para qué necesitáis dinero del instituto? Ya tenéis tu casa.

—Necesitamos dinero para poner en escena el *Tiny Dancer*.

—Ah. Madre. De. Dios. Bendigo —le digo.

Tiny Dancer es un musical escrito por Tiny. Es básicamente la historia de su vida con algo de ficción, pero cantada, y es el musical más gay (que conste que no utilizo este adjetivo a la ligera) de la historia de la humanidad. Que no es poco. Y con lo de gay no quiero decir que sea una mierda. Solo quiero decir que es gay. En realidad, para ser un musical, es bastante bueno. Las canciones son pegadizas. Me gusta especialmente «El defensa (prefiere los finales difíciles)», que incluye los memorables versos: «El vestuario no me parece porno / porque estás lleno de granos».

—¿Qué? —gimotea Tiny.

—Temo que no sea…, ¿cómo lo dijo Gary el otro día…?, bueno para el grupo —le digo.

—Es exactamente lo que puedes decir mañana —me contesta Tiny con un tono ligeramente decepcionado.

—Iré —le digo.

Y cuelgo. Vuelve a llamarme, pero no contesto porque estoy en el Facebook mirando el perfil de Tiny, echando un vistazo a sus 1.532 amigos, a cual más guapo y *fashion*. Intento descubrir quién está en la Alianza Gay-Hetero y si podrían convertirse en un Grupo de Amigos que no moleste demasiado. Pero diría que solo están Gary, Nick y Jane. Entrecierro los ojos para ver la diminuta foto del perfil de Jane, en la que parece abrazar a una especie de mascota de tamaño natural con patines de hielo.

Y justo en ese momento recibo una solicitud de amistad suya. A los dos segundos de haberla aceptado me manda un mensaje.

Jane: Hola!
Yo: Hola.
Jane: Perdona, quiza la exclamacion estaba fuera de lugar.
Yo: Jaja. No hay problema.

Miro su perfil. La lista de música favorita y de libros favoritos es larga hasta la obscenidad, así que solo termino la letra A antes de rendirme. En las fotos está guapa, pero no se parece a la de la vida real. Su sonrisa en las fotos no es su sonrisa.

Jane: Me han dicho por ahí que Tiny quiere ficharte para la AGH.

Yo: Si.

Jane: Deberias venir. Necesitamos miembros. Es patetico, la verdad.

Yo: Si, creo que ire.

Jane: Genial. No sabia que tenias Facebook. Tu perfil es divertido. Me gusta «ACTIVIDADES: deben incluir gafas de sol».

Yo: Tienes mas grupos favoritos que Tiny ex novios.

Jane: Si, bueno. Unos tienen vida, y otros tienen musica.

Yo: Y otros no tienen ninguna de las dos cosas.

Jane: Animate, Will. Estas a punto de ser el hetero que esta mas bueno de la Alianza Gay-Hetero.

Me da la impresión de que la cosa va de ligoteo. Pero que no se me entienda mal. Me divierte ligotear tanto como a cualquiera, siempre y cuando cualquiera haya visto una y otra vez a su mejor amigo hecho polvo por amor. Pero nada infringe las reglas de callarse y no dar importancia tanto como ligar, excepto quizá el momento terriblemente fascinante en que respondes al ligoteo, el momento en el que sellas tu pena con un beso. La verdad es que debería haber una tercera regla: 1. Callarse. 2. No dar demasiada importancia. Y 3. No besar a una chica que te guste.

Yo, al rato: Cuantos tios heteros hay en la AGH?

Jane: Tu.

escribo lol y me siento un idiota por haber pensado que ligoteaba conmigo. Jane es solo una chica inteligente y sarcástica con el pelo demasiado rizado.

Y la cosa acaba así: a las 3.30 de la tarde del día siguiente suena el timbre de la última hora de clase, y por una milésima de segundo siento las endorfinas chisporroteando por mi cuerpo, lo que suele indicar que he logrado sobrevivir a otro día de clase sin que pasara nada, pero entonces recuerdo que el día todavía no ha acabado.

Subo penosamente la escalera mientras una marea de gente baja corriendo, de camino al fin de semana.

Llego al aula 204A. Abro la puerta. Jane está de espaldas a mí, con el culo en una mesa y los pies en una silla. Lleva una camiseta de color amarillo pálido y está inclinada de manera que le veo la parte baja de la espalda.

Tiny Cooper está tumbado en la fina moqueta, con la mochila como almohada. Lleva unos vaqueros tan ceñidos que sus piernas parecen salchichas cubiertas con tela vaquera. En este momento la Alianza Gay-Hetero está formada por nosotros tres.

—¡Grayson! —dice Tiny.

—Este es el Club de la Homosexualidad Es Una Abominación, ¿verdad?

Tiny se ríe. Jane sigue de espaldas a mí, leyendo. Mis ojos vuelven a la espalda de Jane, porque a algún sitio tienen que ir.

—Grayson, ¿estás dejando la asexualidad? —me pregunta Tiny.

Jane se gira mientras lanzo a Tiny una mirada asesina y murmuro:

—No soy asexual. Soy arrelacional.

—Vaya —dice Tiny a Jane—, es toda una tragedia, ¿no? Lo único que Grayson tiene a su favor es que es encantador, pero se niega a salir conmigo.

A Tiny le gusta joderme. Lo hace por el puro placer de fastidiarme. Y funciona.

—Cállate, Tiny.

—Bueno, no lo veo —dice—. No te lo tomes como algo personal, Grayson, pero no eres mi tipo. A. No prestas suficiente atención a la higiene, y B. No me interesan nada de nada tus mierdas de virtudes. En fin, Jane, creo que estamos de acuerdo en que Grayson tiene los brazos bonitos.

Jane me mira medio aterrorizada, y para evitar que tenga que hablar suelto:

—Qué manera tan rara de tirarme los tejos, Tiny.

—Nunca te tiraría los tejos, porque no eres gay. Los chicos a los que les gustan las chicas no están buenos por definición. ¿Por qué iba a gustarme alguien a quien no voy a gustarle?

La pregunta es retórica, pero si no estuviera haciendo esfuerzos por callarme, le contestaría: «Te gusta alguien a quien no vas a gustarle porque el amor no correspondido se supera mejor que el amor correspondido una sola vez».

Al momento Tiny añade:

—Lo único que digo es que las heteros creen que es mono.

Y entonces me doy cuenta de hasta qué punto llega su locura. Tiny Cooper me ha traído a una reunión de la Alianza Gay-Hetero para enrollarme con una chica.

Lo que, por supuesto, es una idiotez tan profunda y polivalente que solo un profesor de lengua podría dilucidar del todo. Al menos Tiny se calla por fin, y yo empiezo a mirar el reloj y a preguntarme si esto es lo que sucede en las reuniones de la AGH. Quizá se trata de que nos quedemos una hora los tres sentados en silencio, con Tiny Cooper convirtiendo de vez en cuando el aula en tóxicamente incómoda con sus poco sutiles comentarios, y al final hagamos un corro y gritemos «¡VIVAN LOS GAYS!», o algo así. Pero entonces entran Gary y Nick con un par de personas a las que conozco de vista, una chica con un corte de pelo masculino y con una camiseta de Rancid que le llega casi a las rodillas, y un profesor de lengua, el señor Fortson, que nunca me ha dado clases de lengua, lo que quizá explica por qué me sonríe.

—Señor Grayson —dice el señor Fortson—. Encantado de tenerlo aquí. Disfruté de su carta al director hace unas semanas.

—El error más grande de mi vida —le digo.

—¿Por qué?

Tiny Cooper interviene:

—Es una larga historia sobre callarse y no dar importancia.

Me limito a asentir.

—Ah, Grayson —me susurra Tiny en un aparte—, ¿te he dicho lo que me dijo Nick?

Pienso «Nick, Nick, Nick, ¿quién cojones es Nick?». Y desvío la mirada hacia Nick, sentado al lado de Gary, que es la pista A. Ha metido la cabeza entre los brazos, que es la pista B.

—Me dijo que se ve conmigo —dice Tiny—. Estas mismas palabras. «Me veo contigo.» ¿No es lo más increíble que has oído en tu vida?

El tono de Tiny no me permite entender si es lo más increíblemente absurdo o lo más increíblemente maravilloso, así que me encojo de hombros.

Nick suspira con la cabeza pegada a la mesa.

—Tiny, ahora no —murmura.

Gary se pasa los dedos por el pelo y suspira.

—Tu poliamor no es bueno para el grupo.

El señor Fortson llama al orden con un martillo. Un martillo de verdad. Pobre hijo de puta. Supongo que cuando iba a la universidad no se imaginaba que el martillo formaría parte de su carrera docente.

—Bueno, pues hoy somos ocho personas. Está muy bien, chicos. Creo que el primer tema que tratar es el musical de Tiny, *Tiny Dancer*. Tenemos que decidir si pedir a la administración que financie la obra o si nos gustaría centrarnos en cosas diferentes. Educación, concienciación, etcétera.

Tiny se levanta y dice:

—*Tiny Dancer* trata sobre la educación y la concienciación.

—Claro —dice Gary sarcásticamente—. Hay que asegurarse de que todo el mundo está concienciado e instruido sobre Tiny Cooper.

Las dos personas sentadas con Gary se ríen disimuladamente.

—Oye, Gary, no seas capullo —digo sin pensármelo, porque no puedo evitar defender a Tiny.

—A ver —interviene Jane—, ¿la gente va a burlarse? Por supuesto, joder. Pero es honesto. Es divertido, es riguroso y no es una mierda. Muestra a los gays en su totalidad y su complejidad, no en plan «madre mía, tengo que decirle a mi padre que me gustan los chicos, uf, uf, qué duro».

Gary pone los ojos en blanco y resopla con los labios fruncidos, como si estuviera fumando.

—Exacto —le dice a Jane—. Sabes lo duro que es porque eres… Ah, espera. Vale. Tú no eres homosexual.

—Eso es lo de menos —le contesta Jane.

Miro a Jane, que a su vez mira a Gary mientras el señor Fortson empieza a decir que no puede haber Alianzas dentro de la Alianza, porque en ese caso la Alianza no es global. Estoy preguntándome cuántas veces puede utilizar la palabra «alianza» en una frase cuando Tiny Cooper interrumpe al señor Fortson.

—Espera, espera, Jane… ¿Eres hetero?

Jane asiente sin levantar la mirada y murmura:

—Bueno, al menos eso creo.

—Deberías salir con Grayson —dice Tiny—. Cree que eres supermona.

Si me colocara en una balanza completamente vestido, calado hasta los huesos, con una pesa de cinco kilos en cada mano y una pila de libros de tapa dura en la cabeza, pesaría unos ochenta kilos, que es lo que pesa aproximadamente el tríceps izquierdo de Tiny Cooper. Pero ahora mismo podría moler a palos a Tiny Cooper. Y lo haría, lo juro por Dios, pero estoy demasiado ocupado intentando desaparecer.

Estoy aquí sentado y pienso: «Dios, juro que haré voto de silencio, ingresaré en un monasterio y te rezaré todos los días de mi vida si solo por esta vez me cubres con un manto de invisibilidad, vamos, vamos, por favor, por favor, hazme invisible, ahora, ahora, ahora». Es muy posible que Jane esté pensando lo mismo, aunque no lo sé, porque tampoco ella dice nada, y la vergüenza me ciega tanto que no puedo mirarla.

La reunión dura media hora más, en la que no hablo, ni me muevo, ni respondo al más mínimo estímulo. Deduzco que Nick consigue que Gary y Tiny hagan las paces, y la alianza llega al acuerdo de buscar dinero tanto para *Tiny Dancer* como para una serie de folletos educativos. Hablan un rato más, pero no vuelvo a escuchar la voz de Jane.

Se acaba por fin, y de reojo veo que todos se marchan, pero yo no me muevo. En la última media hora he hecho mentalmente una lista de aproximadamente 412 maneras de matar a Tiny Cooper, y no pienso marcharme hasta que haya elegido la más adecuada. Al final decido apuñalarlo mil veces con un boli, al más puro estilo carcelario. Me levanto muy tieso y salgo. Tiny Cooper está apoyado en una hilera de taquillas, esperándome.

—Oye, Grayson —me dice.

Me dirijo a él, le agarro de la pechera de la camiseta, me pongo de puntillas, y los ojos me llegan más o menos a su nuez.

—Es lo más despreciable que has hecho en tu vida, comepollas —le digo.

Tiny se ríe, lo que me cabrea todavía más.

—No puedes llamarme comepollas, Grayson —me dice—, porque A. No es un insulto, y B. Sabes que no lo soy. Todavía. Por desgracia.

Lo suelto. No es posible intimidar a Tiny físicamente.

—Da igual —le digo—. Mierdoso. Tonto del culo. Vaginero.

—Eso sí que es un insulto —me dice—. Pero, mira, tío, le gustas. Ahora mismo, al salir, se ha acercado a mí y me ha soltado: «¿Lo has dicho en serio o estabas de broma?». Y le he dicho: «¿Por qué me lo preguntas?». Y ella: «Bueno, es muy majo, nada más». Entonces le he dicho que no estaba de broma y ha sonreído de oreja a oreja.

—¿En serio?

—En serio.

Respiro hondo.

—Es desastroso. No me interesa, Tiny.

Pone los ojos en blanco.

—¿Y crees que el que está loco soy yo? Es encantadora. ¡Te he solucionado la vida!

Sé que no es una chiquillada. Sé que los auténticos tíos solo deben pensar en sexo y en la manera de conseguirlo, y que deben correr con la entrepierna por delante hacia toda chica que muestra interés por ellos, etcétera. Pero: lo que más me gusta no es hacer, sino observar. Observar que Jane huele a café con demasiado azúcar, la diferencia entre su sonrisa y su sonrisa en las fotos, cómo se muerde el labio inferior y la piel blanca de su espalda. Solo me interesa el placer de observar estas cosas a una distancia segura. No quiero tener que reconocer que estoy observando. No quiero hablar de este tema ni hacer nada al respecto.

Pero he pensado en ello durante la reunión, con el inconsciente y llorica Tiny en el suelo. He pensado en pasar por encima del gigante caído, besarla, ponerle una mano en la cara, la improbable calidez de su aliento, tener una novia que se cabrea conmigo por ser tan silencioso y serlo todavía más porque lo que me gustó fue una sonrisa con un gigante dormido entre nosotros, y por un tiempo me siento como una mierda hasta que al final cortamos, y en ese punto reafirmo mi promesa de seguir mis reglas.

Podría hacerlo.

O podría limitarme a seguir mis reglas.

—Créeme —le digo—. Estás complicándome la vida. Deja de meterte, ¿vale?

Me contesta con un encogimiento de hombros que interpreto como un sí.

—Una cosa sobre Nick —dice Tiny—. Resulta que ha salido mucho tiempo con Gary, cortaron ayer, pero entre nosotros hay chispa.

—Una pésima idea —respondo.

—Pero han cortado —dice Tiny.

—Sí, pero ¿qué pasaría si alguien cortara contigo y al día siguiente se dedicara a ligar con un amigo tuyo?

—Lo pensaré —contesta Tiny.

Sin embargo, sé que no podrá reprimir la necesidad de tener otro breve y fallido romance.

—Oye —dice más animado—, deberías venir con nosotros al Trastero el viernes. Nick y yo vamos a ver a un grupo, los… Maybe Dead Cats. Pop punk intelectual. Dead Milkmen, aunque no tan divertidos, ja ja.

—Gracias por invitarme por anticipado —digo pegándole un codazo en el costado.

Me empuja de broma y casi me caigo por la escalera. Es como ser el mejor amigo de un gigante de cuento de hadas. Tiny Cooper no puede evitar hacerte daño.

—Suponía que, después del desastre de la semana pasada, no querrías venir.

—Espera. No puedo ir. El Trastero es para mayores de veintiún años.

Tiny, que va por delante de mí, llega a la puerta. Golpea la barra de metal con la cadera, y la puerta se abre. La calle. Fin de semana. La brusca luz de Chicago. El aire frío me golpea, la luz me ciega y el sol del atardecer ilumina a Tiny Cooper por detrás, de modo que apenas lo veo cuando se gira y saca el teléfono.

—¿A quién llamas? —le pregunto.

Pero no me contesta. Sujeta el teléfono con su enorme mano carnosa y dice:

—Hola, Jane.

Abro los ojos como platos y hago el gesto de que voy a cortarle el cuello, pero Tiny sonríe y sigue diciendo:

—Oye, Grayson quiere venir con nosotros el viernes a ver a los Maybe Dead Cats. ¿Cenamos antes?

—…

—Bueno, el único problema es que no tiene carnet. ¿No conoces a alguien?

—…

—No has llegado a casa, ¿verdad? Pues vuelve a recogerlo. —Cuelga y me dice—: Ya viene.

Me deja esperando en el camino, baja corriendo la escalera y empieza a saltar (sí, saltar) en dirección al aparcamiento de los alumnos.

—¡Tiny! —le grito.

Pero no se gira. Sigue saltando. No me pongo a saltar detrás de esa cabra loca, sino que sonrío. Tiny Cooper puede ser un brujo malvado, pero él es así, y si quiere ser un gigante saltador, está en su derecho como enorme estadounidense.

Supongo que no puedo deshacerme de Jane, de modo que estoy sentado en los escalones de la puerta cuando aparece un par de minutos después al volante de un viejo Volvo pintado a mano de color naranja. He visto el coche en el aparcamiento (imposible no verlo), pero no sabía que era de Jane. Parece más tranquila de lo que el coche permitiría pensar. Bajo los escalones, abro la puerta del copiloto, subo y mis pies aterrizan en un montón de envoltorios de comida rápida.

—Perdona. Sé que es asqueroso.

—No te preocupes —le digo.

Sería el momento perfecto para hacer una broma, pero pienso «cállate cállate cállate». Al rato el silencio se hace demasiado raro, así que le digo:

—¿Conoces a los… los… Maybe Dead Cats?

—Sí. No están mal. Son algo peores que los Mr. T Experience en sus inicios, pero tienen una canción que me gusta. Dura cincuenta y cinco segundos, se llama «Annus Miribalis» y básicamente explica la teoría de la relatividad de Einstein.

—Guay —digo.

Sonríe, sigue conduciendo y nos dirigimos a la ciudad a trompicones.

Al minuto más o menos llegamos a un stop. Jane se coloca a un lado de la carretera y me mira.

—Soy bastante tímida —me dice.

—¿Cómo?

—Soy bastante tímida, así que te entiendo. Pero no te escondas detrás de Tiny.

—No me escondo —le contesto.

Pasa por debajo del cinturón de seguridad, me pregunto qué está haciendo cuando se inclina por encima del cambio de marchas y entiendo lo que está pasando, cierra los ojos, ladea la cabeza, y yo me aparto y clavo los ojos en las bolsas de comida rápida del suelo del coche. Jane abre los ojos y retrocede de golpe. Empiezo a hablar para cubrir el silencio.

—La verdad es que no… Bueno… Creo que eres increíble y guapa, pero no… no… Creo que no quiero una relación ahora mismo.

Un segundo después me contesta en voz muy baja:

—Creo que me han dado información poco fiable.

—Es posible —le digo.

—Lo siento mucho.

—Yo también. En fin, de verdad que eres…

—No, no, no, no digas nada, que es peor. Vale. Vale. Mírame. —La miro—. Puedo olvidar totalmente lo que ha pasado si, y solo si, tú olvidas totalmente lo que ha pasado.

—¿Ha pasado algo? —le digo, e inmediatamente añado—: No ha pasado nada.

—Exacto —dice Jane.

Nuestra parada de medio minuto en el stop llega a su fin y apoyo la cabeza en el asiento. Jane conduce tan deprisa como Tiny cambia de novio.

Salimos de la Lake Shore cerca del centro y hablamos de Neutral Milk Hotel, de si hay por ahí grabaciones que nadie ha escuchado, solo pruebas, de que sería muy interesante escuchar cómo sonaban sus canciones antes de que fueran canciones y de que podríamos colarnos en su estudio de grabación y copiar todo lo que el grupo ha grabado. La vieja calefacción del Volvo me seca los labios, y el tema del acercamiento de Jane ha quedado literalmente olvidado, pero el caso es que me siento extrañamente defraudado de que Jane parezca tan tranquila, lo que me lleva a pensar que acaso en el Museo de los Locos deberían habilitar una sala dedicada a mí.

Encontramos aparcamiento en la calle, a un par de manzanas del sitio adonde vamos, y Jane me lleva a una anodina puerta de vidrio junto a un restaurante de perritos calientes. En la puerta hay un rótulo que dice COPISTERÍA E IMPRENTA GOLD COAST. Subimos la escalera, con el olor del delicioso morro de cerdo flotando en el aire, y entramos en una tienda diminuta que parece una oficina. La decoración es extremadamente escasa, es decir, dos sillas plegables, un póster de gatos, una maceta con una planta muerta, un ordenador y una impresora sofisticada.

—Hola, Paulie —dice Jane a un tipo cubierto de tatuajes que parece ser el único dependiente de la tienda.

Se ha disipado el olor a perritos calientes, pero solo porque la Copistería e Imprenta Gold Coast apesta a hierba. El tipo sale del mostrador y abraza a Jane con un solo brazo.

—Este es mi amigo Will —le dice Jane.

El tipo me tiende la mano, y al estrechársela que se ha tatuado las letras H-O-P-E (esperanza) en los nudillos.

—Paulie y mi hermano son buenos amigos —me dice Jane—. Fueron juntos a Evanston.

—Sí, fuimos juntos —dice Paulie—, pero no nos graduamos juntos, porque yo todavía no me he graduado.

Paulie se ríe.

—Bueno, Paulie, Will ha perdido el carnet de conducir —explica Jane.

Paulie me sonríe.

—Qué pena, chico. —Me tiende una hoja de papel de ordenador y me dice—: Necesito tu nombre completo, dirección, fecha de nacimiento, seguridad social, altura, peso y color de ojos. Y cien pavos.

—Vaya… —le digo, porque resulta que no suelo llevar encima billetes de cien pavos.

Pero, antes de que diga una palabra más, Jane ha dejado cinco billetes de veinte en el mostrador.

Jane y yo nos sentamos en las sillas plegables y nos inventamos juntos mi nueva identidad: me llamo Ishmael J. Biafra, vivo en la calle W. Addison, 1060, de Wrigley Field. Tengo el pelo castaño y los ojos azules. Mido 1,78 centímetros, peso 73 kilos, mi número de la seguridad social es nueve dígitos al azar y cumplí veintidós años el mes pasado. Le doy la hoja a Paulie, que señala hacia una banda de papel adhesivo y me pide que me coloque delante. Se lleva una cámara digital al ojo y me dice que sonría. No sonreí para la foto del carnet de conducir real, así que tengo clarísimo que no voy a sonreír para esta.

—Solo será un minuto —me dice Paulie.

Me apoyo en la pared y estoy tan nervioso por el carnet que olvido ponerme nervioso por mi proximidad a Jane. Aunque sé que hay más de tres millones de personas con carnet de conducir falso, tengo clarísimo que es un delito, y suelo estar en contra de los delitos.

—Ni siquiera bebo —digo en voz alta, en parte para mí mismo y en parte para Jane.

—Yo me lo hice solo para los conciertos —me dice.

—¿Me dejas verlo? —le pregunto.

Coge su mochila, cubierta de nombres de grupos y frases a boli, y saca la cartera.

—Lo llevo escondido aquí detrás —dice abriendo una solapa de la cartera—, porque si me muero o me pasa algo, no quiero que el hospital intente llamar a los padres de Zora Thurston Moore.

Es el nombre de su carnet, que parece auténtico. La foto es fantástica. Da la impresión de que está a punto de reírse, exactamente como estaba en casa de Tiny, no como aparece en sus fotos del Facebook.

—La foto está muy bien. Así eres en realidad —le digo.

Y es verdad. Ese es el problema. Demasiadas cosas son verdad. Es verdad que quiero suavizarla con piropos y también es verdad que quiero mantener las distancias. Es verdad que quiero gustarle y también es verdad que no quiero. La estúpida e infinita verdad hablando por su gran y estúpida boca. Es lo que hace que siga hablando como un estúpido.

—Bueno, uno no puede saber cómo es, ¿no? Cada vez que te miras en el espejo, sabes que estás mirándote y no puedes evitar posar un poco. Así que en realidad no lo sabes. Pero en esta foto… Eres así.

Jane pasa dos dedos por la cara del carnet, que he apoyado en mi pierna, de modo que, sin contar el carnet, sus dedos pasan por mi pierna. Los miro un momento y levanto los ojos hacia ella.

—Aunque Paulie sea un delincuente, es buen fotógrafo.

En ese preciso instante sale Paulie agitando un carnet de conducir plastificado.

—Señor Biafra, su carnet.

Me lo tiende. En sus nudillos leo L-E-S-S («sin»).

Es perfecto. Los hologramas de un carnet auténtico de Illinois, los mismos colores, el mismo grosor del plastificado y la misma información para donar órganos. Incluso salgo medio bien en la foto.

—Hostia —digo—. Es fantástico. Es la *Mona Lisa* de los carnets.

—Perfecto —dice Paulie—. Bueno, chicos, tengo cosas que hacer.

Paulie sonríe y levanta un porro. Me desconcierta que alguien tan colgado sea un genio falsificando carnets.

—Nos vemos, Jane. Dile a Phil que me dé un toque.

—A la orden, capitán —le contesta Jane.

Y bajamos la escalera. Noto mi carnet falso en el bolsillo de delante, pegado al muslo; es como si tuviera un billete para todo el puto mundo.

Salimos a la calle y el frío no deja de sorprenderme. Jane echa a correr delante de mí y no sé si se supone que debo seguirla o no, pero se gira y empieza a saltar hacia atrás. Como el viento le da en la cara, apenas la oigo gritar.

—¡Vamos, Will! ¡Salta! Ahora ya eres un hombre.

Y seré un mierda si no me pongo a saltar detrás de ella.

capítulo cuatro

estoy colocando metamucil en el pasillo siete cuando aparece maura. como sabe que al imbécil de mi jefe no le gusta verme sin hacer nada y charlando en horas de trabajo, finge mirar vitaminas mientras me habla. me dice que la palabra «masticable» tiene algo de inquietante, y de repente el reloj marca las 5.12 y supone que ha llegado el momento de hacerme preguntas personales.

maura: ¿eres gay?

yo: ¿qué cojones dices?

maura: por mí no habría problema.

yo: ah, muy bien, porque lo que más me preocuparía en el mundo es si para ti hubiese problema.

maura: solo te lo digo.

yo: tomo nota. ¿puedes callarte ya y dejarme trabajar? ¿o quieres que utilice mi descuento como empleado para comprarte algo para el dolor menstrual?

pienso que debería estar prohibido cuestionar la sexualidad de alguien mientras está trabajando. de todas formas, la verdad es que no quiero hablar del tema con maura en ningún sitio. porque lo cierto es que no tenemos tanta confianza. maura es una amiga con la que me divierto intercambiando visiones del fin del mundo. pero, la verdad, no es alguien que consiga hacerme no querer que llegue el fin del mundo. ha sido un problema desde que nos conocimos, hace cosa de un año. sé que si le contara que me gustan los tíos, seguramente dejaría de querer salir conmigo, y eso sería una enorme ventaja. pero también sé que inmediatamente me convertiría en su mascota gay, y paso de esa correa. Y tampoco soy tan gay. odio a madonna.

yo: debería haber un cereal para estreñidos que se llamara metamueslix.

maura: hablo en serio.

yo: y yo te digo en serio que te vayas a tomar por culo. no deberías llamarme gay solo porque no quiero acostarme contigo. un montón de heteros tampoco quieren acostarse contigo.

maura: que te jodan.

yo: sí, pero no serás tú.

se acerca y pega un manotazo a todas las botellas que he colocado en filas. poco me falta para coger una y tirársela a la cabeza cuando se marcha, pero la verdad es que si le abriera la cabeza el encargado me haría limpiarlo, y sería un palo. lo único que me faltaría sería mancharme los zapatos nuevos con materia gris. ¿sabéis lo que cuesta limpiar esa mierda? en fin, necesito este trabajo, lo que significa que no puedo hacer cosas como gritar, ponerme la estúpida placa del nombre al revés, llevar vaqueros rotos y sacrificar cachorros en el pasillo de los juguetes. no me importa demasiado, excepto cuando mi encargado anda por aquí y cuando viene algún conocido y le parece raro que esté trabajando, porque él no lo necesita.

creo que maura volverá a aparecer por el pasillo siete, pero no aparece, y sé que tendré que portarme bien con ella (o al menos no portarme mal) durante los próximos tres días. tomo nota mentalmente de que tengo que invitarla a un café o algo así, pero mi corcho mental es de pena, porque en cuanto cuelgo algo, desaparece. y lo cierto es que la próxima vez que hablemos, maura desplegará toda su rutina de persona dolida, y eso me molestará todavía más. bueno, ha sido ella la que ha abierto la boca. no es culpa mía si no sabe encajar la respuesta.

los sábados, el cvs cierra a las ocho, lo que significa que salgo hacia las nueve. eric, mary y greta hablan de fiestas a las que van a ir, e incluso roger, nuestro encargado, que es un cabeza cuadrada, nos dice que su mujer y él se quedarán en casa esta noche, guiña el ojo, pega un codazo, mueve la pelvis y casi vomito. preferiría imaginarme una herida purulenta llena de gusanos. roger es calvo y gordo, y seguramente su mujer también es calva y gorda, así que lo último que me apetece oír es si practican sexo calvo y gordo. sobre todo porque sé que se dedica a guiñar el ojo y a pegar codazos cuando la verdad es que probablemente volverá a casa y verán juntos una película de tom hanks, luego uno de ellos se tumbará en la cama y escuchará al otro meando, se cambiarán los papeles y cuando el segundo haya salido del baño, apagarán la luz y se dormirán.

greta me pregunta si quiero ir con ella, pero debe de tener unos veintitrés años, y vince, su novio, parece que vaya a rajarme si utilizo palabras cultas en su presencia. de modo que vuelvo a casa, mi madre ya ha llegado, isaac no está conectado y odio que mi madre nunca tenga planes los sábados por la noche y que isaac siempre los tenga. en fin, no quiero que se quede en casa esperando a que vuelva para chatear, porque una de las cosas geniales de isaac es que tiene vida. tengo un e-mail suyo diciéndome que va al cine porque es el cumpleaños de kara, y le contesto que la felicite de mi parte, aunque cuando reciba el correo ya no será su cumpleaños, por supuesto, y no sé si le ha hablado a kara de mí.

mi madre está en el sofá verde lima viendo la serie *orgullo y prejuicio* por enésima vez, y sé que sería una moñada sentarme a verla con ella. lo raro es que también le gustan mucho las películas *kill bill*, y nunca he observado diferencias en su estado de ánimo cuando ve *orgullo y prejuicio* y cuando ve *kill bill*. es la misma persona pase lo que pase. y no puede ser bueno.

acabo viendo *orgullo y prejuicio* porque dura quince horas, así que sé que cuando acabe, seguramente isaac habrá vuelto a casa. mi teléfono no deja de sonar, pero no contesto. es una de las ventajas de saber que no puede llamarme: nunca tengo que preocuparme por si es él.

suena el timbre justo cuando el tipo está a punto de decirle a la chica todas las chorradas que necesita decirle, y al principio le hago tan poco caso como al móvil. el único problema es que los que están en la puerta no saltan al contestador, de modo que vuelven a llamar y, como mi madre hace el gesto de levantarse, le digo que ya voy yo, suponiendo que será el equivalente a alguien que se ha equivocado de número. pero al llegar veo que al otro lado de la puerta está maura, y ha oído mis pasos, así que sabe que estoy.

maura: tengo que hablar contigo.
yo: ¿no son las doce de la noche?
maura: abre la puerta.
yo: ¿vas a soplar y a tirarla abajo?
maura: venga, will. abre.

siempre me asusta un poco cuando es tan directa conmigo. así que, mientras abro la puerta, intento pensar cómo evitarla. es como un acto reflejo.

mi madre: ¿quién es?
yo: solo es maura.

y, ay, joder, maura se toma a mal el «solo». quiero que suelte la lágrima que le cuelga del ojo y acabe de una vez. tiene tanto lápiz negro en la cara que podría contornear un cadáver, y está tan pálida que parece que acaba de derrumbarse. solo le faltan los dos puntos con sangre en el cuello.

nos hemos quedado en la puerta porque no sé adónde ir. creo que maura nunca ha entrado en mi casa, excepto quizá en la cocina. seguro que no ha estado en mi habitación, porque es donde está el ordenador, y maura es una de esas chicas que en cuanto las dejas solas se van directas al diario o al ordenador. además, claro, invitar a alguien a tu habitación podría malinterpretarse, y sin duda no quiero que maura piense que voy a entrar en ese rollo de «oye, ¿por qué no nos sentamos en la cama?, y bueno, ya que estamos en la cama, ¿qué te parece si te la meto?», pero la cocina y la sala de estar son zona prohibida porque está mi madre, y la habitación de mi madre es zona prohibida porque es la habitación de mi madre. así que acabo preguntándole a maura si quiere que vayamos al garaje.

maura: ¿al garaje?

yo: mira, no voy a pedirte que metas la boca en un tubo de escape, ¿vale? si quisiera que hiciéramos un pacto suicida, optaría por electrocutarnos en la bañera. ya sabes, con un secador. como los poetas.

maura: muy bien.

como la maxiserie de mi madre todavía no ha llegado a los mierdosos límites de austen, sé que maura y yo podremos charlar sin que nos molesten. o al menos que seremos los únicos molestos en el garaje. me parece una tontería sentarnos en el coche, así que hago un hueco entre las cosas de mi padre que mi madre nunca se ha decidido a tirar.

yo: ¿qué pasa?

maura: eres un capullo.

yo: ¿es una novedad?

maura: cállate un segundo.

yo: solo si tú también te callas.

maura: para ya.

yo: has empezado tú.

maura: que pares.

decido que vale, me callaré. ¿y qué consigo? quince putos segundos de silencio. y luego:

maura: siempre me digo que no quieres hacerme daño, para que me duela menos, ya sabes. pero hoy… estoy harta. de ti. que sepas que yo tampoco quiero acostarme contigo. nunca me acostaría con alguien que ni siquiera es amigo mío.

yo: espera un segundo… ¿ahora no somos amigos?

maura: no sé lo que somos. ni siquiera vas a decirme que eres gay.

es la típica maniobra de maura. si no recibe la respuesta que quiere, se inventa un rincón en el que acorralarte. como la vez que me abrió la bolsa mientras yo estaba en el baño y encontró mis pastillas. como no me las había tomado por la mañana, me las había llevado al instituto. esperó al menos diez minutos para preguntarme si tomaba alguna medicación. me pareció una pregunta fortuita, y la verdad es que no me apetecía hablar del tema, así que le contesté que no. ¿y qué hace? mete la mano en mi bolsa, saca los frascos de pastillas y me pregunta para qué son. le contesté, pero no le inspiré confianza. se dedicó a repetirme que no tenía que avergonzarme de mis «problemas mentales», y yo me dediqué a repetirle que no me daba vergüenza… sencillamente no quería hablar del tema con ella. no entendía la diferencia.

y ahora vuelve a acorralarme, pero esta vez se trata de si soy gay.

yo: uf, espera un segundo. aun en el caso de que fuera gay,
    ¿no sería decisión mía decírtelo o no?

maura: ¿quién es isaac?

yo: joder.

maura: ¿crees que no veo lo que dibujas en la libreta?

yo: me tomas el pelo. ¿esto tiene que ver con isaac?

maura: dime quién es.

básicamente, no quiero decírselo. isaac es mío, no suyo. si
le cuento una parte de la historia, querrá la historia entera.
aunque es un poco retorcido, sé que está haciéndolo porque
cree que es lo que quiero: contárselo todo, que lo sepa todo de
mí. pero no es lo que quiero. no lo conseguirá.

yo: maura, maura, maura… isaac es un personaje. no es
    una persona real. ¡joder! es algo en lo que estoy traba-
    jando. una… no sé… idea. tengo muchas historias en
    la cabeza. el protagonista es este personaje, isaac.

no sé de dónde me sale esta mierda. como si me la otorga-
ra alguna fuerza divina de creación.

parece que maura quiere creérselo, pero en realidad no se
lo cree.

yo: como el perrito caliente con palo, solo que no es un
    perrito caliente ni lleva palo.

maura: vaya, no me acuerdo del perrito caliente con palo.

yo: ¿me tomas el pelo? ¡iba a hacernos ricos!

y empieza a creérselo. se inclina hacia mí, y juro por dios que si maura fuera un tío, le vería la erección debajo de los pantalones.

maura: sé que es horrible, pero me alivia que no me ocultes
algo tan importante.

supongo que no es el mejor momento para puntualizar que en ningún momento he dicho que no fuera gay. solo le he dicho que se fuera a tomar por culo.

no sé si hay algo más horripilante que una gótica poniéndose tierna. maura no solo se ha inclinado hacia mí, sino que está examinándome la mano como si alguien hubiera estampado en ella el sentido de la vida. en braille.

yo: creo que debería volver con mi madre.
maura: dile que estamos aquí charlando.
yo: le he prometido que vería la serie con ella.

la clave es deshacerme de maura sin que se dé cuenta de que estoy deshaciéndome de ella. porque de verdad no quiero hacerle daño, y menos cuando acabo de conseguir sacarla del último dolor que supuestamente le he causado. sé que en cuanto llegue a su casa, se irá directa a su libreta de poesía tétrica, así que hago lo que puedo para no salir malparado. una vez maura me mostró uno de sus poemas.

cuélgame
como a una rosa muerta

consérvame

y mis pétalos no se caerán

hasta que los toques

y me disuelva

y yo le escribí un poema a ella

soy como

una begonia muerta

colgada cabeza abajo

porque

como soy una begonia muerta

me importa una mierda

y ella contestó

no todas las flores

necesitan luz

para crecer

así que quizá esta noche le inspire a escribir

pensaba que era gay

pero quizá existe la posibilidad

de que me divierta un poco

metiéndome en sus pantalones

espero no tener que leerlo, no enterarme o no volver siquiera a pensar en ello.

me levanto y abro la puerta del garaje para que maura salga. le digo que la veré el lunes en el instituto y me contesta «no si yo te veo antes», y suelto «Ja, ja, ja», hasta que se ha alejado lo suficiente y puedo cerrar la puerta del garaje.

lo que me asquea es que estoy seguro de que algún día volverá a salir el tema. que algún día dirá que le he dado falsas esperanzas, cuando en realidad lo único que he hecho ha sido frenarla. tengo que enchufársela a alguien. pronto. no es a mí a quien quiere. solo quiere a cualquiera que le preste toda su atención. y no puedo ser yo.

cuando vuelvo a la sala de estar, *orgullo y prejuicio* casi ha acabado, lo que significa que todos tienen clarísimo qué pueden esperar de los demás. a estas alturas mi madre suele estar rodeada de pañuelos arrugados, pero esta vez no hay un ojo húmedo en la casa. me lo confirma cuando apaga el dvd.

mi madre: debería olvidarme de estas cosas. tengo que buscarme una vida propia.

creo que habla consigo misma, o con el universo, no conmigo. aun así, no puedo evitar pensar que «buscarse una vida propia» es algo en lo que solo creería un perfecto idiota. como si pudieras ir al supermercado y comprarte una vida. la ves en su caja brillante, la miras a través del plástico, te vislumbras a ti mismo con otra vida, dices: «uau, parezco mucho más feliz, creo que esta es la vida que tengo que comprarme», la llevas a la caja, la marcan y la pagas con la tarjeta de crédito. si conseguir una vida propia fuera tan fácil, seríamos una especie feliz. pero no lo somos. así que, mamá, tu vida no está esperándote ahí fuera, no creas que lo único que debes hacer es encontrarla y tenerla. no, tu vida está aquí. Y sí, es una mierda. las vidas suelen serlo. de modo que, si quieres que las cosas cambien, no tienes que buscarte una vida. lo que tienes que hacer es mover el culo.

no le digo nada de esto, por supuesto. las madres no tienen que escuchar esta mierda de sus hijos, a menos que hagan algo realmente malo, como fumar en la cama, o meterse heroína, o meterse heroína mientras fuman en la cama. si mi madre fuera una deportista de mi instituto, todas sus amigas deportistas le dirían: «tía, solo necesitas echar un polvo». pero lo siento, lumbreras, la cura a polvos no existe. la cura a polvos es la versión adulta de santa claus.

es asqueroso que mi cabeza haya pasado de mi madre a los polvos, así que me alegro de que siga quejándose de sí misma un rato más.

mi madre: está convirtiéndose en una costumbre, ¿no? mamá en casa el sábado por la noche, esperando a que aparezca darcy.

yo: esa pregunta no tiene respuesta, ¿verdad?

mi madre: no. seguramente no.

yo: ¿le has preguntado a ese tal darcy si quiere salir contigo?

mi madre: no. la verdad es que no lo he encontrado.

yo: pues no va a aparecer hasta que lo invites a salir.

yo dando consejos sentimentales a mi madre es como un pez dando consejos a un caracol sobre cómo volar. podría recordarle que no todos los tíos son gilipollas, como mi padre, pero no soporta que hable mal de él. seguramente le preocupa que un día me despierte y me dé cuenta de que la mitad de mis genes me predisponen tanto a ser un hijo de puta que habría preferido ser un hijo de puta. bueno, mamá, ¿sabes qué? ese día llegó hace mucho tiempo, y ojalá pudiera decir que hay pastillas para eso, pero las pastillas solo resuelven los efectos secundarios.

dios bendiga a los que igualan estados de ánimo. y todos los estados de ánimo tienen que ser iguales. soy el puto movimiento por los derechos civiles de los estados de ánimo.

como ya es lo bastante tarde para que isaac esté en casa, le digo a mi madre que me voy a la cama y, para ser amable, le comento que si veo a algún tipo guapo en pantalones cortos, por ejemplo, y montado a caballo de camino al centro comercial, le pasaré su teléfono. me da las gracias y me dice que la idea es mejor que las de sus amigas de las noches de póquer. me pregunto cuánto tardará en pedir su opinión al cartero.

cuando salta el salvapantallas y echo un vistazo, veo un mensaje esperándome.

atadopormipadre: estas?
atadopormipadre: ojala
atadopormipadre: espero
atadopormipadre: y rezo

por mi cerebro fluyen todo tipo de alegrías. el amor es una droga.

escaladegrises: te pido que seas la unica voz cuerda que queda en el mundo.

atadopormipadre: estas!

escaladegrises: acabo de llegar.

atadopormipadre: si esperas cordura de mi, las cosas tienen que estar fatal.

escaladegrises: si, maura se ha pasado por el cvs para una audicion de brujeria, y cuando le he dicho que se habian cancelado las pruebas, ha decidido.

escaladegrises: buscarse un polvo. y luego mi madre ha empezado a decir que no tiene vida. ah, y tengo deberes. o no.

atadopormipadre: que duro ser tu, no?

escaladegrises: sin duda.

atadopormipadre: crees que maura sabe la verdad?

escaladegrises: estoy seguro de que cree que si.

atadopormipadre: menuda zorra escandalosa.

escaladegrises: en realidad no. no es culpa suya que no quiera incluirla en esto. prefiero compartirlo contigo.

atadopormipadre: y lo compartes. pero no tienes planes los sabados por la noche? lo pasas mejor con tu madre?

escaladegrises: querido, tu eres mi plan los sabados por la noche.

atadopormipadre: es un honor.

escaladegrises: lo es. que tal el cumple?

atadopormipadre: nada especial. kara solo queria ver una peli conmigo y con janine. lo hemos pasado bien, la peli penosa. esa de un tipo que descubre que se ha casado con un sucuvo.

atadopormipadre: sucuvo o sucubo?

escaladegrises: sucubo

atadopormipadre: si, eso. una tonteria. un aburrimiento. luego ruidosa y tonta. y por un par de minutos era tan tonta que era divertida. luego otra vez aburrida y ha acabado siendo penosa.

atadopormipadre: lo hemos pasado bien

escaladegrises: como esta kara?

atadopormipadre: recuperandose.

escaladegrises: es decir?

atadopormipadre: habla mucho de sus problemas en pasado para convencernos de que son pasados. y quizá lo son.

escaladegrises: la has saludado de mi parte?

atadopormipadre: si. creo que le he dicho literalmente «will dice que ojala estuvieras dentro de el», pero el resultado ha sido el mismo. te ha devuelto el saludo.

escaladegrises: **suspiros tristes** ojala hubiera estado.

atadopormipadre: ojala estuviera contigo ahora.

escaladegrises: de verdad? ☺

atadopormipadre: siiiiiiiii.

escaladegrises: y si estuvieras aqui…

atadopormipadre: que haria?

escaladegrises: ☺

atadopormipadre: dejame decirte lo que haria.

es nuestro juego. casi todo el tiempo estamos de coña. puede ir de distintas maneras. la primera es que básicamente nos reímos de los que practican el sexo por chat inventándonos ridículos diálogos desdeñosos.

escaladegrises: quiero que me chupes la clavicula.

atadopormipadre: estoy chupandote la clavicula.

escaladegrises: oooh me encanta.

atadopormipadre: una clavicula muy traviesa.

escaladegrises: hummmmmm

atadopormipadre: uuuuuuh

escaladegrises: rrrrrrrrrrrrrrrrrrrr

escaladegrises: tttttttttttttttttttttt

otras veces optamos por la novela romántica. porno paste-
lero.

atadopormipadre: clavame tu feroz y tremulo miembro,
    semental

escaladegrises: tu cruel apendice me inflama por dentro

atadopormipadre: mi equipo de busqueda se desliza por tu
    tierra de nadie

escaladegrises: rociame como a un pavo de accion de gra-
    cias!!!

y hay noches como esta, en las que sale la verdad, porque
es lo que más necesitamos. o quizá solo uno de los dos la necesita, pero el otro sabe cuándo tiene que dársela.

como ahora, que lo que más quiero en el mundo es tenerlo
a mi lado. lo sabe y me dice

atadopormipadre: si estuviera ahi, me colocaria detras de
    tu silla, apoyaria las manos en tus hombros y los frota-
    ria suavemente hasta que terminaras tu ultima frase

atadopormipadre: a continuación me inclinaria hacia delante, te recorreria los brazos con las manos, acercaria el cuello al tuyo y dejaria que te apoyases en mi y descansases un rato

atadopormipadre: descansar

atadopormipadre: y cuando hubieras descansado, te besaria una sola vez, me levantaria, me sentaria en tu cama y te esperaria para que nos tumbaramos, me abrazaras y yo te abrazara a ti

atadopormipadre: y todo estaria en calma. totalmente en calma. como si estuvieramos dormidos, pero despiertos y juntos.

escaladegrises: seria fantastico.

atadopormipadre: lo se. a mi tambien me encantaria.

no nos imagino diciéndonos estas cosas en voz alta. pero, aunque no me imagino oyendo estas palabras, sí me imagino viviéndolas. no es que las visualice. estoy en ellas. cómo me sentiría si estuviera aquí. esa calma. sería muy feliz, y me entristece que solo exista en palabras.

isaac me dijo desde el principio que le incomodan las pausas. si pasa mucho rato sin que le responda, pensará que estoy escribiendo otra cosa en otra ventana, o que me he marchado del ordenador, o que chateo con otros doce chicos aparte de él. y debo admitir que tengo los mismos miedos. así que ahora, cada vez que hacemos una pausa, escribimos

escaladegrises: estoy aqui

atadopormipadre: estoy aqui

escaladegrises: estoy aqui

atadopormipadre: estoy aqui

hasta la siguiente frase.

escaladegrises: estoy aqui

atadopormipadre: estoy aqui

escaladegrises: estoy aqui

atadopormipadre: que estamos haciendo?

escaladegrises: ???

atadopormipadre: creo que ha llegado el momento

atadopormipadre: de que nos veamos

escaladegrises: !!!

escaladegrises: en serio?

atadopormipadre: totalmente

escaladegrises: quieres decir que tendre la oportunidad de verte

atadopormipadre: abrazarte de verdad

escaladegrises: de verdad

atadopormipadre: si

escaladegrises: si?

atadopormipadre: si.

escaladegrises: si!

atadopormipadre: estoy loco?

escaladegrises: si! ☺

atadopormipadre: me volvere loco si no nos vemos.

escaladegrises: tenemos que vernos.

atadopormipadre: si.

escaladegrises: madremiauau

atadopormipadre: lo haremos, verdad?

escaladegrises: ahora no podemos echarnos atras.

atadopormipadre: estoy entusiasmado…

escaladegrises: y aterrorizado

atadopormipadre: … y aterrorizado

escaladegrises: pero sobre todo entusiasmado?

atadopormipadre: sobre todo entusiasmado.

va a pasar. sé que va a pasar.

aturdidos, aterrorizados, elegimos la fecha.

viernes. dentro de seis días.

solo seis días.

dentro de seis días quizá empiece mi vida de verdad.

es una locura.

y la mayor locura es que estoy tan entusiasmado que quiero contárselo a isaac ahora mismo, aunque es la única persona que ya sabe lo que ha pasado. ni a maura, ni a simon, ni a derek, ni a mi madre… a nadie en todo el mundo salvo a isaac. es tanto la causa de mi felicidad como la única persona con la que quiero compartirla.

no puedo evitar creer que es una señal.

capítulo cinco

Es uno de esos fines de semana en que no salgo de casa para nada (literalmente), excepto un momento para ir al súper con mi madre. Aunque no suele importarme quedarme en casa los fines de semana, en el fondo espero que Tiny Cooper y/o Jane me llamen, y así tener excusa para utilizar el carnet, que he escondido entre las páginas del *Persuasión* de mi estantería. Pero no me llama nadie, y ni Tiny ni Jane aparecen conectados. Y como estoy más helado que la teta de una bruja con sujetador metálico, me quedo en casa y me pongo al día con los deberes. Hago los deberes de cálculo y, cuando los he terminado, me siento con el libro de texto unas tres horas e intento entender lo que acabo de hacer. Así paso el fin de semana, uno de esos fines de semana en los que tienes tanto tiempo que vas más allá de las respuestas y empiezas a profundizar en las ideas.

El domingo por la noche, mientras estoy en el ordenador mirando si hay alguien conectado, la cabeza de mi padre asoma por la puerta.

—Will —me dice—, ¿tienes un segundo para que hablemos en la sala de estar?

Me giro en la silla y me levanto. Se me encoge un poco el estómago, porque la sala de estar es la sala en la que peor se está, la sala en la que te dicen que Santa Claus no existe, en la que se mueren las abuelas, en la que fruncen el ceño viendo las notas y en la que te enteras de que las furgonetas de los hombres entran en el garaje de las mujeres, salen del garaje, vuelven a entrar, y así sucesivamente hasta que un óvulo se fertiliza, etcétera.

Mi padre es muy alto, muy delgado, muy calvo y tiene los dedos largos, con los que tamborilea en el brazo del sofá de flores. Me siento frente a él en un sillón demasiado verde y demasiado mullido. Los dedos siguen tamborileando unos treinta y cuatro años, pero mi padre no abre la boca, así que al final le digo:

—Hola, papá.

Mi padre habla con tono muy formal e intenso. Siempre se dirige a ti como si estuviera informándote de que tienes un cáncer terminal, y es lógico, porque en buena medida su trabajo consiste en eso. Me mira con esos ojos tristes e intensos que anuncian el cáncer y me dice:

—Tu madre y yo nos preguntamos qué planes tienes.

—Ah, bueno —le digo—. Pensaba irme a dormir pronto. Y mañana a clase. El viernes iré a un concierto. Ya se lo he dicho a mamá.

Asiente.

—Sí, pero después.

—Ah, ¿después? ¿Te refieres a ir a la universidad, buscar trabajo, casarme, darte nietos, no drogarme y ser feliz?

Casi sonríe. Conseguir que mi padre sonría es sumamente difícil.

—En la actual coyuntura de tu vida, a tu madre y a mí nos interesa especialmente un aspecto de todo ese proceso.

—¿La universidad?

—La universidad —me contesta.

—No tenéis que preocuparos hasta el año que viene —puntualizo.

—Nunca es demasiado pronto para hacer planes —me contesta.

Y empieza a hablarme de un programa de medicina de la Northwestern, seis años, así que puedes empezar la residencia a los veinticinco, y puedes estar cerca de casa, aunque vives en el campus, claro, y blablablá, porque a los once segundos entiendo que mi madre y él han decidido que tengo que hacer ese programa, que están comentándome la idea con tiempo, que el año que viene sacarán el tema de ese proyecto cada cierto tiempo y presionarán, presionarán y presionarán. Y también sé que, si puedo entrar, seguramente iré. Hay maneras peores de ganarse la vida.

¿No dicen que los padres siempre tienen razón? «Haz caso a los consejos de tus padres. Saben lo que te conviene.» ¿Y no es cierto que nadie hace caso a esos consejos, porque, aunque tengan razón, son tan fastidiosos y condescendientes que te entran ganas de hacerte drogadicto y practicar sexo sin protección con ochenta y siete desconocidos? Bueno, yo escucho a mis padres. Saben lo que me conviene. Para ser sincero, escucho a todo el mundo. Casi todo el mundo sabe más que yo.

Aunque mi padre no lo sabe, toda su explicación sobre el futuro es una pérdida de tiempo. Ya me parece bien. No, estoy pensando que me siento muy pequeño en este sofá absurdamente enorme, y estoy pensando en el falso carnet que espera entre las páginas de Jane Austen, y estoy pensando si estoy enfadado con Tiny o pasmado, y estoy pensando en el viernes, evitando a Tiny, que intenta bailar en las primeras filas como todos los demás, en el local hace mucho calor, todo el mundo tiene la ropa sudada, la música se acelera, tengo la carne de gallina y ni siquiera me importa lo que están cantando.

—Sí, me parece genial, papá —le digo.

Y me cuenta que conoce a gente allí, y yo asiento, asiento y asiento.

El lunes por la mañana llego al instituto veinte minutos antes porque mi madre tiene que estar en el hospital a las siete. Supongo que alguien tiene un tumor extragrande o algo así. Me apoyo en el asta de la bandera del césped, frente al instituto, y espero a Tiny Cooper temblando a pesar de los guantes, el gorro, el abrigo y la capucha. El viento inclina el césped, lo oigo agitando la bandera por encima de mí, pero que me den si entro en el edificio una milésima de segundo antes de que suene el timbre de la primera clase.

Los autobuses se vacían y el césped empieza a llenarse de alumnos, ninguno de los cuales parece especialmente impresionado por mí. Entonces veo a Clint, un miembro titular de mi antiguo Grupo de Amigos, que viene hacia mí desde el aparcamiento de los alumnos de tercero, y logro convencerme a mí mismo de que en realidad no viene hacia mí hasta que su visible aliento flota a mi alrededor como una pequeña nube maloliente. No voy a mentir: espero que esté a punto de pedirme perdón por la estrechez de miras de algunos de sus amigos.

—Hola, cabrón —me dice.

Llama cabrón a todo el mundo. ¿Es un piropo? ¿Un insulto? O quizá las dos cosas a la vez, precisamente por eso es tan útil.

Hago una ligera mueca por su aliento amargo y le digo hola. Tan poco claro como él. Todas las conversaciones que mantengo con Clint o con cualquiera del Grupo de Amigos son idénticas. Todas las palabras que empleamos son tan desnudas que nadie sabe lo que dicen los demás, que toda amabilidad es cruel, todo egoísmo es generoso y toda preocupación es despiadada.

—Tiny me ha llamado este fin de semana para lo de su musical —me dice—. Quiere que lo financie el consejo estudiantil. —Clint es vicepresidente del consejo—. Me pegó todo el rollo. Un musical sobre un hijo de puta gay y su mejor amigo, que tiene la polla tan pequeña que se hace las pajas con pinzas.

Me lo dice sonriendo. No está siendo cruel. No exactamente.

Y quiero decirle: «Qué original eres. ¿De dónde sacas los chistes, Clint? ¿Tienes una fábrica de chistes en Indonesia en la que niños de ocho años trabajan noventa horas semanales para entregarte estas ocurrencias de primera calidad? Hay pandilleros con material más original». Pero no digo nada.

—Y sí —sigue diciendo Clint—. Creo que podría ayudar a Tiny en la reunión de mañana. Porque la obra me parece una idea fantástica. Solo me pregunto una cosa: ¿vas a cantar canciones tuyas? Porque pagaría por verlo.

Me río un poco, no mucho.

—No me va demasiado el teatro —le contesto por fin.

Justo en ese momento siento una enorme presencia detrás de mí. Clint levanta la barbilla hasta el cielo para mirar a Tiny y lo saluda con un gesto.

—¿Qué hay, Tiny? —le dice.

Y se marcha.

—¿Quiere que vuelvas? —me pregunta Tiny.

Me giro y por fin puedo hablar.

—No te has conectado en todo el fin de semana ni me has llamado, pero ¿encuentras tiempo para llamarlo a él y seguir cargándote mi vida social con la magia de la canción?

—En primer lugar, *Tiny Dancer* no va a cargarse tu vida social, porque no tienes. En segundo lugar, tú tampoco me has llamado. En tercer lugar, tenía muchas cosas que hacer. He pasado casi todo el fin de semana con Nick.

—Creía que te había explicado por qué no deberías salir con Nick —le digo.

Tiny ha empezado a hablar otra vez cuando veo a Jane, encorvada hacia delante, avanzando contra el viento. Lleva una sudadera con capucha demasiado fina. Se acerca a nosotros.

Le digo hola, me dice hola, se coloca a mi lado como si yo fuera un radiador y entrecierra los ojos al viento.

—Oye, toma mi abrigo —le digo.

Me lo quito y se envuelve en él. Estoy pensando en qué preguntarle a Jane cuando suena el timbre y todos entramos corriendo.

No veo a Jane durante todo el día, lo que es un poco frustrante, porque hasta los pasillos están helados, así que me preocupa que después de clase me muera congelado de camino al coche de Tiny. Después de la última clase, bajo la escalera corriendo y abro mi taquilla. El abrigo está dentro.

Se puede deslizar una nota en una taquilla cerrada por las rejillas. Presionando un poco, incluso un lápiz. Una vez Tiny Cooper metió un libro de Happy Bunny en mi taquilla. Pero me resulta extraordinariamente difícil imaginar cómo Jane, que al fin y al cabo no es la persona más fuerte del mundo, ha conseguido meter un abrigo de invierno por las estrechas rendijas de mi taquilla.

Pero no estoy aquí para hacer preguntas, de modo que me pongo el abrigo y salgo al aparcamiento, donde Tiny Cooper está dando un apretón de manos seguido de un abrazo con un solo brazo a nada menos que Clint. Abro la puerta del copiloto y entro en el Acura de Tiny, que aparece poco después, y aunque estoy cabreado con él, admiro la fascinante y compleja geometría con la que Tiny Cooper se introduce en un coche diminuto.

—Tengo una propuesta —le digo mientras da inicio a otro milagro de la ingeniería: abrocharse el cinturón de seguridad.

—Me siento halagado, pero no voy a acostarme contigo —me contesta Tiny.

—No tiene gracia. Mira, mi propuesta es que, si dejas correr lo de *Tiny Dancer*, haré… Bueno, ¿qué quieres que haga? Porque haré cualquier cosa.

—Bueno, quiero que te enrolles con Jane. O al menos que la llames. Me las ingenié para que estuvierais solos, pero parece que le ha dado la impresión de que no quieres salir con ella.

—No quiero —le digo.

Lo que es totalmente cierto y totalmente falso. La estúpida y omniabarcadora verdad.

—¿En qué año crees que estamos? ¿En mil ochocientos treinta y dos? Cuando te gusta alguien y a ese alguien le gustas tú, pegas tus putos labios a los suyos, abres un poco la boca y das un toquecito con la lengua para que la cosa se anime. Grayson, joder. Todo dios se lleva las manos a la cabeza porque los jóvenes estadounidenses son depravados, maniacos sexuales que reparten pajas como si fueran piruletas, ¿y tú ni siquiera besas a una chica a la que sin duda le gustas?

—No me gusta, Tiny. No en ese plan.

—Es encantadora.

—¿Cómo lo sabes?

—Soy gay, no ciego. Lleva el pelo superhortera y tiene un pedazo de nariz. Sí, un pedazo de nariz. ¿Y qué? ¿Qué os gusta a vosotros? ¿Las tetas? Parece que tiene tetas. Y parece que son del tamaño normal de las tetas. ¿Qué más quieres?

—No quiero hablar del tema.

Enciende el coche y empieza a golpear rítmicamente la cabeza contra el claxon. Piiiiii. Piiiiii. Piiiiii.

—¡Estamos haciendo el ridículo! —le grito.

—No voy a parar hasta que me dé una conmoción cerebral o hasta que me digas que la llamarás.

Me aprieto los oídos con los dedos, pero Tiny sigue dando cabezazos al claxon. La gente nos mira.

—Vale. Vale. ¡VALE! —le digo por fin.

Y el claxon deja de sonar.

—Llamaré a Jane —le sigo diciendo—. Seré amable. Pero sigo sin querer salir con ella.

—Es tu decisión. Tu estúpida decisión.

—Entonces ¿no haréis *Tiny Dancer*? —le pregunto esperanzado.

Tiny arranca el coche.

—Lo siento, Grayson, pero no es posible. *Tiny Dancer* es más importante que tú, que yo y que cualquiera de nosotros.

—Tiny, tienes una idea muy equivocada de lo que es llegar a un acuerdo.

Se ríe.

—Un acuerdo es cuando tú haces lo que yo digo y yo hago lo que quiero. Y eso me recuerda que voy a necesitar que participes en la obra.

Reprimo una carcajada, porque esta mierda dejará de ser divertida si se representa en nuestro puto auditorio.

—De ninguna manera. No. NO. Y además insisto en que me excluyas de la obra.

Tiny suspira.

—No lo entiendes, ¿verdad? Gil Wrayson no es tú. Es un personaje de ficción. No puedo cambiar mi obra de arte porque te incomode.

Lo intento de otra manera.

—Vas a humillarte, Tiny.

—Vamos a hacerla, Grayson. He conseguido el apoyo económico del consejo estudiantil. Así que cállate y asúmelo.

Me callo y lo asumo, pero no llamo a Jane por la noche. No soy el niño de los recados de Tiny.

La tarde siguiente vuelvo a casa en autobús porque Tiny tiene que ir a la reunión del consejo estudiantil. Me llama en cuanto acaba.

—¡Buenas noticias, Grayson! —grita.

—Las buenas noticias para uno siempre son malas noticias para otro —le contesto.

Y por supuesto, el consejo estudiantil ha aprobado un presupuesto de mil dólares para producir y representar el musical *Tiny Dancer*.

Esa noche espero a que mis padres vuelvan a casa para cenar e intento seguir con el trabajo sobre Emily Dickinson, aunque básicamente me dedico a bajarme todas las canciones que los Maybe Dead Cats han grabado. Me encantan. Y mientras las escucho me apetece contarle a alguien lo buenas que son, así que llamo a Tiny, pero, como no me contesta, hago exactamente lo que quiere Tiny, como siempre. Llamo a Jane.

—Hola, Will —me dice.

—Me encantan los Maybe Dead Cats —le digo.

—Sí, no son malos. Un poco pseudointelectuales, pero, bueno, ¿no lo somos todos?

—Creo que el nombre del grupo se refiere a un físico —le digo.

En realidad estoy seguro. Acabo de buscar el grupo en la Wikipedia.

—Sí —me dice—. Schrödinger. Pero el nombre del grupo es un error total, porque Schrödinger es famoso por mostrar la paradoja de la física cuántica de que, en determinadas circunstancias, un gato al que no vemos pueda estar vivo y muerto a la vez. No quizá muerto.

—Oh —le digo, porque ni siquiera puedo pretender que lo sabía. Me siento un gilipollas total, así que cambio de tema—.

Me han dicho que Tiny Cooper ha hecho su magia y el musical está en marcha.

—Sí. ¿Qué problema tienes con *Tiny Dancer*?

—¿Lo has leído?

—Sí. Es fantástico, si lo consigue.

—Bueno, yo soy el coprotagonista. Gil Wrayson. Soy yo, obviamente. Y me da vergüenza.

—¿No te parece increíble ser el coprotagonista de la vida de Tiny?

—La verdad es que no quiero ser el coprotagonista de la vida de nadie —le digo. No me responde—. Bueno, ¿cómo estás? —le pregunto un segundo después.

—Bien.

—¿Solo bien?

—¿Has visto la nota en el bolsillo del abrigo?

—¿Qué? No. ¿Había una nota?

—Sí.

—Ah. Espera.

Dejo el teléfono en la mesa y registro los bolsillos. El problema de los bolsillos de mi abrigo es que, si tengo en las manos una pequeña cantidad de basura (por ejemplo, un envoltorio de Snickers), pero no encuentro una papelera, mis bolsillos acaban convirtiéndose en la papelera. Y no se me da demasiado bien vaciarlos. Así que tardo unos minutos en encontrar una hoja de libreta doblada. En la parte de fuera dice:

Para: Will Grayson
De: El Houdini de las taquillas

Cojo el teléfono y digo:

—Oye, la he encontrado.

Siento una especie de náusea en el estómago, una sensación agradable y desagradable a la vez.

—¿Y la has leído?

—No —le contesto, y me pregunto si quizá sería mejor no leerla. Para empezar, no debería haberla llamado—. Espera.

Desdoblo la hoja.

Sr. Grayson:

Siempre debería asegurarse de que nadie está mirándole cuando abre su taquilla. Nunca se sabe (18) si alguien (26) memorizará (4) su combinación. Gracias por el abrigo. La caballerosidad no ha muerto.

Suya,

JANE

P. D. Me gusta que trates los bolsillos como yo mi coche.

Cuando termino la nota, vuelvo a leerla. Hace que las dos verdades sean más verdaderas. Me gusta. No me gusta. Después de todo, quizá soy un robot. Como no se me ocurre qué decir, sigo adelante y digo lo peor que podría decir.

—Muy mona.

Por eso debería seguir la regla 2.

Durante el silencio que sigue, tengo tiempo de reflexionar sobre la palabra «mona»: es desdeñosa, es el equivalente de llamar a alguien «pequeño», convierte a la persona en un niño, es un rótulo de neón encendido en la oscuridad en el que se lee: «Siéntete mal contigo mismo».

—No es mi adjetivo favorito —me dice por fin.

—Perdona. Quiero decir que…

—Sé lo que quieres decir, Will —me dice—. Lo siento. Yo…, no sé. Acabo de salir de una relación y creo que solo estoy intentando rellenar ese hueco, y tú eres el candidato más obvio para rellenar ese hueco, y, oh, joder, suena asqueroso. Joder. Voy a colgar.

—Siento lo de mona. No es mona. Es…

—Olvídalo. Olvida la nota, de verdad. Ni siquiera… No te preocupes, Grayson.

Después de que cuelgue, pienso en el final de la frase «Ni siquiera…». «Ni siquiera… me gustas, Grayson, porque no eres, ¿cómo decirlo educadamente?, no eres tan inteligente. Has tenido que buscar a ese físico en la Wikipedia. Sencillamente, echo de menos a mi novio, y tú no vas a besarme, así que quiero porque tú no quieres, y da igual, la verdad, pero no encuentro la manera de decírtelo sin herir tus sentimientos, y como soy mucho más compasiva y considerada que tú con tus monadas, voy a dejar la frase en "Ni siquiera"».

Vuelvo a llamar a Tiny, esta vez no para hablarle de Maybe Dead Cats, y me contesta antes de que haya sonado el primer tono.

—Buenas noches, Grayson.

Le pregunto si está de acuerdo conmigo en cuál habría sido el final de la frase, luego le pregunto cómo es posible que se me hayan cruzado los cables para decirle que la nota era mona, y cómo puede ser que alguien te atraiga y a la vez no te atraiga, y si quizá soy un robot incapaz de sentir cosas reales, y crees que en realidad seguir las reglas de callarme y no dar importancia me ha convertido en un horrible monstruo al que nadie va a querer y con el que nadie va a casarse. Le digo todo eso, y Tiny no dice nada, lo que básicamente supone un giro de los acontecimientos sin precedentes, y cuando por fin me callo, Tiny se limita a decir «hummm» y luego añade, y cito literalmente: «Grayson, a veces eres una nenaza». Y me cuelga.

No me quito la frase de la cabeza en toda la noche. Y entonces mi corazón de robot decide hacer algo, algo que le gustaría a la chica que hipotéticamente me gustara.

El viernes, en el instituto, como superrápido, lo que no me resulta complicado, porque Tiny y yo estamos en una mesa llena de gente del teatro que charla sobre *Tiny Dancer*, y cada uno de ellos dice más palabras por minuto que yo en un día. La curva de la conversación sigue un patrón claro: las voces suben y se aceleran *in crescendo* hasta que Tiny habla más alto que los demás, hace una broma, la mesa estalla en carcajadas y las cosas se calman un momento, y luego empiezan de nuevo las voces, subiendo y subiendo hasta la siguiente irrupción de Tiny. En cuanto he observado este patrón, me cuesta no prestarle atención, aunque intento centrarme en devorar mis enchiladas. Me bebo de un trago la Coca-Cola que me queda y me pongo en pie.

Tiny levanta una mano para que el coro se calle.

—¿Adónde vas, Grayson?

—Tengo que comprobar una cosa —le digo.

Sé dónde está aproximadamente la taquilla de Jane. Está aproximadamente delante del mural del pasillo en el que una versión mal pintada de la mascota de nuestro instituto, Willie el Gato Salvaje, dice en un bocadillo de cómic: «Los gatos salvajes respetamos A TODO EL MUNDO», lo que es delirante al menos a catorce niveles, y el decimocuarto es que los gatos salvajes no existen. Willie el Gato Salvaje parece un puma, pero, aunque admito que no soy experto en zoología, estoy bastante seguro de que los pumas no respetan a todo el mundo.

Así que me apoyo en el mural de Willie el Gato Salvaje de forma que parece que el que está diciendo que los gatos salvajes respetan A TODO EL MUNDO soy yo, y tengo que esperar unos diez minutos, intentando que parezca que estoy haciendo algo y pensando que ojalá hubiera traído un libro o cualquier otra cosa para que no fuera tan descarado que estoy al acecho, y al final suena el timbre, y el pasillo se llena de gente.

Jane llega a su taquilla, avanzo hasta el medio del pasillo, la gente me abre paso, doy un paso a la izquierda para colocarme en el ángulo adecuado, la veo alargando la mano hacia la cerradura, miro de reojo y 25-2-11. Me meto entre la gente y me voy a clase de historia.

La séptima hora de clase es una asignatura de diseño de videojuegos. Resulta que diseñar videojuegos es increíblemente difícil y ni de lejos tan divertido como jugar, pero una de las ventajas de la clase es que tengo acceso a internet y que el profesor está casi todo el tiempo al otro lado de mi pantalla.

Así que mando un e-mail a los Maybe Dead Cats.

De: williamgrayson@eths.il.us
A: thiscatmaybedead@gmail.com
Asunto: Alegradme la vida

Queridos Maybe Dead Cats:

Si por casualidad tocáis «Annus Miribalis» esta noche, ¿podríais dedicársela a 25-2-11 (la combinación de la taquilla de una chica)? Sería fantástico. Perdón por ser tan escueto,

WILL GRAYSON

La respuesta llega antes de que haya terminado la clase.

Will:
Por amor, lo que sea.

MDC

El viernes, después de clase, Jane, Tiny y yo vamos al Frank's Franks, un restaurante de perritos calientes a unas manzanas del local. Me siento en un pequeño reservado al lado de Jane, cadera con cadera. Nuestros abrigos están amontonados frente a nosotros, al lado de Tiny. Los grandes rizos de Jane le caen hasta los hombros, lleva una camiseta de tirantes nada apropiada para el tiempo que hace, y los ojos muy maquillados.

Como el garito de perritos calientes es elegante, un camarero nos toma la comanda. Jane y yo queremos un perrito caliente y un refresco. Tiny pide cuatro perritos calientes en panecillo, tres perritos calientes sin panecillo, un cuenco de chile con carne y una Coca-Cola Light.

—¿Una Coca-Cola Light? —le pregunta el camarero—. ¿Quieres cuatro perritos calientes en panecillo, tres perritos calientes sin panecillo, un cuenco de chile con carne y una Coca-Cola Light?

—Exacto —le contesta Tiny, y explica—: los azúcares simples no me ayudan a ganar masa muscular.

El camarero mueve la cabeza y dice:

—Aaahhh.

—Pobre sistema digestivo —le digo—. Algún día tu tracto intestinal se rebelará. Subirá y te estrangulará.

—Sabes que el entrenador dice que lo ideal sería que ganara catorce kilos antes de que empezara la temporada. Si quieres conseguir una beca para la primera división escolar, tienes que estar fuerte. Y me cuesta mucho ganar peso. No dejo de intentarlo, pero es una lucha constante.

—Qué dura es tu vida, Tiny —interviene Jane.

Me río, intercambiamos una mirada y Tiny dice:

—Uf, enrollaos de una vez.

Lo que provoca un incómodo silencio que se prolonga hasta que Jane pregunta:

—¿Dónde están Gary y Nick?

—Seguramente han vuelto —le contesta Tiny—. Corté ayer con Nick.

—Has hecho bien. Estaba cantado desde el principio.

—Lo sé, ¿vale? Creo que quiero estar solo un tiempo.

Me giro hacia Jane y le digo:

—Me apuesto cinco pavos a que se ha enamorado antes de cuatro horas.

Jane se ríe.

—Baja a tres horas y acepto.

—Trato hecho.

Nos estrechamos la mano.

Después de cenar paseamos un rato por el barrio para hacer tiempo y luego nos ponemos en la cola del Trastero. Hace frío, pero al menos el edificio nos protege del viento. Saco la cartera, coloco mi carnet falso en el primer compartimento plastificado y escondo el carnet real entre la tarjeta del seguro médico y la tarjeta de visita de mi padre.

—Déjame verlo —me pide Tiny. Le tiendo la cartera y me dice—: Vaya, Grayson, por una vez en la vida no pareces una zorra chillona en una foto.

Justo antes de llegar al principio de la cola, Tiny me empuja delante de él, supongo que para disfrutar del placer de verme utilizar el carnet por primera vez. El segurata lleva una camiseta que no le tapa la barriga.

—Identificación —me dice.

Me saco la cartera del bolsillo de atrás, cojo el carnet y se lo tiendo. Dirige una linterna al carnet, luego hacia mi cara y otra vez al carnet.

—¿Crees que no sé sumar? —me pregunta.

—¿Cómo? —le digo.

—Chico, tienes veinte años —me dice el segurata.

—No, tengo veintidós —le digo.

Me devuelve el carnet.

—Bueno, tu puñetero carnet de conducir dice que tienes veinte.

Miro el carnet y hago el cálculo. Pone que cumpliré veintiuno el próximo enero.

—Ah —digo—. Ah, sí. Lo siento.

El imbécil del porrero sin esperanza puso mal el puto año en el carnet. Me aparto de la entrada y Tiny se acerca a mí partiéndose el pecho. Jane también se ríe un poco. Tiny me da un golpe demasiado fuerte en el hombro.

—Solo Grayson puede hacerse un carnet falso en el que ponga que tiene veinte años —dice—. ¡Totalmente inútil!

—Tu amigo se equivocó de año —le digo a Jane.

—Lo siento, Will —me contesta.

Pero no puede sentirlo tanto, porque en ese caso dejaría de reírse.

—Podemos intentar colarte —sugiere Jane.

Pero niego con la cabeza.

—Entrad vosotros —les digo—. Llamadme cuando acabe. Os esperaré en el Frank's Franks o por ahí. Y llámame si tocan «Annus Miribalis».

Y resulta que entran. Vuelven a la fila y los veo entrar en el local. Ninguno de los dos intenta siquiera decir «no, no, no queremos ver el concierto sin ti».

Que no se me malinterprete. El grupo es genial. Pero que pasen de mí por el grupo es una putada. Mientras estaba en la cola no he tenido frío, pero ahora estoy helado. Es espantoso, hace tanto frío que al respirar por la nariz se te congela el cerebro. Y aquí estoy, solo, con mi puto carnet inútil de cien dólares.

Vuelvo al Frank's Franks, pido un perrito caliente y me lo como despacio. Pero sé que no voy a poder comerme solo este perrito caliente en las dos o tres horas que tarden en salir. Los perritos calientes no son para saborearlos. He dejado el móvil en la mesa y lo miro, esperando como un idiota que Jane o Tiny me llamen. Y mientras estoy aquí sentado, voy cabreándome cada vez más. Menuda manera de dejar colgado a alguien, solo en un restaurante, mirando al frente, sin un libro que me haga compañía siquiera. Y no se trata solo de Tiny y de Jane. Estoy cabreado conmigo mismo por haberles dicho que entraran ellos, por no haber revisado la fecha del puñetero carnet y por estar aquí esperando a que suene el teléfono cuando podría estar volviendo a mi casa.

Y, pensando en eso, me doy cuenta de que el problema de ir a sitios a los que te han empujado es que a veces acabas aquí.

Estoy harto de ir a sitios a los que me empujan. Una cosa es que me empujen mis padres. Pero que Tiny Cooper me empuje hacia Jane, que me empujen a hacerme un carnet falso, que se rían cuando la cosa sale como el culo y que me dejen solo con un puñetero perrito caliente de segunda categoría, cuando ni siquiera me gustan especialmente los perritos calientes de primera, es una putada.

Veo a Tiny mentalmente, su gorda cara riéndose. «Es totalmente inútil. Es totalmente inútil.» ¡No es verdad! Puedo comprar tabaco, aunque no fumo. Podría inscribirme ilegalmente para votar. Puedo… Ah, vaya. Tengo una idea.

Veamos, delante del Trastero hay un sitio. Uno de esos sitios con rótulo de neón y sin escaparates. No me gusta ni me interesa especialmente el porno (ni los «libros para adultos» que promete el rótulo de la puerta), pero que me den si me paso toda la noche en el Frank's Franks sin utilizar mi carnet falso. No. Me voy al *sex shop*. Tiny Cooper no tiene huevos de entrar en un sitio así. Imposible. Pienso en la movida que voy a tener cuando Tiny y Jane salgan del concierto. Dejo un billete de cinco dólares en la mesa (el cincuenta por ciento de propina) y recorro cuatro manzanas. Cuando me acerco a la puerta, empiezo a ponerme nervioso, pero me digo a mí mismo que estar en pleno invierno en el centro de Chicago resulta mucho más peligroso de lo que podría ser cualquier tienda.

Empujo la puerta y entro en un local iluminado con fluorescentes. A mi izquierda, un tipo con más piercings que un alfiletero me mira desde detrás de un mostrador.

—¿Vas a echar un vistazo o quieres fichas? —me pregunta.

No tengo ni idea de lo que son las fichas, así que le digo:

—¿A echar un vistazo?

—Muy bien. Adelante —me dice.

—¿Qué?

—Que pases.

—¿No vas a pedirme el carnet?

El tipo se ríe.

—¿Qué pasa, que tienes dieciséis años?

Lo ha clavado, pero le digo:

—No, tengo veinte.

—Vale, sí. Me lo imaginaba. Pasa.

Y pienso: «Joder, ¿tanto cuesta utilizar un puto carnet falso en esta ciudad?». Es ridículo. No voy a tolerarlo.

—No —le digo con tono contundente—. Pídeme el carnet.

—Vale, tío. Si te hace ilusión… —Y con tono teatral me pregunta—: ¿Puedo ver el carnet, por favor?

—Puedes —le contesto.

Y se lo tiendo. Le echa un vistazo y me lo devuelve.

—Gracias, Ishmael —me dice.

—De nada —repongo enfadado.

Y entro en el *sex shop*.

La verdad es que es un aburrimiento. Parece una tienda normal: estanterías de DVD y de viejas cintas de VHS, y un expositor de revistas, todo bajo esta molesta luz de fluorescente. Bueno, sí hay alguna diferencia con un videoclub normal, supongo, como A. En un videoclub normal hay muy pocos DVD que contengan palabras como «devoradora» y «zorra», y aquí parece suceder lo contrario, y B. Estoy seguro de que en un videoclub normal no hay chismes para azotar, mientras que aquí hay unos cuantos. Y C. En un videoclub normal hay pocos artículos en venta que te hagan pensar: «No tengo ni la más remota idea de para qué se supone que sirve esto ni de dónde se supone que se pone».

No hay nadie en el *sex shop*, aparte del Señor de los Piercings, y quiero marcharme porque seguramente esta es la parte más incómoda y desagradable de lo que hasta ahora ha sido un día bastante incómodo y desagradable. Pero la excursión será totalmente inútil si no consigo una prueba que demuestre que he estado aquí. Mi objetivo es encontrar el artículo más divertido para enseñarlo, el artículo que consiga que Tiny y Jane crean que he pasado una noche tan divertida que no se la pueden ni imaginar, y al final me decido por una revista en español que se llama *Mano a Mano*.

capítulo seis

ahora mismo quisiera avanzar en el tiempo. o, si no funciona, me conformaría con retroceder en el tiempo.

quiero avanzar en el tiempo porque dentro de veinticuatro horas estaré con isaac en chicago, y me gustaría saltarme todo lo que habrá hasta entonces para llegar antes a él. no me importa si dentro de diez horas me toca la lotería, ni si dentro de doce horas tengo la posibilidad de graduarme en el instituto por adelantado. no me importa si dentro de catorce horas voy a estar cascándomela y voy a tener el orgasmo más trascendental de toda la historia no documentada. me lo saltaría todo para estar con isaac y no tener que conformarme con pensar en él.

en cuanto a retroceder en el tiempo, es muy sencillo: me gustaría volver atrás en el tiempo y matar al tipo que inventó las matemáticas. ¿por qué? porque ahora mismo estoy comiendo y derek dice

derek: ¿no estás mentalizado para el maratón de mates de mañana?

la mera expresión «maratón de mates» hace que todo gramo de anestesia que he acumulado en mi cuerpo deje de hacer efecto de golpe.

yo: que le den.

en nuestro instituto hay cuatro cracks en mates. yo soy el cuarto. derek y simon son el primero y el segundo, y para participar en las competiciones se necesitan al menos cuatro miembros. (el tercero es un alumno de primer año cuyo nombre olvido deliberadamente. su lápiz tiene más personalidad que él.)

simon: lo recuerdas, ¿no?

los dos dejan sus hamburguesas de carne en la mesa (así las llama el menú de la cafetería: hamburguesas de carne) y me observan con ojos tan inexpresivos que juro que veo las pantallas de ordenador reflejadas en sus gafas.

yo: no sé. no me siento fuerte en mates. quizá deberíais buscar un sustituto.
derek: no tiene gracia.
yo: ¡ja, ja! no pretendía que la tuviera.
simon: ya te lo dije. no tienes que hacer nada. en una competición de matemáticas, participas en grupo, pero te valoran individualmente.
yo: chicos, sabéis que soy vuestro fan número uno. Pero… bueno… tengo planes para mañana.
derek: no puedes hacernos esto.

simon: dijiste que vendrías.

derek: te prometo que será divertido.

simon: no vendrá nadie más.

derek: lo pasaremos bien.

sé que derek está cabreado porque parece que se plantea reaccionar ligeramente a los estímulos informativos que ha recibido. quizá es demasiado, porque deja la hamburguesa de carne, coge la bandeja, murmura algo sobre multas de la biblioteca y se marcha.

no tengo la menor duda de que voy a dejarlos tirados. la única cuestión es si puedo hacerlo sin sentirme como una mierda. supongo que es un indicio de desesperación, pero decido contar a simon algo remotamente parecido a la verdad.

yo: mira, sabes que en circunstancias normales estaría en el maratón de mates. pero es una emergencia. tengo una… supongo que podrías llamarla cita. y tengo que ver a esa persona, de verdad, que viene a verme desde muy lejos. si hubiera alguna manera de verla e ir a la competición de mates con vosotros, iría. pero no puedo. es como… si un tren viaja a ciento cincuenta kilómetros por hora y tiene que llegar desde la competición de mates al centro de chicago en dos minutos para una cita. no llegará a tiempo. así que tengo que saltar del tren, básicamente porque solo esta vez hay caminos que llevan a esta cita, y si cojo el tren equivocado, voy a ser más desgraciado de lo que una ecuación podría explicar.

me parece muy raro estar contándole esto a alguien, especialmente a simon.

> simon: me da igual. dijiste que vendrías y tienes que venir.
> en este caso, cuatro menos uno es igual a cero.
> yo: pero, simon…
> simon: deja de lloriquear y busca a cualquier bicho viviente que se meta en el coche del señor nadler con nosotros. Incluso a un bicho muerto si se aguanta en pie una hora. no estaría mal que fuera alguien que sepa sumar, para variar, pero te juro que no seré quisquilloso, tío pedorro.

me sorprende que pase los días sin darme cuenta de que no tengo tantos amigos. bueno, en cuanto dejas de formar parte de los cinco mejores, encuentras a mucho más personal de conserjería que miembros del alumnado. y aunque al portero jim no le importa que robe de vez en cuando un rollo de papel higiénico para «proyectos artísticos», me da la impresión de que no estaría dispuesto a renunciar a su noche del viernes para viajar con los capullos matemáticos y sus *groupies*.

sé que tengo un único cartucho, y no será fácil. maura lleva todo el día de buen humor… bueno, en su versión de buen humor, que implica que los pronósticos anuncian lloviznas en lugar de tormentas. no ha sacado el tema gay, y dios sabe que yo tampoco.

espero hasta la última clase porque sé que bajo presión es más probable que diga que sí. aunque estoy sentado a su lado, saco el teléfono por debajo de la mesa y le mando un mensaje.

yo: q haces mañana noche?

maura: nada, quieres hacer algo?

yo: ojala. tengo q ir a chicago con mi madre.

maura: divertido?

yo: necesito q me sustituyas en la maraton de mates. si no
s y d estan jodidos.

maura: estas de coña, no?

me: no, de verdad estan jodidos.

maura: y pq iba a ir yo?

yo: pq te debere una y te dare 20 pavos.

maura: me deberas 3 y me daras 50.

yo: trato hecho.

maura: me guardare estos mensajes.

¿la verdad? seguramente acabo de librar a maura de pasar la tarde de compras con su madre, hacer deberes o clavarse un boli en las venas para sacar algo de material para sus poemas. después de clase le digo que seguro que conocerá a algún vago matemático de quinta de alguna ciudad que no nos suena de nada, y los dos se escaparán a fumar cigarrillos aromáticos y a comentar lo penosos que son los demás mientras derek, simon y el idiota de primero se machacan con teoremas y romboides. la verdad es que estoy haciendo maravillas por su vida social.

maura: no me presiones.

yo: te lo juro. estará de puta madre.

maura: quiero veinte pavos por adelantado.

112

me alegro de no haber tenido que decirle a Maura que tenía que ir a ver a mi abuela enferma o algo así. esas mentiras son peligrosas, porque sé que en cuanto dices que tu abuela está enferma, suena el teléfono y tu madre entra en tu habitación con malas noticias sobre el páncreas de tu abuela, y aunque sabes que esa inocente mentirijilla no provoca cáncer, te sientes culpable hasta el fin de tus días. maura me pregunta por mi viaje a chicago con mi madre, así que le doy a entender que queremos estrechar lazos, y como maura tiene un padre y una madre felices, y yo tengo una madre deprimida, me gano su compasión. pienso tanto en isaac que me asusta que se me escape algo, pero por suerte el interés de maura me mantiene en guardia.

cuando llega el momento de que ella se vaya por su camino y yo por el mío, vuelve a intentar sacarme la verdad.

maura: ¿hay algo que quieras decirme?
yo: sí. quiero decirte que me está saliendo leche del tercer
    pezón y que mis nalgas amenazan con sindicarse. ¿Qué
    crees que debería hacer?
maura: creo que me ocultas algo.

es el problema con maura: siempre tiene que ver con ella. siempre. normalmente no me importa, porque, si todo tiene que ver con ella, entonces nada tiene que ver conmigo. pero algunas veces su foco de atención me arrastra, y lo odio.

ahora me pone morros y, en honor a la verdad, son morros auténticos. no está intentando manipularme fingiendo estar enfadada. maura no hace esas chorradas, y por eso la aguanto.

puedo interpretar al pie de la letra todos sus gestos, y eso es valioso en un amigo.

yo: cuando tenga algo que decirte, te avisaré, ¿vale? ahora vete a casa y haz prácticas de mates. te he preparado unas fichas.

meto la mano en la bolsa y saco las fichas que he hecho en la séptima clase, sabiendo que maura iba a decirme que sí. en realidad no son fichas, porque no llevo fichas en la bolsa por si surge una emergencia. pero he trazado líneas de puntos en la hoja para que sepa por dónde cortarla. cada ficha tiene su ecuación.

$2 + 2 = 4$
$50 \times 40 = 2.000$
$834.620 \times 375.002 =$ ¿a quién cojones le importa?
$x + y = z$
polla + coño = una feliz pareja gallo-gata
rojo + azul = violeta
yo − maratón de mates = yo + gratitud contigo

maura las mira un segundo y dobla la hoja por las líneas de puntos encajando las caras como si fuera un mapa. no sonríe, pero por un instante no parece enfadada.

yo: no dejes que derek y simon se pongan demasiado cachondos, ¿vale? lleva siempre protección.
maura: creo que sabré mantener mi virginidad en una competición de matemáticas.

yo: es lo que dices ahora, pero ya veremos dentro de nueve
meses. si es una niña, deberías llamarla Verborrea. si es
un niño, Trígono.

se me ocurre que, tal como funcionan las cosas, seguramente maura conocerá a algún marginado matemático que le
meta el más en su menos mientras yo exploto con isaac y re-
greso a casa, a la comodidad de mi mano.

no se lo digo a maura, porque ¿para qué gafarnos los dos?

maura se despide de mí antes de marcharse y parece como
si tuviera algo más que decirme, pero hubiera decidido no decirlo. otra razón para estarle agradecido.

le vuelvo a dar las gracias, y otra vez, y otra vez.

cuando acabamos, me voy a casa y chateo con isaac en cuanto llega del instituto. hoy no trabaja. damos dos mil vueltas a
nuestro plan. dice que un amigo suyo le ha sugerido que nos
encontremos en un sitio llamado frenchy's, y como no conozco tanto chicago, aparte de los sitios a los que se va de excursión con el colegio, le digo que me parece bien e imprimo las
indicaciones que me manda.

cuando hemos terminado, entro en el facebook y miro su
perfil por millonésima vez. no lo cambia muy a menudo, pero
me sirve para recordar que es real. bueno, hemos intercambia-
do fotos y hablado lo bastante para que sepa que es real. no es
un tipo de cuarenta y seis años que me ha preparado un buen
sitio en la parte de atrás de su furgoneta con matrícula falsa. no
soy tan idiota. vamos a encontrarnos en un lugar público y llevo
el móvil. aun en el caso de que isaac sufriera un brote psicóti-
co, estaré preparado.

antes de irme a dormir miro todas las fotos suyas que tengo, como si no las hubiera memorizado ya. estoy seguro de que lo reconoceré en cuanto lo vea. y estoy seguro de que será uno de los mejores momentos de mi vida.

el viernes después de clase es mortal. quiero asesinar de mil maneras diferentes, y lo que quiero asesinar es mi armario. no tengo ni puta idea de qué ponerme, y para nada soy un tío que se pregunta qué ponerse, así que no me explico lo que estoy haciendo. cada puñetera prenda que tengo parece elegida para mostrar sus defectos. me pongo una camiseta que siempre he pensado que me queda bien, y por supuesto que me marca el pecho. pero de repente me doy cuenta de que me viene tan pequeña que si levanto los brazos, aunque sea un par de centímetros, se me ven los pelos de la barriga. entonces lo intento con una camisa negra que hace que parezca que me he arreglado demasiado, y luego con una camisa blanca que me parece guapa hasta que encuentro una mancha en la parte de abajo que espero que sea zumo de naranja, pero probablemente es de cuando me la metí por dentro de los pantalones antes de cascármela. las camisetas de grupos de música son demasiado obvias. si me pongo una camiseta de uno de sus grupos favoritos, seré un chupaculos, y si me pongo una de un grupo que no le guste, puede pensar que tengo un gusto penoso. la sudadera gris es enorme, y la camisa azul es prácticamente del mismo color que los vaqueros, e ir todo de azul solo puede permitírselo el monstruo de las galletas.

por primera vez en mi vida entiendo por qué a las perchas se les llama también colgadores, porque después de quince minutos probándome cosas y descartándolas, lo único que quiero hacer es colgar una en lo alto del armario, meter la cabeza dentro y dejarme caer. mi madre entrará y pensará que se trata de asfixia autoerótica, cuando ni siquiera he tenido tiempo de sacarme la polla, y estaré lo bastante vivo para contarle que creo que la asfixia autoerótica es una de las mayores gilipolleces del universo, junto con los republicanos gays. pero sí, me moriré. y será como un episodio de *CSI* en el que entrarán los investigadores y pasarán cuarenta y tres minutos, más los anuncios, rastreando mi vida, y al final se llevarán a mi madre a la comisaría, le pedirán que se siente y le contarán la verdad.

poli: señora, no han asesinado a su hijo. solo estaba arreglándose para su primera cita.

sonrío al pensar cómo rodarían la escena, pero caigo en la cuenta de que estoy sin camisa en medio de la habitación y de que tengo que coger un tren. Al final elijo una camiseta con un dibujito de un robot de cinta adhesiva y la palabra «robotboy» en minúsculas debajo. no sé por qué me gusta, pero me gusta, y no sé por qué creo que a isaac también le gustará, pero lo creo.

sé que debo de estar nervioso, porque en realidad estoy pensando en cómo llevo el pelo, pero cuando llego al espejo del cuarto de baño, decido que mi pelo haga lo que quiera y como normalmente me queda mejor cuando hace viento, de camino sacaré la cabeza por la ventanilla del tren. podría utilizar los productos para el pelo de mi madre, pero no me apetece oler como las mariposas en el campo. así que estoy listo.

le he dicho a mi madre que el concurso de matemáticas es en chicago. supuse que, puestos a mentir, también podría pensar que habíamos llegado a la final. le aseguré que el instituto había alquilado un autobús para nosotros, pero me dirijo a la estación de tren. no hay problema. a estas alturas tengo los nervios de punta. intento leer *matar a un ruiseñor* para la clase de literatura, pero las letras parecen formar un bonito dibujo en la página y para mí no tienen más significado que el estampado de los asientos del tren. podrían poner una película de acción titulada *muérete, ruiseñor, muérete*, y seguiría sin enterarme. así que cierro los ojos y escucho mi ipod, pero parece que lo ha programado un cupido cabrón, porque todas las canciones me hacen pensar en isaac. se ha convertido en la persona de la que hablan las canciones, y mientras una parte de mí piensa que seguramente lo merece, otra parte me grita «cálmate de una puta vez». aunque ver a isaac va a ser excitante, también va a ser incómodo. la clave será no dejar que esa incomodidad nos alcance.

dedico unos cinco minutos a pensar en la historia de mis rollos (la verdad es que con cinco minutos me sobra) y recuerdo la traumática experiencia de meter mano borracho a carissa nye en la fiesta de sloan mitchell, hace un par de meses. besarnos fue excitante, pero cuando la cosa pasó a mayores, carissa me miró con una estúpida expresión seria y casi me descojono. tuvimos serios problemas con su sujetador, que casi le corta la circulación de sangre al cerebro, y cuando por fin tuve sus tetas en mis manos (no se las había pedido), no supe qué hacer aparte de acariciarlas como si fueran perrillos. a los perrillos les gustaba, y carissa decidió frotarme un par de veces, y me gustó, porque cuando las cosas llegan a ese punto, las manos son manos, y tocar es tocar, y tu cuerpo reacciona como reacciona. le importa una mierda las conversaciones que tengas después, no solo con carissa, que quería salir conmigo y a la que intenté disuadir con delicadeza, pero al final le hice daño. no, también tuve que enfrentarme a maura, porque en cuanto se enteró (no por mí), se cabreó (conmigo). me dijo que pensaba que carissa estaba utilizándome y actuó como si pensara que yo estaba utilizando a carissa, cuando en realidad todo había sido perfectamente inútil, y por más que se lo dije a maura, se negó a dejarme en paz. durante semanas me gritaba «bueno, ¿y por qué no llamas a carissa?» cada vez que discutíamos. aunque solo sea por eso, el magreo no mereció la pena.

isaac es totalmente diferente, por supuesto. no solo en el sentido de magrearse. aunque algo de eso hay. no voy a la ciudad solo para enrollarme con él. quizá no es lo último en lo que pienso, pero tampoco es lo primero.

pensaba que iba a llegar temprano, pero, cuando estoy cerca del sitio en el que se supone que vamos a encontrarnos, llevo más retraso que la regla de una embarazada. camino por la avenida michigan entre las chicas y los chicos turistas antes del toque de queda; parece que acaban de salir de un entreno de baloncesto o que han estado viendo baloncesto en la tele. me fijo en un par de tíos buenos, pero es pura investigación científica. durante los próximos diez minutos puedo reservarme para isaac.

me pregunto si ya ha llegado. me pregunto si está tan nervioso como yo. me pregunto si esta mañana ha pasado tanto tiempo como yo eligiendo una camiseta. me pregunto si por un capricho de la naturaleza llevaremos la misma. como si el destino hubiera querido que dios lo hiciera obvio.

me sudan las palmas de las manos. lo compruebo. me tiemblan los huesos. lo compruebo. siento que el oxígeno del aire ha sido sustituido por helio. sí. miro el mapa quince veces por segundo. faltan cinco manzanas. cuatro manzanas. tres manzanas. dos manzanas. calle state. la esquina. busco el frenchy's. creo que debe de ser un restaurante de moda. o una cafetería. o una tienda de discos indie. incluso un restaurante hecho polvo.

llego y descubro que... es un *sex shop*.

pienso que quizá el *sex shop* ha tomado el nombre de algo que está en los alrededores. quizá estoy en el barrio *frenchy*, y todo se llama frenchy's, como si vas al centro y encuentras la panadería del centro, la lavandería del centro y el estudio de yoga del centro. pero no. doy la vuelta a la manzana. lo intento al otro lado de la calle. compruebo la dirección veinte veces.

y aquí estoy. otra vez en la puerta.

recuerdo que el lugar lo sugirió un amigo de isaac. o al menos eso me dijo. si es verdad, quizá sea una broma, y el pobre isaac ha llegado antes, se ha muerto de vergüenza y está esperándome dentro. o quizá sea una especie de prueba cósmica. tengo que cruzar el río de la incomodidad extrema para llegar al paraíso, que está al otro lado.

qué cojones, pienso.

a mi alrededor el viento es frío. entro.

capítulo siete

Oigo el pitido electrónico, me giro y veo que entra un chico. Por supuesto, no le piden el carnet, y dado que está en la etapa de la pubertad en la que empieza a salir el bigote, es imposible que tenga dieciocho años. Bajito, ojos grandes, rubio y totalmente aterrorizado, tan asustado como seguramente lo habría estado yo si no hubiera cruzado esa puerta empujado por la conspiración anti-Will Grayson orquestada por A. Jane, B. Tiny, C. El tipo de los piercings del otro lado del mostrador, y D. Estar más perdido que un pulpo en un garaje.

Pero, en fin, el chico me mira con una intensidad que me resulta muy inquietante, sobre todo teniendo en cuenta que sostengo un ejemplar de *Mano a Mano*. Estoy seguro de que hay muchas y fantásticas maneras de indicar al menor de edad situado junto a una Gran Muralla de consoladores que en realidad no eres fan de *Mano a Mano*, pero la estrategia concreta que elijo es murmurar: «Es… es para un amigo». Lo que es verdad, pero A. Como excusa, no es convincente, B. Implica que soy un tío que hace amistad con tíos a los que les gusta *Mano a Mano*, y además implica que C. Soy un tío que compra revistas porno para sus amigos. Nada más haber dicho «Es para un amigo», caigo en la cuenta de que debería haber dicho: «Estoy aprendiendo español».

El chaval sigue mirándome fijamente, y al rato entrecierra los ojos. Le sostengo la mirada unos segundos, pero luego la desvío. Al final pasa por delante de mí hacia los pasillos de los vídeos. Me da la impresión de que está buscando algo concreto, pero que ese algo concreto no está relacionado con el sexo, en cuyo caso sospecho que no va a encontrarlo aquí. Deambula hacia el fondo de la tienda, donde hay una puerta abierta que creo que tiene algo que ver con las «fichas». Lo único que quiero ahora es salir zumbando de aquí con mi ejemplar de *Mano a Mano*, así que me acerco al tipo de los piercings y le digo:

—Solo esto, por favor.

Teclea en la caja registradora.

—Nueve con ochenta y tres —me dice.

—¿Nueve DÓLARES? —le pregunto incrédulo.

—Con ochenta y tres céntimos —añade.

Muevo la cabeza. La broma va a salirme muy cara, pero no me apetece volver al espeluznante expositor de revistas y buscar una ganga. Me meto la mano en el bolsillo y saco algo así como cuatro dólares. Suspiro, echo mano al bolsillo de atrás y le tiendo al tipo mi tarjeta de débito. Mis padres miran los extractos, pero pensarán que el Frenchy's es una cafetería.

El tipo mira la tarjeta. Me mira a mí. Mira la tarjeta. Me mira a mí. Y justo antes de que diga algo, me doy cuenta: en mi tarjeta pone William Grayson. En mi carnet de conducir pone Ishmael J. Biafra.

El tipo dice en voz alta:

—William. Grayson. William. Grayson. ¿Dónde he visto antes este nombre? Ah, sí. En tu carnet de conducir NO.

Por un momento considero mis opciones, y al final le digo muy tranquilo:

—La tarjeta es mía. Me sé el pin. Pásala.

La pasa por la máquina y me dice:

—Me importa una mierda, chaval. Yo gano lo mismo.

Y en ese momento noto que el chico está detrás de mí, mirándome otra vez, y cuando me giro, dice:

—¿Qué has dicho?

Pero no me lo pregunta a mí, sino al tipo de los piercings.

—He dicho que su carnet me importa una mierda.

—¿No me has llamado?

—¿Qué coño estás diciendo, chaval?

—William Grayson. ¿Has dicho William Grayson? ¿Alguien ha llamado preguntando por mí?

—¿Cómo? No, chico. William Grayson es este —dice señalándome—. Bueno, supongo que hay dos versiones del tema, pero eso dice esta tarjeta.

El chico me mira un minuto confundido y al final me pregunta:

—¿Cómo te llamas?

Estoy de los nervios. El Frenchy's no es un sitio para charlar. Así que me limito a decirle al de los piercings:

—¿Puedes darme la revista?

El de los piercings me la tiende en una bolsa de plástico negra sin letras y totalmente opaca, lo que le agradezco, y me da mi tarjeta y el tíquet. Cruzo la puerta, corro media manzana por la calle Clark y luego me siento en el bordillo y espero a que se me desacelere el pulso.

Y está empezando a desacelerarse cuando el peregrino menor de edad del Frenchy's llega corriendo.

—¿Quién eres? —me pregunta.

Me levanto.

—Soy Will Grayson —le contesto.

—¿W-I-L-L G-R-A-Y-S-O-N? —dice deletreándolo increíblemente deprisa.

—Pues sí —le digo—. ¿Por qué lo preguntas?

El chico me mira un segundo con expresión de que estoy tomándole el pelo.

—Porque yo también me llamo Will Grayson —me dice por fin.

—No me jodas —digo.

—Te jodo —responde el chico.

No estoy seguro de si es paranoico, esquizofrénico o las dos cosas, pero en ese momento se saca del bolsillo trasero una cartera de cinta adhesiva y me muestra un carnet de conducir de Illinois. Al menos nuestro segundo nombre no es el mismo, pero... sí.

—Bueno —le digo—, encantado de conocerte.

Y empiezo a girarme porque no tengo nada en contra del chico, pero no me apetece ponerme a charlar con un tipo que anda por *sex shops*, aunque, en sentido estricto, yo también soy un tipo que anda por *sex shops*. Pero me toca el brazo y parece demasiado bajito para ser peligroso, así que vuelvo a girarme.

—¿Conoces a Isaac? —me pregunta.

—¿A quién?

—Isaac.

—No conozco a ningún Isaac, tío —le digo.

—Se suponía que tenía que encontrarme con él en la tienda, pero no está. La verdad es que no te pareces a él, pero pensaba… No sé lo que pensaba. ¿Cómo…? ¿Qué cojones está pasando?

El chico mira a su alrededor, como buscando una cámara o algo así.

—¿Te ha metido Isaac en esto?

—Ya te lo he dicho, tío. No conozco a ningún Isaac.

Vuelve a girarse, pero detrás de él no hay nadie. Levanta los brazos.

—Ahora mismo estoy flipando —dice.

—Ha sido un día un poco loco para todos los Will Grayson —le digo.

Mueve la cabeza, se sienta en el bordillo y me siento con él porque no tengo nada mejor que hacer. Me mira, desvía la mirada y vuelve a mirarme. Y luego se pellizca el brazo.

—Claro que no. No puedo estar soñando estas cosas.

—Ya —le digo.

No tengo claro si quiere que hable con él, ni tengo claro si quiero hablar con él, pero un minuto después le digo:

—¿De qué conoces a ese Isaac que había quedado contigo en el *sex shop*?

—Es… es un amigo. Nos conocimos por internet hace tiempo.

—¿Por internet?

Will Grayson se encoge todavía más, por difícil que parezca. Encorva los hombros y mira fijamente la alcantarilla. Sé que hay otros Will Grayson, claro. He buscado mi nombre en Google muchas veces. Pero nunca pensé que vería a uno.

—Sí —me contesta por fin.

—Nunca has visto a ese tío físicamente —le digo.

—No —me dice—, pero lo he visto en miles de fotos.

—Es un tío de cincuenta años —le respondo con toda naturalidad—. Es un pervertido. De Will a Will: es imposible que ese Isaac sea quien crees que es.

—Seguramente solo… No sé, quizá ha conocido a otro puto Isaac en el autobús y se ha quedado atrapado en Mundo Bizarro.

—¿Por qué coño iba a pedirte que fueras al Frenchy's?

—Buena pregunta. ¿Por qué iría alguien a un *sex shop*? —me pregunta sonriendo.

—Tienes razón —le digo—. Sí, es verdad. Pero puedo explicarlo.

Espero un segundo a que Will Grayson me pida que se lo explique, pero, como no lo hace, empiezo a contárselo igualmente. Le cuento lo de Jane, Tiny Cooper, Maybe Dead Cats, «Annus Miribalis», la combinación de la taquilla de Jane y el dependiente de la copistería que no sabía sumar, y eludo un par de carcajadas suyas mientras se lo cuento, aunque básicamente no deja de mirar hacia el Frenchy's, esperando a Isaac. Su cara pasa de la esperanza al cabreo. La verdad es que me presta muy poca atención, y es perfecto, porque estoy contándole mi historia por contarla, hablando con un extraño porque es la única conversación segura que puedo mantener, y durante todo el tiempo sujeto el móvil dentro del bolsillo, porque quiero asegurarme de que notaré la vibración si me llama alguien.

Entonces me habla de Isaac, de que hace un año que son amigos y de que siempre ha querido verlo, porque en la urbanización en la que vive no hay nadie como él, y no tardo en entender que a Will Grayson le gusta Isaac, y no solo de forma platónica.

—Bueno, ¿qué pervertido de cincuenta años haría algo así? —dice Will—. ¿Qué pervertido se pega un año de su vida hablando conmigo, contándome todos los detalles de su falso yo, mientras yo le cuento todo de mi yo real? Y si era un pervertido de cincuenta años, ¿por qué no ha aparecido en el Frenchy's para violarme y asesinarme? Incluso en esta noche de cosas imposibles, es totalmente imposible.

Le doy vueltas un segundo.

—No sé —digo por fin—. La gente es muy rara, por si no te habías dado cuenta.

—Sí.

Ya no se gira hacia el Frenchy's. Solo mira hacia delante. Lo veo con el rabillo del ojo, y estoy seguro de que él me mira a mí con el rabillo del ojo, pero no estamos todo el rato mirándonos el uno al otro, miramos los dos el mismo punto de la calle mientras los coches pasan rugiendo y mi cerebro intenta entender todas las imposibilidades, todas las coincidencias que me han traído hasta aquí, todas las cosas verdaderas y falsas. Nos quedamos un rato callados, tanto rato que me saco el teléfono del bolsillo, lo miro para confirmar que nadie me ha llamado, vuelvo a guardarlo y al final noto que Will desvía los ojos de la calle, me mira y dice:

—¿Qué sentido crees que tiene?

—¿El qué? —le pregunto.

—No hay tantos Will Grayson —me dice—. Tiene que tener algún sentido que un Will Grayson conozca a otro Will Grayson en un *sex shop* al que ninguno de los dos va.

—¿Quieres decir que Dios ha hecho coincidir en el Frenchy's a dos Will Grayson menores de edad de los alrededores de Chicago?

—No, gilipollas —me contesta—, pero, bueno, algún sentido tiene que tener.

—Sí —le digo—. Cuesta creer en la casualidad, pero todavía cuesta más creer en otra cosa.

Y en ese momento el teléfono despierta en mi mano y, mientras me lo estoy sacando del bolsillo, empieza a sonar el teléfono de Will Grayson.

Son demasiadas coincidencias, incluso para mí.

—Joder, es Maura —murmura.

Como si yo supiera quién es Maura. Se queda mirando el teléfono, como si no supiera si contestar o no. Mi llamada es de Tiny. Antes de abrir el teléfono le digo a Will:

—Es mi amigo Tiny.

Y miro a Will, al mono y confundido Will.

Abro el teléfono.

—¡Grayson! —grita Tiny por encima del barullo de la música—. ¡Me encanta este grupo! Nos quedaremos un par de canciones más y luego saldré a buscarte. ¿Dónde estás, cariño? ¿Dónde está mi pequeño Grayson?

—Estoy al otro lado de la calle —le grito también yo—. Y más te vale arrodillarte y dar gracias a Dios, porque Tiny, tío, tengo a un chico para ti.

capítulo ocho

estoy flipando tanto que si me sacaran a un payaso del culo no me sorprendería lo más mínimo.

quizá tendría algo de sentido si este OTRO WILL GRAYSON que está a mi lado no fuese un will grayson, sino el medalla de oro de las olimpiadas de comeollas. no es que al verlo haya pensado «vaya, ese chaval también debe de llamarse will grayson». no, lo único que he pensado ha sido «vaya, no es isaac». Es decir, la edad es correcta, pero la cara es totalmente equivocada. así que no le he hecho caso. he girado la cara hacia el dvd que fingía observar, que era una peli porno titulada *el sonido y la peluda*. iba sobre «sexo vacuno», con todos los que aparecían en la portada vestidos de vaca (una ubre). me he alegrado de que para hacer la película no se dañara (ni se diera placer) a ninguna vaca real. pero aun así. no es lo mío. al lado había un dvd titulado *un polvo moribundo*, con una escena de hospital en la portada. era como *anatomía de grey*, pero con menos grey y más anatomía. por un momento he pensado «estoy impaciente por contárselo a isaac», olvidando, por supuesto, que se suponía que debía estar conmigo.

no es que no lo hubiera visto entrar. en la tienda no había nadie aparte de mí, el o.w.g. y el dependiente, que parecía el muñeco de masa Poppy Fresco, pero habiendo dejado el paquete de masa abierto una semana. supongo que todos los demás utilizan internet para conseguir su porno. y el frenchy's no es precisamente tentador. estaba iluminado como un 7-eleven, lo que hacía que el plástico pareciera más plástico, y el metal pareciera más metal, y la gente desnuda de las portadas de los dvd no pareciera atractiva, sino porno barato. He pasado por *chupando a moisés* y *el placer de una tarde de agosto*, y me he encontrado a mí mismo en una extraña sección de penes. como en el fondo tengo la cabeza llena de mierda, de inmediato he empezado a imaginarme una secuela de *toy story* titulada *sex toy story*, en la que de repente todos aquellos consoladores, vibradores y orejas de conejo cobraban vida y hacían cosas como cruzar la calle para volver a casa.

una vez más, mientras pensaba todas estas cosas,, pensaba también en compartirlas con isaac. no había otra opción.

solo me he distraído al oír que el tipo que estaba detrás del mostrador decía mi nombre. y así he encontrado al o.w.g.

pues sí, entro en un *sex shop* buscando a isaac y lo que encuentro es a otro will grayson.

dios, eres un cabrón asqueroso.

por supuesto, ahora mismo también isaac está entre los primeros puestos de cabrones asquerosos. aunque espero que en realidad sea un cabrón nervioso. quizá ha aparecido, ha visto que el sitio que su amigo le había recomendado es un *sex shop* y le ha dado tanta vergüenza que ha echado a correr llorando. bueno, es posible. o quizá solo llega tarde. tengo que darle al menos una hora. su tren podría haberse quedado atrapado en un túnel o algo así. no sería la primera vez. al fin y al cabo, viene de ohio. los de ohio siempre llegan tarde.

mi teléfono suena prácticamente al mismo tiempo que el del o.w.g. aunque es patéticamente improbable que sea isaac, no pierdo la esperanza.

entonces veo que es maura.

yo: joder, es maura.

al principio no pienso contestar, pero el o.w.g. contesta el suyo.

o.w.g.: es mi amigo tiny.

si el o.w.g. contesta al teléfono, supongo que lo mejor es que yo conteste también. además recuerdo que maura está haciéndome un favor. si después me entero de que un escuadrón de frustrados frikis de letras armados con fusiles atacó la competición de matemáticas, me sentiré culpable por no haber contestado para que maura pudiera despedirse.

yo: rápido… dime cuál es la raíz cuadrada de mis calzoncillos.
maura: hola, will.
yo: cero puntos por tu respuesta.
maura: ¿qué tal chicago?
yo: ¡no hace nada de viento!
maura: ¿qué haces?

yo: bueno, pasando el rato con will grayson.

maura: lo suponía.

yo: ¿qué quieres decir?

maura: ¿dónde está tu madre?

uf. huele a trampa. ¿ha llamado a mi casa? ¿ha hablado con mi madre? ¡marcha atrás!

yo: ¿soy la niñera de mi madre? (ja, ja, ja)

maura: deja de mentir, will.

yo: vale, vale. necesitaba dar una vuelta solo. luego iré a un concierto.

maura: ¿a qué concierto?

¡joder! no recuerdo a qué concierto ha dicho el o.w.g. que iba a ir. y sigue hablando por teléfono, así que no puedo preguntárselo.

yo: de un grupo que no conoces.

maura: ponme a prueba.

yo: así se llama. «un grupo que no conoces.»

maura: ah, lo conozco.

yo: sí.

maura: ahora mismo estaba leyendo una crítica de su álbum en la página de *spin*.

yo: genial.

maura: sí, el álbum se titula «isaac no viene, puto mentiroso».

la cosa no va bien.

yo: un título bastante idiota para un álbum.

¿qué? ¿qué, qué, qué?

maura: déjalo ya, will.
yo: mi contraseña.
maura: ¿qué?
yo: has hackeado mi contraseña. has leído mis e-mails,
    ¿no?
maura: ¿qué estás diciendo?
yo: isaac. ¿cómo sabes que había quedado con isaac?

debe de haber mirado por encima de mi hombro cuando revisaba mi e-mail en el instituto. debe de haberme visto tecleando la contraseña. me ha robado la puta contraseña.

maura: will, yo soy isaac.
me: no seas idiota. es un tío.
maura: no, no es un tío. es un perfil. lo hice yo.
yo: sí, claro.
maura: así es.

no. no no no no no no no no no no no no no no.

yo: ¿qué?

no por favor no qué no no por favor no joder no NO.

maura: isaac no existe. nunca ha existido.

yo: no puedes…

maura: te he pillado.

¡¿ME has pillado?!

qué MIERDA.

yo: dime que es una broma.

maura: …

yo: esto no puede estar pasando.

el otro will grayson ha terminado de hablar y me mira.

o.w.g.: ¿estás bien?

estoy tocado. el momento de «¿de verdad acaba de caerme
un yunque en la cabeza?» ha pasado y ahora siento el yunque.
sí, siento el yunque.

yo: zorra rastrera.

sí, ahora las sinapsis transmiten la información. últimas noticias: isaac nunca ha existido. era tu amiga haciéndose pasar
por él. todo era mentira.

todo mentira.

yo: grandísima puta.

maura: ¿por qué a las chicas nunca nos llaman soplapollas?

yo: no voy a insultar a los soplapollas hasta ese punto. al
    menos cumplen su función.

maura: mira, sabía que te ibas a cabrear…

yo: ¡¡¡¿SABÍAS que me iba a CABREAR?!!!

maura: iba a decírtelo.

yo: vaya, gracias.

maura: pero no me lo contaste.

ahora el o.w.g. me mira muy preocupado. tapo el teléfono
con la mano un segundo y hablo con él.

yo: no estoy bien, la verdad. de hecho, seguramente este es
    el peor minuto de mi vida. no te vayas.

el o.w.g. asiente.

maura: will? mira, lo siento.

yo: …

maura: en realidad no has pensado que pudiera quedar con-
    tigo en un *sex shop*, ¿verdad?

yo: …

maura: era una broma.

yo: …

maura: will?

yo: no voy a asesinarte solo por respeto a tus padres. pero
    que te quede clara una cosa: jamás volveré a hablarte,
    ni a pasarte notas, ni a mandarte mensajes, ni a hablar-
    te por signos. prefiero comer mierda de perro llena de
    hojas de afeitar a tener algo que ver contigo.

cuelgo antes de que pueda decir algo más. apago el teléfono. me siento en el bordillo. cierro los ojos. y grito. si todo mi mundo va a derrumbarse a mi alrededor, haré el ruido del derribo. quiero gritar hasta que se me rompan los huesos.

una vez. dos veces. otra vez.

y paro. noto las lágrimas, y confío en que si mantengo los ojos cerrados se queden dentro. soy más que patético, porque quiero abrir los ojos y ver a isaac, que me diga que maura está loca. o que el otro will grayson me diga que también esto es una coincidencia. en realidad él es el will grayson con el que maura ha estado chateando. se ha confundido de will grayson.

pero la realidad. bueno, la realidad es el yunque.

respiro hondo y suena a embozado.

todo el tiempo.

todo el tiempo era maura.

no isaac.

isaac no existe.

nunca ha existido.

sufrimiento. dolor. y sufrimiento y dolor a la vez.

sufro y me duele a la vez.

o.w.g.: ¿will…?

da la impresión de que ve con toda claridad el sufrimiento y el dolor en mi cara.

yo: ¿sabes el tío al que se suponía que iba a ver?
o.w.g.: isaac.

yo: sí, isaac. bueno, pues resulta que al final no era un chico de quince años. era mi amiga maura gastándome una broma.

o.w.g.: una broma con muy mala leche.

yo: sí. eso creo yo.

no tengo ni idea de si estoy hablando con él porque también se llama will grayson, o porque me ha contado por encima lo que le pasaba, o porque es la única persona en el mundo dispuesta a escucharme ahora mismo. mi instinto me dice que me abrace a una pelota diminuta y ruede hasta la alcantarilla más cercana… pero no quiero hacerle algo así al o.w.g. creo que merece algo más que ser testigo de mi autodestrucción.

yo: ¿te ha pasado alguna vez algo así?

el o.w.g. niega con la cabeza.

o.w.g.: me temo que estamos en un territorio desconocido. una vez, tiny, mi mejor amigo, quiso meterme en el concurso de chico del mes de la revista *seventeen* sin decírmelo, pero creo que no es lo mismo.

yo: ¿cómo lo descubriste?

o.w.g.: decidió que necesitaba que alguien corrigiera su inscripción, y me lo pidió a mí.

yo: ¿ganaste?

o.w.g.: le dije que la mandaría yo mismo y la tiré a la papelera. le cabreó mucho que no ganara…, pero creo que habría sido peor si hubiera ganado.

yo: podrías haber conocido a miley cyrus. jane se habría muerto de celos.

o.w.g.: creo que de lo que se habría muerto jane es de risa.

no puedo evitarlo… imagino a isaac riéndose también.

y tengo que acabar con esta imagen.

porque isaac no existe.

siento que vuelvo a perder el control.

yo: ¿por qué?

o.w.g.: ¿por qué jane se moriría de risa?

yo: no, por qué maura ha hecho algo así.

o.w.g.: francamente, no lo sé.

maura. isaac.

isaac. maura.

yunque.

yunque.

yunque.

yo: ¿sabes cuál es la putada del amor?

o.w.g.: ¿cuál?

yo: que es inseparable de la verdad.

vuelven las lágrimas. porque este dolor… sé que lo pierdo todo. isaac. la esperanza. el futuro. estos sentimientos. esta palabra. lo pierdo todo, y duele.

o.w.g.: ¿will?

yo: creo que necesito cerrar los ojos un minuto y sentir lo que tengo que sentir.

cierro los ojos, cierro el cuerpo e intento cerrar todo lo demás. noto que el o.w.g. se levanta. ojalá fuera isaac, aunque sé que no lo es. ojalá maura no fuera isaac, aunque sé que lo es. ojalá yo fuera otra persona, aunque sé que nunca jamás conseguiré librarme de lo que he hecho y de lo que me han hecho.

señor, mándame una amnesia. haz que olvide todos los momentos que en realidad no he vivido con isaac. haz que olvide que maura existe. así debió de sentirse mi madre cuando mi padre le dijo que habían acabado. ahora lo entiendo. lo entiendo. las cosas en las que depositas más esperanzas son las que acaban destruyéndote.

oigo al o.w.g. hablando con alguien. un resumen en murmullos de lo que ha pasado.

oigo pasos que se acercan. intento calmarme un poco, abro los ojos… y veo a un tipo enorme frente a mí. cuando me ve mirándole, me sonríe de oreja a oreja. juro que tiene hoyuelos del tamaño de la cabeza de un bebé.

tipo enorme: hola. soy tiny.

me tiende la mano. no estoy de humor para apretones de manos, pero sería raro que lo dejara ahí plantado, así que le tiendo la mano también yo. pero, en lugar de estrechármela, tira de mí y me levanta.

tiny: ¿se ha muerto alguien?

yo: sí, yo.

vuelve a sonreír.

tiny: bueno, entonces… bienvenido a la vida después de la
muerte.

capítulo nueve

Pueden decirse muchas cosas malas de Tiny Cooper. Lo sé porque las he dicho. Pero, para ser un tío que no tiene ni idea de cómo manejar sus propias relaciones, Tiny Cooper es un genio con las penas de amor de los demás. Tiny es como una enorme esponja que absorbe el dolor del amor perdido vaya a donde vaya. Y es lo que sucede con Will Grayson. Con el otro Will Grayson, quiero decir.

Jane está delante de un escaparate, hablando por teléfono. La miro, pero ella no está mirándome, y me pregunto si han cantado la canción. Algo que ha dicho Will (el otro Will) justo antes de que Tiny y Jane llegaran me da vueltas en la cabeza: el amor es inseparable de la verdad. Pienso en ellos como gemelos tristemente unidos.

—Está claro —dice Tiny— que esa tía es una mierda caliente, pero aun así admito su buen gusto con el nombre. Isaac. Isaac. En fin, creo que podría enamorarme de una chica si se llamara Isaac.

El otro Will Grayson no se ríe, pero Tiny ni se inmuta.

—Has debido de flipar al ver que era un *sex shop*, ¿no? En plan: ¿quién queda en un sitio así?

—Y luego cuando su tocayo estaba comprando una revista —digo.

Levanto la bolsa negra creyendo que Tiny va a quitármela para ver lo que he comprado. Pero no lo hace.

—Es aún peor que lo que pasó conmigo y con Tommy —dice.

—¿Qué pasó contigo y con Tommy? —pregunta Will.

—Me dijo que era rubio natural, pero le habían teñido tan mal que parecía un postizo de la empresa Mattel…, como de Barbie. Además, Tommy no era diminutivo de Tomas, como me dijo. Era diminutivo del típico Thomas.

—Sí, es peor —dice Will—. Mucho peor.

Como es evidente que no tengo demasiado que aportar a la conversación, y en cualquier caso Tiny actúa como si yo no existiera, sonrío y digo:

—Chicos, os dejo solos.

Miro al otro Will Grayson, que se balancea como si fuera a caerse si se levanta viento. Quiero decir algo, porque lo siento por él, pero nunca sé qué decir. Así que le digo lo que estoy pensando.

—Sé que es una putada, pero de alguna manera está bien.

Me mira como si acabara de decir una idiotez total, y por supuesto la he dicho.

—El amor y la verdad unidos, quiero decir. Cada uno hace posible el otro, ¿sabes?

El chico me lanza una octava parte de sonrisa y se gira hacia Tiny, que, para ser sincero, es sin duda el mejor psicólogo.

La bolsa negra con la revista *Mano a Mano* ha perdido la gracia, así que la dejo caer al suelo, al lado de Tiny y de Will. Ni siquiera se dan cuenta.

Ahora Jane está agachada en el bordillo, casi inclinada hacia una calle llena de taxis. Un grupo de universitarios pasan y la miran alzándose las cejas entre sí. Sigo pensando en el vínculo del amor y la verdad…, y quiero contarle la verdad…, toda la contradictoria verdad…, porque si no, hasta cierto punto, ¿no soy esa chica? ¿No soy esa chica que se hacía pasar por Isaac?

Me acerco a ella e intento tocarle el codo por detrás, pero la toco tan suavemente que solo llego al abrigo. Se gira hacia mí y veo que sigue hablando por teléfono. Hago un gesto que quiere decir: «No hay prisa, habla todo lo que quieras», pero que seguramente dice: «¡Mírame! Tengo espasmos en las manos». Jane levanta un dedo. Asiento. Habla por teléfono en voz baja, dulcemente, y dice: «Sí, lo sé. Yo también».

Retrocedo y me apoyo en la pared entre el Frenchy's y un restaurante de sushi cerrado. A mi derecha, Will y Tiny charlan. A mi izquierda, Jane charla. Saco el móvil como si fuera a mandar un mensaje, pero solo recorro mi lista de contactos. Clint. Jane. Mamá. Papá. Gente de la que era amigo. Gente a la que conozco. Tiny. Nada después de la T. No mucho para un teléfono que tengo desde hace tres años.

—Oye —dice Jane.

Levanto la mirada, cierro el teléfono y sonrío.

—Siento lo del concierto —me dice.

—Sí, no pasa nada —le contesto, porque así es.

—¿Quién es ese chico? —me pregunta haciendo un gesto hacia él.

—Will Grayson —le contesto.

Me mira confundida.

—He conocido a un tipo que se llama Will Grayson en ese *sex shop* —le digo—. He entrado para utilizar mi carnet falso, y él ha entrado para encontrarse con su novio falso.

—Vaya, si hubiera sabido que iba a pasar algo así, me habría saltado el concierto.

—Sí —le digo intentando no parecer molesto—. Vamos a dar una vuelta.

Asiente. Caminamos por la avenida Michigan, la Magnificent Mile, donde están las principales tiendas y cadenas de Chicago. Ahora está todo cerrado, y los turistas que invaden las amplias aceras durante el día han vuelto a sus hoteles, que se alzan cincuenta pisos por encima de nosotros. Los mendigos que piden a los turistas también se han ido, y básicamente solo estamos Jane y yo. Como no es posible decir la verdad sin hablar, le cuento toda la historia intentando que sea divertida, intentando que sea más grande de lo que podría ser cualquier concierto de MDC. Y cuando termino, nos quedamos un momento en silencio.

—¿Puedo preguntarte algo que no viene a cuento? —me dice.

—Sí, claro.

Pasamos por delante de Tiffany's y me detengo un segundo. Las farolas amarillentas iluminan lo justo para que a través del triple cristal y la reja de seguridad vea un escaparate vacío…, el perfil de un cuello de tercipelo gris sin joyas.

—¿Crees en las revelaciones? —me pregunta.

Seguimos caminando.

—¿Puedes desarrollar la pregunta?

—¿Crees que las personas pueden cambiar de actitud? Un día te despiertas y te das cuenta de algo, ves algo como no lo habías visto antes y, bum, revelación. Algo cambia para siempre. ¿Lo crees?

—No —le contesto—. Creo que nada sucede de golpe. Como Tiny. ¿Crees que Tiny se enamora cada día? Imposible. Cree que se enamora, pero en realidad no es así. Es decir, todo lo que sucede de golpe seguramente deja de suceder de golpe, ¿sabes?

Por un momento no dice nada. Solo camina. Mi mano está cerca de la suya, se rozan, pero no sucede nada entre nosotros.

—Sí, quizá tengas razón —me dice por fin.

—¿Por qué lo preguntas?

—No lo sé. Por nada, la verdad.

El lenguaje tiene una larga y documentada historia. Y en todo ese tiempo, nadie ha preguntado «algo que no viene a cuento» sobre «revelaciones» «por nada». Las «preguntas que no vienen a cuento» son las preguntas que vienen más a cuento de todas.

—¿Quién ha tenido la revelación? —le pregunto.

—Uf, la verdad es que creo que eres la peor persona posible con la que hablar de este tema —me dice.

—¿Por qué?

—Sé que ha sido penoso por mi parte ir al concierto —dice sin venir a cuento.

Llegamos a un banco de plástico y se sienta.

—No pasa nada —le digo sentándome a su lado.

—A gran escala, sí que pasa. Creo que el problema es que estoy un poco confundida.

Confundida. El teléfono. La voz dulce y femenina. Revelaciones. Al final entiendo la verdad.

—Tu ex —le digo.

Siento que el estómago se me hunde como si nadara en el fondo del mar y descubro la verdad: me gusta. Es guapa, muy inteligente, en un sentido ligeramente pretencioso, su cara tiene una dulzura que agudiza todo lo que dice, y me gusta, y no es solo que deba ser sincero con ella. Quiero serlo. Supongo que así es como estas cosas son inseparables.

—Tengo una idea —le digo.

Noto que me mira y me pongo la capucha del abrigo. Las orejas me queman de frío.

—¿Qué idea? —me pregunta.

—La idea es que durante diez minutos olvidemos que tenemos sentimientos. Y que olvidemos protegernos nosotros mismos o a otras personas y digamos la verdad. Diez minutos. Y luego podemos volver a ser penosos.

—Me gusta la idea —me dice—. Pero empiezas tú.

Me subo un poco la manga del abrigo y miro el reloj. Las 10.42.

—¿Lista? —le pregunto.

Asiente. Vuelvo a mirar el reloj.

—Bien…, allá voy. Me gustas. Y no sabía que me gustabas hasta que he pensado en ti en ese concierto con otro tío, pero ahora lo sé, y entiendo que eso me convierte en una zorra chillona, pero sí, me gustas. Creo que eres genial y muy mona…, y con mona quiero decir guapa, pero no quiero decir guapa porque es un cliché, pero eres guapa…, y ni siquiera me importa que seas una esnob en música.

—No es esnobismo. Es buen gusto. Bueno, salía con un chico, sabía que iba a estar en el concierto y en parte quería ir contigo porque sabía que Randall estaría allí, pero luego he querido entrar incluso sin ti porque sabía que estaría allí, y me ha visto mientras MDC tocaba «A Brief Overview of Time Travel Paradoxes», y me ha gritado al oído que había tenido una revelación y que ahora sabe que tenemos que estar juntos. Le he dicho que no lo creo y ha citado un poema de e. e. cummings que dice que los besos son mejor destino que la sabiduría, y luego resulta que había pedido a MDC que me dedicara una canción, que es algo que nunca habría hecho antes, y siento que merezco a alguien al que le gusto de verdad, no como a ti, no sé.

—¿Qué canción?

—«Annus Miribalis.» Es la única persona que sabe la combinación de mi taquilla, y les ha pedido que la dedicaran a la combinación de mi taquilla, que es… Bueno, no sé. Es… sí.

Aunque estamos en los minutos de la verdad, no le cuento lo de la canción. No puedo. Me da vergüenza. La cosa es que viniendo de tu ex, es tierno. Pero viniendo del tipo que no te besó en tu Volvo naranja, es raro e incluso cruel. Tiene razón en que merece a alguien a quien guste de verdad, y quizá yo no pueda serlo. Aun así, ataco al tipo.

—Odio a los tíos que recitan poemas a las chicas. Ya que estamos siendo sinceros. Además, la sabiduría es mejor destino que la inmensa mayoría de los besos. La sabiduría es sin duda mejor destino que besar a gilipollas que solo leen poesía para utilizarla para bajar las bragas a las tías.

—Vaya —dice Jane—, el Will sincero y el Will normal son fascinantemente diferentes.

—La verdad es que prefiero al imbécil de cada día, mediocre, normal y corriente, con su cara de tonto, boquiabierto y ajeno a los tíos que intentan robarme la tranquilidad leyendo poesía y escuchando música medio buena. Me he currado mi tranquilidad. Por ser tranquilo me llevé patadas en el culo en el colegio. He pasado por esa mierda, sinceramente.

—Bueno, no lo conoces —me dice Jane.

—Ni falta que me hace —le contesto—. Mira, tienes razón. Quizá no me gustas como deberías gustarme. No me gustas en plan te llamo cada noche antes de que te metas en la cama y te leo un poema. Estoy loco, ¿vale? A veces pienso, joder, está superbuena, es inteligente y pretenciosa, pero de alguna manera su pretenciosidad hace que la desee, pero otras veces creo que es una pésima idea, que salir contigo sería como una serie de endodoncias intercaladas con ocasionales sesiones amatorias.

—Vaya, qué mierda.

—En realidad no, porque pienso las dos cosas. Y no importa, porque soy tu plan B. Quizá soy tu plan B porque así me siento, y quizá me siento así porque soy tu plan B, pero de todas formas se supone que deberías estar con Randall, y se supone que yo debería estar en mi estado natural de exilio autoimpuesto.

—¡Qué diferencia! —repite—. ¿Puedes ser así siempre?

—Seguramente no —le contesto.

—¿Cuántos minutos nos quedan?

—Cuatro —le digo.

Y nos besamos.

Esta vez soy yo el que se inclina, y ella no se aparta. Hace frío y nuestros labios están secos, nuestras narices un poco húmedas, y nuestras frentes sudorosas debajo de los gorros de lana. Aunque quiero, no puedo tocarle la cara porque llevo guantes. Pero cuando sus labios se abren, todo se vuelve cálido, siento su dulce aliento en mi boca, y seguramente sabe a perrito caliente, pero no me importa. Besa como si devorara un caramelo, y no sé dónde tocarla, porque la quiero toda. Quiero tocarle las rodillas, las caderas, la barriga, la espalda y todo, pero estamos cubiertos de ropa, así que no somos más que nubes de azúcar que chocan, y me sonríe mientras me besa porque también ella sabe que es ridículo.

—¿Mejor que la sabiduría? —me pregunta rozándome la mejilla con la nariz.

—La cosa está reñida —le contesto.

Le devuelvo la sonrisa y la abrazo con más fuerza.

Nunca había sabido lo que es desear a alguien. No querer enrollarme con alguien, sino desear, desear. Ahora lo sé. De modo que quizá crea en las revelaciones.

Se aparta un poco para decirme:

—¿Cómo me apellido?

—No tengo ni idea —le contesto inmediatamente.

—Turner. Me apellido Turner.

Le doy un último beso y luego se sienta bien, aunque deja la mano cubierta con el guante en mi cintura cubierta con el abrigo.

—Mira, ni siquiera nos conocemos. Tengo que descubrir si creo en las revelaciones, Will.

—No me creo que se llame Randall. No va al Evanston, ¿verdad?

—No, va al Latin. Nos conocimos en un concurso de poesía.

—Ah, claro. Joder, me imagino al hijo de puta baboso: alto, desgreñado y hace deporte…, fútbol, probablemente…, pero finge que no le gusta, porque lo único que le gusta es la poesía, la música y tú, y cree que eres un poema, y te lo dice, bañado en confianza en sí mismo y seguramente en colonia.

Se ríe moviendo la cabeza.

—¿Qué? —le pregunto.

—Waterpolo —me dice—. No fútbol.

—Ah. Claro. Waterpolo. Sí, no hay nada más punk rock que el waterpolo.

Me coge el brazo y mira el reloj.

—Un minuto —me dice.

—Estás mejor con el pelo hacia atrás —le digo a toda prisa.

—¿De verdad?

—Sí. Si no, pareces un cachorrillo.

—Tú estás mejor cuando te pones derecho —me dice.

—¡Tiempo! —le digo.

—Muy bien. Es una pena que no lo hagamos más a menudo.

—¿Qué parte? —le pregunto sonriendo.

Se levanta.

—Debería volver a casa. El fin de semana tengo que llegar a las doce.

—Sí —le digo. Y saco el teléfono—. Llamaré a Tiny para decirle que nos vamos.

—Voy a coger un taxi.

—Solo llamo…

Pero ya está al borde de la acera, con las puntas de las zapatillas sobresaliendo del bordillo y la mano levantada. Un taxi para. Me abraza rápidamente, un abrazo de punta de dedos y omoplatos, y se marcha sin decir una palabra más.

Nunca había estado solo en la ciudad tan tarde, y está desierta. Llamo a Tiny. No contesta. Salta el contestador.

—Este es el contestador de Tiny Cooper, escritor, productor y protagonista del nuevo musical *Tiny Dancer: La historia de Tiny Cooper*. Lo siento, pero parece que ahora mismo sucede algo más maravilloso que tu llamada. Cuando los niveles de lo maravilloso desciendan un poco, te llamaré. PIII.

—Tiny, la próxima vez que quieras liarme con una chica que tiene un novio secreto, ¿podrías al menos informarme de que tiene un novio secreto? Y si no me llamas en cinco minutos, entenderé que has vuelto a Evanston por tu cuenta. Otra cosa: eres un capullo. Eso es todo.

En la avenida Michigan hay taxis y tráfico constante, pero en cuanto llego a Huron, una calle lateral, todo está tranquilo. Paso por una iglesia y subo la calle State hacia el Frenchy's. Desde tres manzanas de distancia veo que Tiny y Will no están, pero de todas formas voy hacia la tienda. Miro la calle por ambos lados, pero no veo a nadie, y además Tiny nunca se calla, así que si estuviera cerca lo oiría.

Rebusco entre los restos de mis bolsillos, encuentro mis llaves y las saco. Las llaves están envueltas en la nota que me escribió Jane, la nota sobre el Houdini de las taquillas.

Vuelvo a recorrer la calle en dirección al coche cuando veo una bolsa de plástico negra en la acera, aleteando al viento.

Mano a Mano. La dejo pensando que seguramente mañana alguien se alegrará de encontrarla.

Por primera vez en mucho tiempo conduzco sin música. No estoy contento. No estoy contento con Jane y el señor Randall waterpolista con cara de gilipollas IV, no estoy contento con que Tiny se haya largado sin tomarse la molestia de llamarme, no estoy contento con mi insuficientemente falso carnet falso. Pero en la oscuridad de la Lake Shore, con el coche absorbiendo todo el sonido, hay algo en el entumecimiento de mis labios después de haber besado a Jane que quiero conservar, algo que parece puro, que parece la única verdad.

Llego a casa cuatro minutos antes del toque de queda, y mis padres están en el sofá, mi madre con los pies encima de las rodillas de mi padre. Mi padre quita el sonido a la tele.

—¿Qué tal ha ido? —me pregunta.

—Muy bien —le contesto.

—¿Han tocado «Annus Miribalis»? —me pregunta mi madre, porque me gustaba tanto que se la había puesto.

Supongo que me lo pregunta en parte por parecer a la última y en parte para asegurarse de que he ido al concierto. Seguramente luego buscará las canciones que han tocado. No he ido al concierto, claro, pero sé que han tocado esta canción.

—Sí —le digo—. Sí. Ha estado bien. —Los miro un segundo y añado—: Bueno, me voy a la cama.

—¿Por qué no te quedas un rato a ver la tele con nosotros? —me pregunta mi padre.

—Estoy cansado —le contesto con tono inexpresivo y me giro para marcharme.

Pero no me voy a la cama. Me meto en mi habitación, enciendo el ordenador y empiezo a leer sobre e. e. cummings.

A la mañana siguiente voy temprano al instituto con mi madre. En el pasillo paso por delante de un cartel de *Tiny Dancer* tras otro.

AUDICIONES HOY, DESPUÉS DE CLASE,
EN EL TEATRO. PREPÁRATE PARA CANTAR. PREPÁRATE
PARA BAILAR. PREPÁRATE PARA SER FANTÁSTICO.

POR SI NO HAS VISTO EL CARTEL ANTERIOR,
LAS AUDICIONES SON HOY.

CANTA, BAILA Y CELEBRA LA TOLERANCIA
EN EL MUSICAL MÁS IMPORTANTE DE NUESTRA ÉPOCA.

Corro por los pasillos, subo hasta la taquilla de Jane y con cuidado deslizo por una rendija la nota que le escribí anoche.

Para: El Houdini de las taquillas
De: Will Grayson
Re: ¿Un experto en el ámbito de los buenos novios?

Querida Jane:
Solo para que lo sepas: e.e. cummings engañó a sus dos mujeres. Con prostitutas.
Tuyo,

WILL GRAYSON

capítulo diez

tiny cooper.

tiny cooper.

tiny cooper.

repito mentalmente una y otra vez su nombre.

tiny cooper.

tiny cooper.

es un nombre ridículo, y repetirlo es ridículo, pero aunque lo intentara, no podría parar.

tiny cooper.

si lo digo bastantes veces, quizá me parezca bien que isaac no exista.

empieza esa noche. frente al frenchy's. todavía estoy en shock. no sé si es estrés postraumático o trauma posestrés. sea lo que sea, buena parte de mi vida acaba de borrarse y no tengo ganas de rellenar el vacío. dejarlo vacío, me digo. dejarme morir.

pero tiny no va a dejarme. está jugando al juego de «lo mío era peor», que nunca funciona, porque, o bien dicen algo que para nada es peor («no era rubio natural»), o bien dicen algo

que es tan peor que sientes que anulan totalmente tus sentimientos («bueno, una vez un tío me dejó plantado en una cita…
y resultó que se lo había comido un león. ¡lo último que dijo
fue mi nombre!»).

aun así, intenta ayudar. y supongo que yo debería aceptar
ayuda cuando la necesito.

por su parte, el o.w.g. también intenta ayudar. hay una chica merodeando, y no tengo la menor duda de que es la (tristemente) célebre jane. en un principio, el intento de ayudar del
o.w.g. es todavía más penoso que el de tiny.

o.w.g.: sé que es una putada, pero de alguna manera está
    bien.

es casi tan edificante como una película de hitler enrollándose con su novia y pasándoselo bien. entra en conflicto con
lo que llamo la regla de la mierda de pájaro. vaya, eso que dicen de que da buena suerte que se te cague un pájaro. ¡y se lo
creen! me dan ganas de agarrarlos y decirles: «tío, ¿no te das
cuenta de que se inventaron esa superstición porque a nadie se
le ocurrió nada mejor que decirle a una persona a la que se le
acababan de cagar encima?», y la gente no deja de decir estas
cosas…, y no solo con algo tan pasajero como una mierda de
pájaro, ¿has perdido el trabajo? ¡qué gran oportunidad! ¿has
fracasado en la vida? ahora las cosas solo pueden ir a mejor. ¿te
ha dejado plantado un novio que nunca existió? sé que es una
putada, pero de alguna manera está bien.

estoy a punto de quitarle al o.w.g. su derecho a ser will
grayson, pero sigue hablando.

o.w.g.: quiero decir que el amor y la verdad van unidos. uno hace posible al otro, ¿sabes?

no sé lo que me choca más, si el hecho de que un extraño me escuche o el hecho de que, en sentido estricto, tenga toda la razón.

el otro will grayson se marcha y me deja con mi nuevo acompañante de tamaño frigorífico, que me mira con tanta sinceridad que quiero pegarle un guantazo.

yo: no tienes que quedarte, de verdad.
tiny: ¿qué?, ¿y dejarte aquí deprimiéndote?
yo: es mucho más que depresión. es desesperación total.
tiny: ayyy.

y me abraza. imagínate que te abraza un sofá. más o menos.

yo (ahogándome): estoy ahogándome.
tiny (acariciándome el pelo): ya está, ya está.
yo: tío, no estás ayudándome.

lo aparto. parece dolido.

tiny: ¡acabas de llamarme tío!
yo: perdona. es que…
tiny: ¡solo intento ayudar!

por eso debería haberme traído pastillas extra. creo que ahora mismo los dos podríamos tomarnos una dosis doble.

yo (otra vez): perdona.

entonces me mira. y es raro, porque, bueno, me mira de verdad. hace que me sienta totalmente incómodo.

yo: ¿qué?

tiny: ¿quieres escuchar una canción de *tiny dancer: la historia de tiny cooper*?

yo: ¿cómo?

tiny: es un musical en el que estoy trabajando. basado en mi vida. creo que ahora mismo una canción del musical te iría bien.

estamos en una esquina, delante de un *sex shop*. pasa gente. gente de chicago. no hay gente menos musical que la de chicago. estoy destrozado. me va a dar un infarto cerebral. solo me faltaba la gorda cantando. pero ¿protesto? ¿decido pasar el resto de mi vida bajo tierra, alimentándome de ratas? no. asiento sin decir una palabra, porque tiene tantas ganas de cantar su canción que me sentiría un capullo si le dijera que no.

baja la cabeza y empieza a canturrear un poco para sí mismo. en cuanto pilla el tono, cierra los ojos, abre los brazos y canta:

pensé que harías realidad mis sueños
pero no eras tú, no eras tú

pensé que esta vez todo sería nuevo
pero no eras tú, no eras tú

imaginé todo lo que haríamos
pero no eras tú, no eras tú

y ahora siento que acabado mi corazón está
pero no es verdad, no es verdad

puede que sea grandullón y miedoso
pero mi fe en el amor es un coloso

aunque me he caído, yo también fallo,
no voy a bajarme de mi fiel caballo

es verdad, no eras tú
pero en la vida hay más cosas que tú

pensaba que eras un chico sensato,
pero eres un creído, un egoísta y un ingrato

puedes haberme golpeado hasta dejarme amoratado
pero la experiencia me ha hecho madurar

es verdad, que te den
hay chicos mejores con los que ligar

no serás tú, comprendez vous?
nunca serás tú

tiny no solo canta estas palabras… las canta a todo pul-
món. como un desfile saliéndole de la boca. no tengo dudas

de que las palabras cruzan el lago michigan y canadá hasta el polo norte. los campesinos de saskatchewan lloran. santa claus le pregunta a su mujer «¿qué coño es eso?», me muero de vergüenza, pero tiny abre los ojos y me mira con tanta solicitud que no tengo ni idea de lo que hacer. nadie me ha ofrecido algo así en años. aparte de isaac, pero isaac no existe. de tiny puede decirse cualquier cosa, pero está claro que existe.

me pregunta si quiero dar un paseo. vuelvo a asentir sin decir una palabra. tampoco tengo nada mejor que hacer.

yo: ¿quién eres?

tiny: ¡tiny cooper!

yo: no puedes llamarte tiny.

tiny: no. es irónico.

yo: ah.

tiny (chasqueando la lengua): no tienes que decirme «ah».

no tengo problemas al respecto. soy de huesos grandes.

yo: tío, no solo de huesos.

tiny: eso quiere decir que hay más de mí que amar.

yo: pero exige mucho más esfuerzo.

tiny: cariño, lo merezco.

lo que es de locos es que tengo que admitir que tiene algo de atractivo. no lo entiendo. es como cuando ves a un bebé realmente sexy. espera, que eso ha sonado como la mierda. no es eso lo que quiero decir. pero aunque es grande como una casa (y no hablo de la casa de un pobre), tiene la piel supersuave, los ojos muy verdes y todo en él es proporcionado. así que no siento la repulsión que cabría esperar que sintiera frente a alguien tres veces más grande que yo. quiero decirle que yo debería estar asesinando a gente por ahí, no dando una vuelta con él. pero me quita el asesinato de la cabeza. eso no quiere decir que no vuelva luego.

mientras caminamos hacia el parque millennium, tiny me cuenta todo sobre *tiny dancer*, lo mucho que ha luchado para escribirlo, actuar, dirigir, producir, hacer la coreografía, diseñar el vestuario, las luces, la puesta en escena y conseguir financiación. básicamente, está fuera de sí, y como yo estoy haciendo todo lo posible por salir fuera de mí también, intento seguirlo. como con maura (puta bruja imbécil guarra mussolini al-qaeda darth vader mediocre), no tengo que decir ni una palabra, y es perfecto.

cuando llegamos al parque, tiny va directo hacia la judía. no me sorprende.

la judía es la gilipollez de escultura que hicieron para el parque millennium (supongo que al cambiar el milenio), que originariamente tenía otro nombre, pero todo el mundo empezó a llamarla la judía, y se quedó con ese nombre. es básicamente una judía de metal reflectante en la que puedes pasar por debajo y verte distorsionado. había venido con el colegio, pero nunca había venido con alguien tan enorme como tiny. al principio cuesta encontrarse uno mismo en el reflejo, pero esta vez sé que soy la ramita ondulada junto a la masa amorfa de humanidad. tiny suelta una risita cuando se ve. una risita realmente idiota. odio cuando las tías se ríen así, porque siempre es una risa falsa. pero la de tiny no es falsa en absoluto. es como si la vida le hiciera cosquillas.

tiny hace la pose de bailarina, de jugador de béisbol, de echar a correr y la del cartel de *sonrisas y lágrimas* debajo de la judía, y se dirige a un banco desde el que se ve la carretera lake shore. creo que debe de estar todo sudado, porque, admitámoslo, casi todos los gordos sudan con solo llevarse un pastelillo a la boca. pero tiny es demasiado increíble para sudar.

tiny: bueno, cuéntale a tiny tus problemas.

no puedo contestar, porque lo dice de una manera que si cambiaras la palabra «tiny» por la palabra «mamá», la frase sonaría exactamente igual.

yo: ¿puede tiny hablar normal?

tiny (con su mejor voz de anderson cooper): sí, puede. pero cuando habla normal no es tan divertido.

yo: pareces supergay.

tiny: ah… ¿por algo en especial?

yo: sí, pero… no sé. no me gustan los gays.

tiny: ¿y te gustas a ti mismo?

mierda, quiero ser del planeta de este chico. ¿lo dice en serio? lo miro y veo que sí, lo dice en serio.

yo: ¿por qué debería gustarme a mí mismo? no gusto a nadie.

tiny: a mí sí.

yo: tú no me conoces de nada.

tiny: pero quiero conocerte.

es una idiotez, porque de repente grito.

yo: ¡cállate! ¡cállate!

y parece tan dolido que tengo que decirle:

yo: no, oye, no es por ti. ¿vale? eres majo. yo no. no soy
majo, ¿vale? ¡basta!

porque ahora no parece dolido. parece triste. triste por mí.
me ve. joder.

yo: es una idiotez.

es como si supiera que, si me toca, seguramente perderé el
control, empezaré a pegarle, empezaré a llorar y no querré volver a verlo. así que se limita a quedarse ahí mientras apoyo la
cabeza en las manos, como si literalmente intentara que no
saltara en pedazos. y la cosa es que no necesita tocarme, porque si alguien como tiny cooper está a tu lado, te das cuenta.
lo único que tiene que hacer es quedarse ahí, y sabes que ahí
está.

yo: mierda mierda mierda mierda mierda mierda mierda.

ahora viene lo más retorcido: una parte de mí cree que me
lo merezco. que quizá si no hubiera sido tan gilipollas, isaac
habría sido real. si no fuera tan penoso, podría pasarme algo
bueno. no es justo, porque yo no pedí que mi padre se marcha-

ra, ni pedí estar deprimido, ni pedí que no tuviéramos dinero, ni pedí querer follar con tíos, ni pedí ser idiota, ni pedí no tener amigos de verdad, ni pedí la mitad de la mierda que me sale por la boca. lo único que quería era un puto respiro, una puñetera cosa buena, y está claro que era pedir demasiado, querer demasiado.

no entiendo por qué este chico que escribe musicales sobre sí mismo está sentado a mi lado. ¿tan patético soy? ¿van a darle una medalla al mérito por recoger las piezas de un ser humano destrozado?

me suelto la cabeza. no me está ayudando. cuando la levanto, miro a tiny y vuelve a ser raro. no solo me mira… sigue viéndome. tiene los ojos casi brillantes.

tiny: nunca beso en la primera cita.

lo miro sin entender nada, y añade:

tiny: … pero a veces hago excepciones.

así que mi shock de antes se convierte en otro tipo de shock, y es un shock fuerte, porque en ese momento, aunque es enorme, y aunque no me conoce de nada, y aunque ocupa unas tres veces más banco que yo, tiny cooper es sorprendente e indiscutiblemente atractivo. sí, su piel es suave, su sonrisa es amable, y sobre todo sus ojos… en sus ojos hay una esperanza loca, un deseo loco y un atolondramiento ridículo, y aunque creo que es una idiotez, y aunque nunca voy a sentir lo que él siente, como mínimo no me molesta la idea de besarlo y ver qué pasa. empieza a ruborizarse por lo que ha dicho, y de hecho es demasiado tímido para inclinarse hacia mí, así que me descubro a mí mismo alzándome para besarlo, y dejo los ojos abiertos porque quiero ver cómo se sorprende y ver su felicidad, ya que no hay manera de verme o sentirme a mí mismo.

no es como besar un sofá. es como besar a un chico. a un chico, por fin.

cierra los ojos. cuando acabamos sonríe.

tiny: no pensaba que la noche acabaría así.
yo: dímelo a mí.

quiero escapar. no con él. no quiero volver al instituto ni a la vida. si mi madre no estuviera esperándome, seguramente lo haría. quiero escapar porque lo he perdido todo. estoy seguro de que si se lo dijera a tiny cooper, puntualizaría que he perdido tanto lo bueno como lo malo. me diría que mañana volverá a salir el sol o cualquier gilipollez por el estilo. pero no le creería. no me creo esas cosas.

tiny: oye… ni siquiera sé cómo te llamas.
yo: will grayson.

al oírlo, tiny salta del banco y casi me tira al suelo.

tiny: ¡no!
yo: sí…
tiny: es la leche.

empieza a reírse y a gritar

tiny: ¡he besado a will grayson! ¡he besado a will grayson!

cuando se da cuenta de que está asustándome más que los tiburones, vuelve a sentarse.

tiny: me alegro de que hayas sido tú.

pienso en el otro will grayson. me pregunto cómo le irá con jane.

yo: no soy material para la revista *seventeen*, ¿vale?

los ojos de tiny se iluminan.

tiny: ¿te lo ha contado?
yo: sí.
tiny: fue un robo total. me cabreé y escribí al director, pero
    no publicaron la carta.

siento una punzada de envidia por el hecho de que el o.w.g. tenga un amigo como tiny. no me imagino a nadie escribiendo una carta al director por mí. ni siquiera me imagino a nadie redactando mi necrológica.

pienso en todo lo que ha pasado y en que cuando vuelva a casa no tendré a nadie a quien contárselo. miro a tiny y, para mi sorpresa, vuelvo a besarlo. porque qué cojones. eso, qué cojones.

seguimos un rato. a fuerza de besar a alguien fuerte, me hago fuerte también yo. y mientras nos enrollamos me pregunta dónde vivo, qué ha pasado esta noche, qué quiero hacer en la vida y qué helado me gusta más. le contesto lo que puedo (básicamente, dónde vivo y el helado que más me gusta) y le digo que no tengo ni idea de lo demás.

aunque nadie nos mira, empiezo a sentir que sí. así que paramos y no puedo evitar pensar en isaac, en que, aunque lo que está pasando con tiny tiene su interés, en definitiva un tornado ha engullido toda mi vida. tiny es lo único que ha quedado en pie. siento que estoy en deuda con él y se lo digo.

yo: me alegro de que existas.
tiny: me alegro de existir ahora mismo.
yo: ni te imaginas lo que te equivocas conmigo.
tiny: ni te imaginas lo que te equivocas contigo mismo.
yo: para.
tiny: solo si paras tú.
yo: solo estoy avisándote.

no sé qué tiene que ver la verdad con el amor, y viceversa. ni siquiera pienso en términos de amor. es muy muy muy pronto para eso. pero creo que pienso en términos de verdad. quiero que esto sea verdadero. y aunque me quejo a tiny y me quejo a mí mismo, la verdad está cada vez más clara.

es el momento de que pensemos en cómo demonios va a funcionar.

capítulo once

Estoy sentado en el suelo, apoyado en mi taquilla, diez minutos antes de que suene el timbre de la primera clase cuando Tiny llega corriendo por el pasillo con un montón de carteles de la audición de *Tiny Dancer* en las manos.

—¡Grayson! —grita.

—Hola —le contesto.

Me levanto, cojo un cartel y lo sostengo contra la pared. Tiny tira los demás al suelo y empieza a pegarlo con cinta adhesiva, que corta con los dientes. Cuelga el cartel, recogemos los demás del suelo, damos unos pasos y repetimos la operación. Y entretanto Tiny habla. Le late el corazón, parpadea, respira, sus riñones procesan toxinas y habla, y todo de forma totalmente involuntaria.

—Perdona que no volviera al Frenchy's a buscarte, pero supuse que imaginarías que había cogido un taxi, que es lo que hice, y bueno, Will y yo fuimos andando hasta la Judía y, Grayson, sé que lo he dicho muchas veces, pero me gusta de verdad. En fin, tiene que gustarte alguien de verdad para ir con él a la Judía, escucharle hablar de su novio, que no solo no era su novio, sino que ni siquiera era un tío, y cantar para él. Y, Grayson, en serio: ¿puedes creerte que besé a Will Grayson? Besé a Will Grayson, joder. Y nada personal, porque, como te he dicho tropecientas mil veces, creo que eres un tío de puta madre, pero me habría apostado el huevo izquierdo a que nunca me enrollaría con Will Grayson, ¿sabes?

—Aj… —digo, pero ni siquiera espera a que termine de decir «ajá» para seguir.

—Me manda mensajes cada cuarenta y dos segundos, y es buenísimo escribiendo mensajes, me gusta, porque siento una agradable vibración en la pierna, un recordatorio en el muslo de que es… Mira, otro.

Sigo sujetando el cartel mientras se saca el móvil del bolsillo de los vaqueros.

—Uau —dice.

—¿Qué dice? —le pregunto.

—Confidencial. Creo que confía en que no vaya por ahí cotilleando sobre sus mensajes, ¿sabes?

Podría puntualizar que es ridículo confiar en que Tiny no cotillee sobre lo que sea, pero no lo hago. Cuelga el cartel y empieza a andar por el pasillo. Lo sigo.

—Bueno, me alegro de que la noche te fuera de coña. Pero a mí me pilló por sorpresa ese chaval, el ex waterpolista de Jane…

—Mira —me corta—, para empezar, ¿a ti qué más te da? No te interesa Jane. Y en segundo lugar, yo no lo llamaría «chaval». Es un hombre. Está cuadrado, con un cuerpo impecable, un pedazo de tío.

—Muchas gracias.

—Solo digo… No es mi tipo, pero la verdad es que es una maravilla contemplarlo. ¡Y qué ojos! Como zafiros iluminándote los rincones oscuros del corazón. Pero, en fin, yo no sabía que habían salido. Ni siquiera había oído hablar de él. Pensé que solo era un tío bueno que intentaba ligar con ella. Jane nunca me habla de tíos. No sé por qué. Para estas cosas, se puede confiar en mí.

Su voz refleja suficiente sarcasmo (solo el suficiente) para que me ría. Tiny sigue hablando por encima de mi risa.

—Es increíble la de cosas que no sabes de la gente, ¿verdad? He estado pensándolo todo el fin de semana, hablando con Will. Se enamoró de Isaac, que resultó ser inventado. Parece algo que solo pasa en internet, pero en realidad pasa cada dos por tres también en la vida real.

—Bueno, Isaac no era inventado. Era una chica. Esa chica, Maura, es Isaac.

—No, no lo es —me contesta.

Sujeto el último cartel mientras lo pega en la puerta de un baño de chicos. Dice: ¿ERES MARAVILLOSO? SI LO ERES, NOS VEMOS DESPUÉS DE CLASE EN EL AUDITORIO. Termina de pegarlo y nos vamos a clase de cálculo. Los pasillos empiezan a llenarse de gente.

La farsa Isaac/Maura me recuerda algo.

—Tiny —le digo.

—Grayson —me contesta.

—¿Me harías el favor de ponerle otro nombre al personaje de tu obra, al amigo?

—¿Gil Wrayson?

Asiento. Tiny levanta los brazos.

—¡No puedo cambiarle el nombre a Gil Wrayson! Es vital para el tema de la obra —proclama.

—Te aseguro que no estoy de humor para tus gilipolleces —le digo.

—No digo gilipolleces. Tiene que apellidarse Wrayson. Dilo despacio. Rays… in. Raysin. Tiene doble sentido. Gil Wrayson está sufriendo una transformación. Y tiene que dejar que entren los rayos del sol (que llegan en la forma de canciones de Tiny) para llegar a ser quien es de verdad…: no una ciruela, sino una uva pasa bañada por el sol. ¿No te das cuenta?*

—Venga ya, Tiny. Si es así, ¿por qué cojones se llama Gil? Se queda un momento callado.

—Hum —dice mirando el pasillo, todavía silencioso—. Es solo que siempre me ha sonado bien. Pero supongo que podría cambiarlo. Lo pensaré, ¿vale?

—Gracias —le digo.

—De nada. Y ahora deja de ser un llorica, por favor.

—¿Cómo?

Llegamos a nuestras taquillas, y aunque otros pueden oírle, habla tan fuerte como siempre.

—Buaaa, buaaa, no le gusto a Jane, aunque a mí tampoco me gusta ella. Buaaa, buaaa, Tiny se ha inspirado en mí para poner el nombre a un personaje de su obra. En el mundo hay gente con problemas reales, ¿sabes? No deberías perderlo de vista.

—Tío, ¿y TÚ me dices que no lo pierda de vista? Joder, Tiny. Solo me habría gustado saber que tenía novio.

* En inglés, *rays in* significa «rayos dentro» y *raisin*, «pasa». *(N. de la T.)*

Tiny cierra los ojos y respira hondo, como si el coñazo fuera yo.

—Ya te he dicho que no sabía ni que existía, ¿vale? Los vi hablando y vi que estaba interesado en ella por los gestos. Y cuando se fue, le pregunté quién era, y me dijo: «Mi ex», y yo le dije: «¿Ex? ¡Tienes que recuperar a ese tío bueno ya!».

Miro el perfil de Tiny Cooper, que mira hacia su taquilla. Parece aburrido, pero de repente clava sus ojos en mí y por un segundo creo que se da cuenta de que lo que ha dicho me ha cabreado, pero se mete la mano en el bolsillo y saca el móvil.

—No —le digo.

—Perdona, sé que no debería leer mensajes cuando estoy hablando, pero ahora mismo estoy un poco pillado.

—No estoy hablando de los mensajes, Tiny. No le dijiste a Jane que volviera con ese tío.

—Claro que sí, Grayson —me contesta sin dejar de mirar el móvil—. Estaba buenísimo, y me habías dicho que Jane no te gustaba. ¿Ahora te gusta? Típico de los tíos… Te interesa si tú no le interesas a ella.

Quiero darle un puñetazo en los riñones por no tener razón y por tenerla. Pero solo me dolería a mí. No soy más que un personaje de su obra, y lo único que puedo hacer es marear la perdiz hasta que acabe el instituto y por fin pueda escapar de su órbita, dejar de ser un satélite de su gordo planeta.

Entonces se me ocurre lo que puedo hacer. Mi arma. Regla 2: Callarme. Paso por delante de él en dirección a la clase.

—Grayson —me dice.

No le contesto.

En la clase de cálculo no digo nada cuando milagrosamente logra meterse en su pupitre. Y no digo nada cuando me cuenta que ahora mismo ya no soy su Will Grayson favorito. No digo nada cuando me cuenta que ha mandado al otro Will Grayson cuarenta y cinco mensajes en las últimas veinticuatro horas, aunque creo que son demasiados. No digo nada cuando me planta el móvil en las narices y me muestra un mensaje de Will Grayson que se supone que debería parecerme precioso. No digo nada cuando me pregunta por qué cojones no digo nada. No digo nada cuando me dice: «Grayson, estabas poniéndome de los nervios y te he dicho todo eso solo para que te callaras. Pero no pretendía que te callaras tanto». No digo nada cuando me dice: «En serio, dime algo», y no digo nada cuando me dice en voz baja, aunque lo bastante fuerte para que lo oigan: «Grayson, lo siento de verdad, ¿vale? Lo siento».

Y por suerte empieza la clase.

Cincuenta minutos después, suena el timbre. Tiny me sigue hasta el pasillo como si fuera mi sombra hinchada y me dice: «Vamos, de verdad, es ridículo». No es que quiera seguir torturándolo. Solo estoy disfrutando del placer de no tener que escuchar la precariedad y la impotencia de mi propia voz.

En la comida me siento solo al final de una larga mesa ocupada por varios miembros de mi antiguo Grupo de Amigos.

—¿Qué tal, marica? —me pregunta un tal Alton.

—Muy bien —le contesto.

—¿Vas a venir a la fiesta de Clint? —me pregunta otro tipo llamado Cole—. Será una locura.

Lo que me hace pensar que, en realidad, aunque uno de esos tipos acaba de llamarme marica, no les caigo mal. Al parecer, que Tiny Cooper sea tu mejor y único amigo no te prepara para las complejidades de la socialización masculina.

—Sí, intentaré pasarme —le contesto, aunque no sé cuándo es esa fiesta.

—Oye —me dice un tipo con la cabeza afeitada llamado Ethan—, ¿vas a ir a la audición de la mariconada de Tiny?

—No, joder —le respondo.

—Creo que yo sí —me dice.

Por un segundo intento descubrir si está de broma. Todos empiezan a reírse y a hablar a la vez, intentando soltar el primer insulto, pero Ethan se lo toma a risa.

—A las tías les encantan los hombres sensibles —dice. Se gira y grita hacia la mesa de detrás, donde está sentada su novia, Anita—. Nena, ¿no estoy sexy cuando canto?

—Joder, sí —dice la chica.

Nos mira a todos satisfecho. Los chicos siguen pitorreándose de él. Yo básicamente me quedo callado, pero para cuando me he terminado el sándwich de jamón y queso, me río de sus bromas de vez en cuando, lo que supongo que significa que estoy comiendo con ellos.

Tiny me encuentra dejando la bandeja en la cinta transportadora. Está con Jane, y ambos caminan a mi lado. Al principio nadie habla. Jane lleva una sudadera con capucha verde militar, con la capucha puesta. Está casi indecentemente preciosa, como si la hubiera elegido a propósito para provocar.

—Tiene gracia, Grayson —dice Jane—. Tiny me ha dicho que has hecho voto de silencio.

Asiento.

—¿Por qué? —me pregunta.

—Hoy solo voy a hablar con chicas guapas. —Sonrío.

Tiny tiene razón. La existencia del waterpolista facilita el ligoteo.

Jane sonríe.

—Creo que Tiny es bastante mona.

—Pero ¿por qué? —me implora Tiny mientras giro en un pasillo.

El laberinto de pasillos idénticos que solo se diferencian por los distintos murales del Gato Salvaje, que solían acojonarme vivo. Joder, volver a los tiempos en que mi mayor miedo era un pasillo.

—Grayson, por favor. Me MATAS.

Soy consciente de que, por primera vez desde que recuerdo, Tiny y Jane están siguiéndome.

Tiny decide ignorarme y le dice a Jane que algún día espera tener los suficientes mensajes de Will Grayson como para publicar un libro, porque sus mensajes son poesía.

No puedo evitar decir:

—«Por qué igualarte a un día de verano» se convierte en «eres caliente como el mes de agosto».

—¡Habla! —grita Tiny rodeándome con el brazo—. Sabía que cambiarías de opinión. Estoy tan contento que voy a cambiarle el nombre a Gil Wrayson. A partir de ahora se llamará Phil Wrayson. Phil Wrayson, que tiene que llenarse* de los rayos del sol de Tiny para llegar a ser él mismo. Es perfecto.

* En inglés, *fill*. (N. de la T.)

Asiento. Seguirán pensando que soy yo, pero…, bueno, al menos finge intentarlo.

—¡Oh, un mensaje!

Tiny saca el móvil, lee el mensaje, suspira ruidosamente y empieza a teclear la respuesta con sus manazas.

—Yo elegiré quién hace el papel —le digo mientras teclea con los pulgares.

Tiny asiente distraído.

—Tiny, yo elegiré quién hace el papel —le repito.

Levanta los ojos.

—¿Qué? No, no, no. Yo soy el director. Yo soy el autor, el productor, el director, el diseñador del vestuario y el director de casting.

—Te he visto asentir, Tiny —dice Jane—. Ya has aceptado.

Tiny se cachondea y llegamos a mi taquilla. Jane me aparta de Tiny tirándome del codo.

—No puedes decir esas cosas —me dice en voz baja.

—Malo si hablo y malo si no hablo —le contesto sonriendo.

—Solo digo que… Grayson, solo digo que no puedes decir esas cosas.

—¿Qué cosas?

—Lo de las chicas guapas.

—¿Por qué no? —le pregunto.

—Porque todavía estoy investigando sobre la relación entre el waterpolo y las revelaciones.

Intenta sonreír con los labios apretados.

—¿Quieres venir conmigo al casting de *Tiny Dancer*? —le pregunto.

Tiny sigue apartado, tecleando con los pulgares.

—Grayson, no puedo… Bueno, no estoy disponible, ¿me entiendes?

—No estoy pidiéndote que salgas conmigo. Estoy pidiéndote que vengas conmigo a una actividad extraacadémica. Nos sentaremos al fondo del auditorio y nos reiremos de los tipos que hagan el casting para mi papel.

No he leído la obra de Tiny desde el verano pasado, pero, por lo que recuerdo, hay unos siete personajes principales: Tiny, su madre (que hace un dueto con Tiny), Phil Wrayson, Kaleb y Barry, por los que Tiny se interesa amorosamente, y una pareja de ficción heterosexual que hace que el personaje de Tiny crea en sí mismo, o algo así. Y hay un coro. En total, Tiny necesita treinta actores. Imagino que en las audiciones no habrá más de doce personas.

Pero cuando llego al auditorio, después de química, ya hay al menos cincuenta personas de pie junto al escenario, y las primeras filas de asientos esperan a que empiecen las audiciones. Gary corre de un lado al otro repartiendo imperdibles y trozos de papel con números escritos a mano, que los que van a hacer la audición se colocan en el pecho. Y como son gente del teatro, todos hablan. Todos. A la vez. No necesitan que los escuchen. Lo único que necesitan es hablar.

Me siento en la última fila, en el segundo asiento, para que Jane pueda sentarse en el del pasillo. Aparece justo después de mí y se sienta a mi lado, echa un vistazo y dice:

—Grayson, ahí abajo hay alguien que tendrá que observar tu alma para hacer bien tu papel.

Estoy a punto de contestarle cuando la sombra de Tiny pasa por encima de nosotros. Se arrodilla a nuestro lado y nos da una pizarra a cada uno.

—Apuntad algo sobre cada persona que os parezca bien para el papel de Phil, por favor. Y estoy pensando en escribir un pequeño papel para un personaje que se llamará Janey.

Y baja por el pasillo con paso seguro.

—¡Chicos! —grita—. Chicos, sentaos, por favor.

La gente se mete a toda prisa en las primeras filas mientras Tiny se lanza hacia el escenario.

—No tenemos mucho tiempo —dice con un tono extrañamente afectado. Supongo que habla como cree que habla la gente del teatro—. Ante todo, necesito saber si cantáis. Un minuto de una canción para cada uno. Si os volvemos a llamar, haréis un trozo de la obra. Podéis elegir la canción, pero que sepáis que Tiny Cooper ODIA «Over the Rainbow». —Salta del escenario teatralmente y grita—: Número 1, enamórame.

La número 1, una tímida rubia que se identifica como Marie F, sube las escaleras del escenario y se dirige al micrófono con los hombros caídos. Mira a través del flequillo hacia el fondo del auditorio, donde en grandes letras de color púrpura pone LOS GATOS SALVAJES HACEN ROCK. Y pasa a demostrar todo lo contrario con una pésima interpretación de una balada de Kelly Clarkson.

—Dios mío —dice Jane en voz baja—, Dios mío, haz que acabe ya.

—Pero ¿qué dices? —murmuro—. La chavala es perfecta para el papel de Janey. Desafina, le gusta el pop corporativo y sale con zorras chillonas.

Me pega un codazo.

El número 2 es un chaval musculoso con el pelo demasiado largo para considerarlo normal, pero demasiado corto para considerarlo largo. Canta una canción de una banda que al parecer se llama Damn Yankees. Jane los conoce, claro. No sé cómo suena el original, pero la versión a capela deja mucho que desear. Parece un chimpancé aullando.

—Parece que acaban de pegarle una patada en los huevos —dice Jane.

—Si no acaba pronto, alguien acabará con él —le contesto.

Hacia el número 5, deseo una mediocre versión de algo inofensivo como «Over the Rainbow», y sospecho que Tiny también, porque su animado «¡Muy bien! Volveremos contigo» ha degenerado en un «Gracias. El siguiente».

Las canciones van del jazz a versiones de *boy bands*, pero todos los intérpretes tienen algo en común: son una mierda. Bueno, no todos son una mierda en el mismo sentido, claro, ni todos son igual de mierdas, pero todos son al menos un poco mierdas. Me quedo de piedra cuando mi compañero de la comida, Ethan, el número 19, resulta ser el mejor cantante hasta ahora. Canta una canción de un musical llamado *Spring Awakening*. El tío tiene voz.

—Podría hacer tu papel —dice Jane—. Si se deja crecer el pelo y adopta una mala actitud.

—Mi actitud no es mala…

— … es lo que suelen decir los que tienen mala actitud.

Jane sonríe.

En la hora siguiente veo a un par de posibles Jane. La número 24 canta una versión extrañamente pegadiza y dulce de una canción de *Guys and Dolls*. La otra chica, la número 43, tiene el pelo liso, decolorado y con mechas azules, y canta «Mary Had a Little Lamb». Algo en esa distancia entre las canciones infantiles y el pelo azul me parece muy propio de Jane.

—Voto por ella —dice Jane en cuanto la chica llega al segundo «Mary».

La última que hace la audición es una criatura diminuta y de grandes ojos llamada Hazel, que canta una canción de *Rent*. Cuando ha acabado, Tiny sube al escenario para dar las gracias a todos, decirles que han estado geniales, que será durísimo decidirse y que los resultados se colgarán pasado mañana. Todos salen y Tiny sube por fin el pasillo.

—Te has quedado sin trabajo —le digo.

Hace un gesto teatral de futilidad.

—No hemos visto a muchas futuras estrellas de Broadway —admite.

Gary llega y dice:

—Me han gustado los números seis, diecinueve, treinta y uno y cuarenta y dos. Los demás, bueno… —Gary se lleva las manos al pecho y empieza a cantar—: «En algún lugar por encima del arcoíris, muy arriba / Las canciones de los Gatos Salvajes me dan dolor de barriga».

—Vaya —le digo—. Tú sí que cantas bien. Pareces Pavarotti.

—Bueno, menos en que él es barítono —dice Jane, cuya ostentación musical parece haberse extendido al ámbito de la ópera.

Tiny, entusiasmado, chasquea los dedos de una mano y señala a Gary.

—¡Tú! ¡Tú! ¡Tú! Para el papel de Kaleb. Felicidades.

—¿Quieres que represente una versión ficcionalizada de mi propio ex? —le pregunta Gary—. Creo que no.

—Pues Phil Wrayson. Me da lo mismo. Elige tu papel. Cantas mejor que todos ellos.

—¡Sí! —digo—. Te elijo a ti.

—Pero tendría que besar a una chica —dice—. Puaj.

No recuerdo que mi personaje besara a ninguna chica. Empiezo a preguntarle a Tiny, pero me corta diciendo:

—He reescrito algunas partes.

Tiny le hace un poco más la pelota a Gary, que acepta interpretar mi papel, y sinceramente me parece bien. Mientras nos dirigimos a la cafetería, Gary se gira hacia mí con la cabeza ladeada y mirándome de reojo.

—¿Cómo es ser Will Grayson? Necesito saber cómo es por dentro.

Se ríe, pero a la vez parece esperar la respuesta. Siempre había pensado que ser Will Grayson implicaba ser yo, pero parece que no. El otro Will Grayson también es Will Grayson, y ahora lo será Gary.

—Solo intento callarme y no dar importancia —le digo.

—Apasionantes palabras —dice Gary sonriendo—. Voy a basar tu papel en los atributos de las rocas del lago: silenciosas, apáticas y, teniendo en cuenta el poco ejercicio que hacen, sorprendentemente esculpidas.

Todos se ríen, menos Tiny, que está escribiendo un mensaje. Al salir del pasillo, veo a Ethan apoyado en la vitrina de los trofeos de los Gatos Salvajes, con la mochila al hombro. Me acerco a él.

—No has estado mal —le digo.

—Solo espero no ser demasiado guapo para hacer tu papel —me contesta sonriendo.

Le devuelvo la sonrisa, aunque parece que lo ha dicho en serio.

—¿Nos vemos el viernes en casa de Clint? —me pregunta.

—Sí, puede ser —le contesto.

Se ajusta la mochila al hombro, se despide con un gesto y se va. Oigo a Tiny detrás de mí suplicando teatralmente:

—¡Que alguien me diga que todo irá bien!

—Todo irá bien —le dice Jane—. Los actores mediocres se crecen y dan la talla.

Tiny respira hondo, aparta algo de su mente y dice:

—Tienes razón. Juntos serán mejores que cada uno de ellos por separado. ¡Se han presentado cincuenta y cinco personas para mi obra! Hoy me ha ido de coña. He sacado un notable en un trabajo de lengua. —Su móvil pita—. Y acabo de recibir un mensaje de mi nuevo Will Grayson favorito. Tienes toda la razón, Jane: las cosas van cada vez mejor.

capítulo doce

empieza cuando vuelvo a casa desde chicago. ya tengo veintisiete mensajes de tiny en el móvil. y él tiene veintisiete míos.
me ha ocupado casi todo el viaje en tren. el resto del tiempo he
pensado qué tenía que hacer en el momento en que cruzase la
puerta. porque si la no existencia de isaac va a pesarme, tengo
que liberarme de algunas otras cosas para no desmoronarme.
ya no me importa una mierda. bueno, creo que no me importaba una mierda antes. pero era un no importarme de aficio-
nado. ahora es un no importarme libre, dispuesto a todo.

mi madre está esperándome en la cocina, tomándose un té
y hojeando una de esas estúpidas revistas en las que los famo-
sos muestran su casa. levanta la mirada cuando entro.

mi madre: ¿qué tal chicago?
yo: mira, mamá, soy totalmente gay, y me encantaría que
    no te cabrearas, porque, bueno, tenemos toda la vida
    para aceptarlo, pero cuanto antes superemos el calva-
    rio, mejor.
mi madre: ¿el calvario?

yo: ya sabes, tú rezando por mi alma, maldiciéndome por no
    darte nietos con una mujercita y diciéndome que estás
    increíblemente decepcionada.

mi madre: ¿de verdad crees que lo haría?

yo: estás en tu derecho, supongo. pero si quieres saltarte
    ese paso, por mí perfecto.

mi madre: creo que quiero saltarme ese paso.

yo: ¿en serio?

mi madre: en serio.

yo: uau. vaya, genial.

mi madre: ¿puedo al menos sorprenderme un momento o dos?

yo: claro. en fin, no podía ser la respuesta que esperabas
    cuando me has preguntado qué tal en chicago.

mi madre: seguro que no era la respuesta que esperaba.

la miro para ver si está conteniéndose, pero parece que las
cosas son lo que son. y, teniendo en cuenta lo que son, es impresionante.

yo: ¿vas a decirme que ya lo sabías?

mi madre: no. pero me preguntaba quién era isaac.

oh, mierda.

yo: ¿isaac? ¿tú también me espiabas?

mi madre: no. es solo que…

yo: ¿qué?

mi madre: decías su nombre en sueños. no te espiaba. pero
    lo oía.

yo: uf.

mi madre: no te enfades.

yo: ¿por qué iba a enfadarme?

sé que es una chorrada. he demostrado que puedo enfadarme por prácticamente cualquier cosa. una vez me desperté en plena noche convencido de que mi madre había colocado una alarma antihumo en el techo mientras dormía. así que irrumpí en su habitación y empecé a gritar que cómo se atrevía a poner algo en mi habitación sin decírmelo, y ella se despertó y me dijo muy tranquila que la alarma antihumo estaba en el pasillo, así que la arrastré de la cama para enseñársela, pero en el techo no había nada, claro. lo había soñado. y ni me gritó ni nada. me dijo que me volviera a dormir. al día siguiente estaba hecha una mierda, pero ni una vez me dijo que era porque la había despertado en plena noche.

mi madre: ¿has visto a isaac en chicago?

¿cómo se lo explico? quiero decir que si le cuento que me he desplazado a la ciudad para ir a un *sex shop* a conocer a un tipo que al final no existía, gastará las ganancias de las noches de póquer de las próximas semanas en visitas al doctor keebler. pero, si quiere, sabe si estoy mintiendo. ahora mismo no quiero mentir. así que tergiverso la verdad.

yo: sí, lo he visto. lo llaman tiny. y yo también, aunque es enorme. la verdad es que es muy majo.

estamos en un territorio madre-hijo totalmente desconocido. no solo en esta casa. quizá en todo el país.

yo: no te preocupes. solo fuimos al parque millennium y charlamos un rato. vinieron también unos amigos suyos. no voy a quedarme embarazado.

mi madre se ríe.

mi madre: qué alivio.

se levanta de la mesa y, antes de que me haya dado cuenta, me abraza. por un momento no sé qué hacer con las manos, pero enseguida me digo: «gilipollas, abrázala tú también». la abrazo, y espero que se eche a llorar, porque uno de los dos debería estar llorando. pero cuando se aparta tiene los ojos secos… bueno, quizá un poco empañados, pero la he visto cuando las cosas no van bien y cuando las cosas van como el culo, de modo que puedo darme cuenta de que esta no es una de esas ocasiones. estamos bien.

mi madre: maura ha llamado un par de veces. parecía disgustada.
yo: bueno, que se vaya a la mierda.
mi madre: ¡will!
yo: perdona. no quería decirlo en voz alta.
mi madre: ¿qué ha pasado?
yo: no quiero hablar del tema. solo voy a decirte que me ha hecho mucho daño, mucho, y se acabó. si llama, quie-

ro que le digas que no quiero volver a hablar con ella. no le digas que no estoy. no mientas si estoy en casa. dile la verdad: que se acabó para siempre. por favor.

mi madre asiente, no sé si porque está de acuerdo o porque sabe que no tiene sentido llevarme la contraria cuando estoy así. visto lo visto, tengo una madre muy inteligente.

ha llegado el momento de que salga de la cocina, pensaba que sería lo que pasaría después del abrazo, pero, como duda, doy el paso yo.

yo: me voy a la cama. nos vemos mañana.

mi madre: will…

yo: ha sido un día muy largo, de verdad. gracias por ser tan…, ya sabes, comprensiva. te debo una. una bien grande.

mi madre: no se trata de deber nada…

yo: lo sé, pero ya entiendes lo que quiero decir.

no quiero marcharme hasta que quede claro que es lo correcto. es lo mínimo que puedo hacer.

se acerca y me da un beso en la frente.

mi madre: buenas noches.

yo: buenas noches.

entro en mi habitación, enciendo el ordenador y creo un nuevo nick.

callateporfavor: tiny?

elniñodelosvaqueros: si!

callateporfavor: estas listo?

elniñodelosvaqueros: para que?

callateporfavor: el futuro

callateporfavor: porque creo que acaba de empezar

tiny me manda el archivo de una canción de *tiny dancer*. dice que espera que me inspire. lo copio en el ipod y lo escucho el día siguiente, de camino al instituto.

Hubo un tiempo
en que pensaba que me gustaban las vaginas
pero de repente un verano
descubrí algo sobrehumano.

Supe en cuanto nos metimos en las literas
que deseaba desesperadamente sus posaderas.
Joseph Templeton Oglethorpe Tercero
hizo que mi corazón cantara como un jilguero.

¡Verano gay!
¡Qué bonito! ¡Qué marica!
¡Verano gay!
¡Desde ahora mi vida será más rica!

Mi madre y mi padre no sabían que estaban encendiendo la
*   mecha*
cuando me enviaron al campamento de teatro en aquella fecha.

187

Tantos Hamlets para elegir,
algunos atormentados, algunos guapos;
estaba listo para mi espada blandir
o tomar el camino de Ofelia.

Hubo chicos que me llamaron sodomita
y lo que sé de los chicos me lo enseñaron las chicas.
Joseph me susurraba tonterías
y yo le daba de comer chucherías.

¡Verano gay!
¡Qué moña! ¡Qué total!
¡Verano gay!
¡Supe que mi papel sería inmortal!

Mi madre y mi padre no sabían que habían gastado su dinero
    muy bien
cuando aprendí sobre el amor representando Rent.

Cuántos besos en las pasarelas,
cuánta competencia por el papel principal;
nos enamorábamos a todas horas
gente de toda raza, credo y orientación sexual.

¡Verano gay!
¡Acabó pronto! ¡Duró mogollón!
¡Verano gay!
¡Todavía llevo su canción en el corazón!

Joseph y yo no llegamos a septiembre,
pero las ascuas gays arden siempre;
nunca volvería
a la heterosexualidad,
porque ahora cada día
(sí, cada día)
es el verano
gay.

como nunca he escuchado musicales, no sé si suenan tan gays o es cosa de tiny. aunque sospecho que todos me parecerían tan gays. no tengo del todo claro cómo se supone que va a inspirarme esto a hacer algo, aparte de apuntarme al club de teatro, lo que ahora mismo es tan probable como que le pida a maura para salir. aun así, tiny me dijo que yo era la primera persona que escuchaba la canción aparte de su madre, lo que tiene su importancia. aunque es penosa, tiernamente penosa.

incluso logra que por unos minutos me olvide del instituto y de maura. pero en cuanto llego la veo frente a mí, la montaña me recuerda a un volcán y no puedo evitar el deseo de rociar lava por todas partes. dejo atrás el sitio en el que solíamos encontrarnos, pero eso no la detiene. se abalanza sobre mí diciendo todo lo que pondría en una postal hallmark si hallmark hiciera postales para gente que se inventa novios cibernéticos para los demás y los hubieran pillado en la mentira.

      maura: lo siento, will. no quería hacerte daño. solo estaba
          jugando. no me di cuenta de que estabas tomándote-
          lo tan en serio. soy una auténtica cabrona, lo sé. pero

lo hacía solo porque era la única manera de entenderte. no me ignores, will. ¡háblame!

voy a hacer como si no existiera. porque todas las demás opciones harían que me expulsaran del instituto y/o que me detuviera la policía.

maura: por favor, will. lo siento mucho, de verdad.

ahora llora, y no me importa. las lágrimas le hacen bien a ella, no a mí. que sienta el dolor que su poesía desea. no tiene nada que hacer conmigo. nunca más.

intenta pasarme notas durante las clases. las aparto con la mano y se caen al suelo. me manda mensajes, que borro sin haberlos leído. intenta acercarse a mí al principio de la comida, pero levanto un muro de silencio que ninguna pena gótica puede saltar.

maura: muy bien. entiendo que estés cabreado. pero seguiré aquí cuando se te haya pasado un poco el enfado.

cuando las cosas se rompen, lo que impide recomponerlas no es el hecho de que se hayan roto. lo que sucede es que una pequeña pieza se pierde. las demás no encajarían aunque quisieran. la forma ha cambiado definitivamente.

jamás de los jamases volveré a ser amigo de maura. y cuanto antes lo entienda, menos molestias.

cuando hablo con simon y derek, descubro que ayer ganaron a sus rivales en trigonometría, así que al menos sé que ya no están cabreados conmigo por haberlos dejado colgados. no he perdido mi sitio en la mesa a la hora de la comida. nos sentamos y comemos en silencio durante al menos cinco minutos, hasta que simon habla.

simon: ¿cómo te fue tu gran cita en chicago?

yo: ¿de verdad quieres saberlo?

simon: sí… si era tan importante para ti como para retirarte de la competición, quiero saber cómo te fue.

yo: bueno, al principio el tío no existía, pero luego existió y fue muy bien. cuando os lo conté, procuré no desvelar que era un tío, pero ahora la verdad es que me importa una mierda.

simon: un momen… ¿eres gay?

yo: sí, supongo que puedes llegar a esa conclusión.

simon: ¡qué asco!

no es precisamente la reacción que esperaba de simon. apostaba por algo más próximo a la indiferencia.

yo: ¿asco de qué?

simon: ya sabes, que se la metas por donde… caga.

yo: de entrada, no la he metido en ningún sitio. y supongo que eres consciente de que cuando un tío va con una tía, se la mete por donde mea y por donde tiene la regla, ¿verdad?

simon: ah. no lo había pensado.

yo: pues así es.

simon: aun así, es raro.

yo: no es más raro que hacerse pajas con personajes de videojuegos.

simon: ¿quién te lo ha dicho?

le da a derek en la cabeza con el tenedor de plástico.

simon: ¿se lo has dicho tú?

derek: ¡yo no le he dicho nada!

yo: lo descubrí yo solo. de verdad.

simon: solo lo hago con los personajes que son chicas.

derek: ¡y con algunos brujos!

simon: ¡CÁLLATE!

debo admitir que no pensaba que ser gay iba a ser así.

por suerte, tiny me manda mensajes cada cinco minutos
más o menos. no entiendo cómo lo hace sin que lo pillen en
clase. quizá esconde el móvil entre los pliegues de la barriga o
algo así. sea como sea, se lo agradezco. porque es difícil odiar
demasiado la vida cuando alguien te interrumpe con cosas
como

PIENSO EN TI. PENSAMIENTOS FELICES Y GAYS

y

QUIERO HACERTE UN JERSEY DE PUNTO. DE QUE
COLOR?

y

CREO QUE ACABO DE CATEAR UN EXAMEN DE MA-
TES PORQUE PENSABA EN TI TODO EL RATO

y

QUÉ RIMA CON ENSAYO ANAL?

y luego

CANALLA ANORMAL?

y luego

DAME POR EL CULO, AL?

y luego

DA POR EL CULO KENDAL?

y luego

DA POR EL CULO MARSHALL

y luego

DA POR EL CULO RANDALL

y luego

POR CIERTO… ES PARA LA ESCENA EN LA QUE SE ME APARECE EN SUEÑOS EL FANTASMA DE OSCAR WILDE

apenas entiendo la mitad de lo que me cuenta, y en general eso me molesta un huevo. pero con tiny no me importa tanto. quizá algún día lo descubra. y si no, no enterarme de nada también puede ser divertido. el gordito está convirtiéndome en un blandengue. es de locos, la verdad.

también me pregunta cómo me va, qué hago, cómo me siento y cuándo va a volver a verme. no puedo evitarlo… creo que es bastante parecido a como era con isaac. solo que sin la distancia. esta vez siento que conozco a la persona con la que hablo. porque me da la impresión de que, con tiny, lo que ves es lo que hay. no se reprime para nada. quiero ser así. aunque sin tener que engordar ciento cincuenta kilos.

después de clase, maura me pilla en mi taquilla.

maura: simon me ha dicho que ahora eres gay oficialmente. que «conociste a alguien» en chicago.

no te debo nada, maura. y menos que nada, una explicación.

maura: ¿qué estás haciendo, will? ¿por qué le has dicho eso?

porque conocí a alguien, maura.

maura: háblame.

nunca. dejaré que el portazo de mi taquilla hable por mí. dejaré que el sonido de mis pasos hable por mí. dejaré que el no mirar hacia atrás hable por mí.

ya ves, maura, me importa una mierda.

esa noche, tiny y yo nos pasamos cuatro horas mandándonos mensajes. mi madre me deja tranquilo e incluso me deja quedarme levantado hasta tarde.

alguien con un perfil falso deja un mensaje en mi página de myspace llamándome maricón. no creo que sea maura. debe de haberse enterado alguien más del instituto.

al echar un vistazo a los correos que tenía guardados, veo que la cara de isaac ha sido sustituida por una caja gris con una cruz roja encima.

pone: «este perfil ya no existe».

sus correos siguen ahí, pero él ha desaparecido.

al día siguiente veo que algunos me miran raro en el instituto, y me pregunto si sería posible reconstruir el camino que ha recorrido el cotilleo desde derek o simon hasta el gilipollas que me está mirando. cabe la posibilidad de que el gilipollas siempre me haya mirado, claro, y que no me haya dado cuenta hasta ahora. intento que me importe una mierda.

maura no se ha acercado, pero supongo que es porque está planeando su siguiente asalto. me gustaría decirle que no merece la pena. quizá nuestra amistad no estaba destinada a durar más de un año. quizá las cosas que nos acercaron (el pesimismo, la melancolía y el sarcasmo) no estaban destinadas a mantenernos unidos. la putada es que echo de menos a isaac, pero a ella no. aunque sé que ella era isaac. aquellas conversaciones ya no cuentan. lamento de verdad que tuviera que llegar a ese extremo enfermizo para conseguir que le dijera la verdad. mejor nos habría ido a los dos si no nos hubiéramos hecho amigos. no quiero castigarla. no voy a contarle a todo el mundo lo que ha hecho, ni a bombardearle la taquilla, ni a gritarle delante de nadie. solo quiero que me deje en paz. eso es todo. fin.

justo antes de la comida, un chico llamado gideon se acerca a mí junto a mi taquilla. no hemos hablado desde séptimo, cuando éramos compañeros de laboratorio en la clase de ciencias. luego él pasó a las clases más avanzadas y yo no. siempre me ha caído bien y siempre nos hemos saludado por los pasillos. suele hacer de dj, sobre todo en fiestas a las que yo no voy.

gideon: hola, will.

yo: hola.

estoy seguro de que no ha venido a insultarme. queda descartado por su camiseta del grupo lcd soundsystem.

gideon: bueno, me han dicho que quizá eres… ya sabes…

yo: ¿ambidiestro? ¿coleccionista de sellos? ¿homosexual?

sonríe.

gideon: sí. y no sé, cuando yo descubrí que era gay, fue una
  putada que nadie me dijera «muy bien». así que he venido a decirte…

yo: ¿muy bien?

se ruboriza.

gideon: bueno, dicho así, parece una idiotez, pero básicamente es eso. bienvenido al club. en este instituto el
  club es muy reducido.

yo: espero que no haya que pagar cuota.

se mira los zapatos.

gideon: no, no. en realidad no es un club.

si tiny viniera a nuestro instituto, supongo que sería un club y que él sería el presidente.

sonrío. gideon levanta la cabeza y lo ve.

gideon: quizá te apetece, no sé, tomar un café o algo des-
    pués de clase…

tardo un segundo en responder.

yo: ¿estás invitándome a salir?
gideon: bueno, puede ser.

en medio del pasillo. rodeados de gente. alucinante.

yo: hay un problema. me encantaría quedar contigo.
    pero… salgo con un chico.

acabo de decirlo.
ah-lucinante.

gideon: ah.

saco el móvil y le muestro la bandeja llena de mensajes de
tiny.

yo: te juro que no me lo invento para darte largas. se llama
    tiny. va al instituto en evanston.
gideon: tienes mucha suerte.

no es algo que suelan decirme.

yo: ¿por qué no vienes a comer conmigo, simon y derek?

gideon: ¿también son gays?

yo: solo si eres un brujo.

un minuto después mando un mensaje a tiny.

TENGO UN NUEVO AMIGO GAY

y me contesta

UN GRAN AVANCE!!!

y luego

DEBERÍAS MONTAR UNA AGH!

a lo que contesto

POCO A POCO, GRANDULLON

y me contesta

GRANDULLON… ME ENCANTA!

seguimos mandándonos mensajes todo el día y parte de la
noche. es increíble las veces que puedes llegar a escribir a alguien
cuando dispones de tan pocos caracteres. es una idiotez, pero
parece que tiny se pasa el día conmigo. que está aquí cuando
ignoro a maura, hablo con gideon o descubro que nadie va a

asesinarme con un hacha en la clase de gimnasia porque desprendo vibraciones homosexuales.

aun así, no basta. porque algunas veces me sentía igual con isaac. y no voy a dejar que esta relación sea lo único en lo que pienso.

así que esa noche llamo por teléfono a tiny y hablo con él. le digo que quiero que venga a verme. y no pone excusas. no me dice que no es posible. lo que me dice es

tiny: ¿cuándo?

admito que decir que te importa una mierda implica en cierta medida que te importa. cuando dices que no te importa que el mundo se desmorone, de alguna manera, a tu modo, estás diciendo que quieres que siga en pie.

cuando cuelgo a tiny, mi madre entra en mi habitación.

mi madre: ¿qué tal?
yo: muy bien.

y por una vez es verdad.

capítulo trece

Me despierta el sonido de la alarma del reloj, que resuena rítmicamente y con tanta intensidad que parece una sirena antiaérea gritándome con tal ferocidad que hiere mis sentimientos. Me doy media vuelta en la cama y miro entre la oscuridad: las 5.43 de la mañana. Mi alarma no suena hasta las 6.37.

Y entonces me doy cuenta: lo que oigo no es mi alarma. Es el claxon de un coche, que suena como una terrible sirena anunciando la fatalidad por las calles de Evanston. A estas horas no se oyen cláxones, no con tanta insistencia. Debe de ser una emergencia.

Salto de la cama, me pongo unos vaqueros y corro hacia la puerta de la calle. Me tranquiliza ver a mi madre y a mi padre vivos, corriendo hacia la entrada.

—Pero ¿qué pasa? —pregunto.

Mi madre se encoge de hombros, y mi padre dice:

—¿Es el claxon de un coche?

Me dirijo a la puerta y miro por el cristal lateral.

Tiny Cooper está aparcado delante de mi casa y toca el claxon metódicamente.

Salgo corriendo, y solo al verme deja de tocar el claxon. Baja la ventanilla del asiento del copiloto.

—Joder, Tiny. Vas a despertar a todo el vecindario.

Veo una lata de Red Bull dando vueltas en su enorme mano temblorosa. La otra mano sigue pegada al claxon, lista para pitar en cualquier momento.

—Tenemos que irnos —me dice atropelladamente—. Tenemos que irnos ya ya ya ya ya ya ya.

—¿Qué te pasa?

—Tenemos que ir al instituto. Luego te lo explico. Sube al coche.

Está tan frenéticamente serio, y yo estoy tan cansado que ni me planteo llevarle la contraria. Entro corriendo en casa, me pongo unos calcetines y unos zapatos, me lavo los dientes, digo a mis padres que voy a clase más temprano y subo al coche de Tiny.

—Cinco cosas, Grayson —me dice mientras arranca el coche y se pone en marcha sin soltar siquiera la lata de Red Bull.

—¿Qué? ¿Tiny, qué pasa?

—No pasa nada. Todo va bien. Las cosas no podrían ir mejor. Podrían ser menos agotadoras. Podrían dar menos trabajo. Podrían tener menos cafeína. Pero no podrían ir mejor.

—Tío, ¿te has metido algo?

—No, me he metido Red Bull.

Me pasa el Red Bull, que huelo para descubrir si lo ha mezclado con algo.

—Y café —añade—. Pero escucha, Grayson. Cinco cosas.

—No puedo creer que hayas despertado a todo mi vecindario a las cinco y cuarenta y tres porque sí.

—En realidad —dice con un volumen más alto del estrictamente necesario a estas horas—, te he despertado por cinco razones, y es lo que intento decirte, pero no dejas de interrumpirme, cosa más propia de Tiny Cooper que de ti.

Conozco a Tiny desde que era un alumno de quinto, enorme y muy gay. Lo he visto borracho y sobrio, hambriento y harto de comer, gritando y gritando más, enamorado y nostálgico. Lo he visto en buenos y en malos momentos, enfermo y sano. Y en todos estos años jamás se había pitorreado de sí mismo. No puedo evitar pensar: quizá Tiny Cooper debería ponerse ciego a cafeína más a menudo.

—Vale, ¿qué cinco cosas? —le pregunto.

—Una, cerré el casting ayer hacia las once, mientras hablaba con Will Grayson por Skype. Me ayudó. Imité a todos los preseleccionados y me ayudó a decidir quién era el menos horrible.

—El otro Will Grayson —le corrijo.

—Dos —continúa, como si no me hubiera oído—. Poco después Will se fue a dormir. Y yo me puse a pensar en mí, en fin, ya hace ocho días que lo conocí y jamás en la vida me ha gustado alguien a quien yo gustara durante ocho días, sin contar mi relación con Bethany Keene en tercero, que obviamente no cuenta porque es una chica.

»Tres, pensaba estas cosas tumbado en la cama, mirando el techo, y veía las estrellas que pegamos cuando íbamos a sexto. ¿Te acuerdas? Las estrellas que brillan en la oscuridad, el cometa y todo eso.

Asiento, pero no me mira, aunque hemos parado en un semáforo.

—Bueno —sigue diciendo—, miraba las estrellas, que empezaban a apagarse, porque hacía ya unos minutos que había apagado la luz, y entonces tuve una cegadora revelación trascendental. ¿De qué trata *Tiny Dancer*? Quiero decir que cuál es el tema, Grayson. Tú la has leído.

Doy por sentado que, como siempre, sus preguntas son retóricas, así que no digo nada para que siga con su perorata, porque, aunque me duela admitirlo, Tiny perorando tiene algo de portentoso, especialmente en una calle silenciosa cuando todavía estoy medio dormido. Hay algo remotamente placentero en el mero hecho de que hable, aunque preferiría que no fuera así. Tiene que ver con su voz, no con su tono, ni con su dicción de ametralladora cafeinada, sino con su voz…, su familiaridad, supongo, pero también con el hecho de que sea incansable.

Pero, como se pasa un rato sin decir nada, me doy cuenta de que de verdad quiere que conteste. No sé lo que quiere oír, así que al final le digo la verdad.

—*Tiny Dancer* trata de Tiny Cooper —le digo.

—¡Exacto! —grita golpeando el volante—. Y ningún gran musical trata de una persona, la verdad. Ese es el problema. Es el problema de la obra. No trata de la tolerancia, de la comprensión, del amor o de lo que sea. Trata de mí. Y no tengo nada en contra de mí. En fin, soy un tío fabuloso, ¿verdad?

—Eres un pilar de fabulosidad para la sociedad —le digo.

—Sí, exacto —me contesta.

Sonríe, pero me cuesta entender hasta qué punto está de broma. Ya estamos entrando en el instituto, que está totalmente muerto, sin un solo coche en el aparcamiento de los profesores. Aparca en su plaza habitual, coge su mochila del asiento trasero, sale y empieza a cruzar el desolado aparcamiento. Lo sigo.

—Cuatro —dice—. Pese a mi enorme y terrible fabulosidad, me di cuenta de que la obra no puede tratar de mí. Tiene que tratar de algo todavía más fabuloso que yo: el amor. El policromático y esplendoroso manto del amor y sus infinitas grandezas. Por eso tenía que revisarla. Y cambiarle el título. Y por eso no he dormido en toda la noche. He estado escribiendo como un loco, escribiendo un musical titulado *Abrázame más fuerte*. Necesitaremos más decorados de los que pensaba. Y más voces en el coro. El coro debe ser una puta muralla cantando, ¿entiendes?

—Claro, bien. ¿La quinta?

—Ah, vale.

Se descuelga la mochila de un hombro y se la traslada al pecho. Abre el bolsillo delantero, mete la mano y saca una rosa hecha con cinta adhesiva verde. Me la ofrece.

—Cuando me estreso —explica Tiny—, me dedico a las manualidades. Vale. Vale. Me voy al auditorio a empezar a preparar algunas escenas y ver cómo quedan en el escenario.

Me detengo.

—¿Puedo ayudarte?

Niega con la cabeza.

—No te ofendas, Grayson, pero ¿qué experiencia tienes en el teatro?

Se aleja de mí, intento quedarme donde estoy, pero al final lo sigo por la escalera del instituto, porque hay una pregunta que me quema.

—¿Y por qué coño me has despertado a las cinco y cuarenta y tres de la mañana?

Se da media vuelta. Es imposible no sentir la inmensidad de Tiny frente a mí, con los hombros hacia atrás, tapando casi todo el instituto con su cuerpo, que no deja de temblar ligeramente. Abre los ojos de forma exagerada, como si fuera un zombi.

—Bueno, necesitaba contárselo a alguien —me dice.

Lo pienso un minuto y luego lo sigo hasta el auditorio. Durante la hora siguiente observo a Tiny corriendo por el teatro como un lunático rabioso, murmurando para sí mismo. Pega cinta en el suelo para marcar sus escenarios imaginarios. Hace piruetas por el escenario tarareando letras de canciones a toda velocidad. Y de vez en cuando grita: «¡No trata de Tiny! ¡Trata del amor!».

Entonces empieza a entrar gente para la primera clase de teatro, así que Tiny y yo nos vamos a cálculo, Tiny hace el milagro del gigante metiéndose en el pequeño pupitre, yo me sorprendo, como siempre, el instituto es aburrido, y en la comida me siento con Gary, Nick y Tiny, y Tiny habla de su cegadora revelación trascendental de una manera que (sin tener nada en contra de Tiny) implica que quizá no haya terminado de interiorizar la idea de que la tierra no gira alrededor del eje de Tiny Cooper.

—Oye, ¿dónde está Jane? —le pregunto a Gary.

—Enferma —me contesta Gary.

—Enferma en plan voy a pasar el día con mi novio en el jardín botánico —añade Nick.

Gary le lanza una mirada desaprobadora.

Tiny cambia rápidamente de tema, y durante el resto de la comida intento reírme en los momentos oportunos, pero no los escucho.

Sé que está saliendo con el Gilipollas McWaterpolo, y sé que, cuando sales con alguien, a veces haces idioteces como ir a jardines botánicos, pero, a pesar de que saberlo debería protegerme, me siento como una mierda el resto del día. «Un día de estos —me digo a mí mismo— aprenderás a callarte de verdad y a no dar importancia.» Y hasta entonces… Bueno, hasta entonces seguiré respirando hondo, porque parece que se me corta la respiración. Aunque intento no llorar, sin duda me siento mucho peor que cuando acabó *Todos los perros van al cielo*.

Llamo a Tiny después de clase, pero me salta el contestador, de modo que le mando un mensaje: «El Will Grayson Original solicita el placer de una llamada cuando te sea posible». No me llama hasta las 21.30. Estoy en el sofá, viendo una estúpida comedia romántica con mis padres. La mesita está llena de platos de comida china para llevar que hemos servido en platos de verdad para que pareciera comida casera. Mi padre está quedándose dormido, como siempre que no está trabajando. Mi madre está sentada más cerca de mí de lo que parece necesario.

Mientras veo la película, no puedo dejar de pensar que me gustaría estar en el ridículo jardín botánico con Jane. Simplemente paseando, ella con su sudadera con capucha, yo haciendo bromas sobre los nombres latinos de las plantas, ella diciendo que *Ficaria verna* sería un buen nombre para un grupo de hip-hop nerdcore que solo rapeara en latín, y cosas así. De hecho, me imagino toda la puñetera escena y casi me desespero lo bastante como para contarle a mi madre la situación, pero eso supondría que se pasaría entre siete días y diez años preguntándome por Jane. Mis padres se enteran de tan pocas cosas sobre mi vida privada, que en cuanto tropiezan con un dato, se aferran a él durante siglos. Ojalá se les diera mejor ocultar que les gustaría que tuviera toneladas de amigos y novias.

En fin, que Tiny me llama, le digo hola, me levanto, voy a mi habitación y cierro la puerta, y como en todo ese tiempo Tiny no dice nada, le digo:

—¿Hola?

—Sí, hola —me dice distraído.

Oigo que teclea.

—Tiny, ¿estás escribiendo?

Tarda un momento en contestarme.

—Espera. Déjame terminar la frase.

—Tiny, me has llamado tú.

Silencio. Teclea. Y luego:

—Sí, lo sé. Pero… tengo que cambiar la última canción. No puede tratar de mí. Tiene que tratar del amor.

—Ojalá no la hubiera besado. El tema de su novio me carcome el cerebro.

Me quedo un momento en silencio, y por fin dice:

—Perdona. Acabo de recibir un mensaje de Will. Me cuenta que ha comido con su nuevo amigo gay. Sé que no es una cita, porque ha sido en la cafetería del instituto, pero bueno. Gideon. Suena sexy. Pero es impresionante que Will haya salido del armario. Ha salido del armario ante todo el mundo. Te juro por Dios que creo que ha escrito al presidente de Estados

Unidos diciéndole: «Querido señor presidente: soy gay. Atentamente, Will Grayson». Es bonito que te cagas, Grayson.

—¿Has oído lo que te he dicho?

—Te comes la olla con Jane y su novio —me contesta sin interés.

—Tiny, te juro que a veces… —Me impido a mí mismo decir algo patético y vuelvo a empezar—. ¿Quieres que hagamos algo mañana después de clase? ¿Dardos o algo en tu casa?

—Ensayo, reescribir, hablar con Will por teléfono y a la cama. Puedes venir al ensayo si quieres.

—No —le digo—. Está bien.

Cuelgo e intento leer *Hamlet* un rato, pero no lo entiendo del todo y tengo que mirar cada dos por tres el margen derecho, donde están las definiciones de las palabras, lo que hace que me sienta idiota.

No tan inteligente. No tan guapo. No tan majo. No tan divertido. Ese soy yo: no tan.

Me tumbo encima de la colcha, vestido, con el libro todavía en el pecho, con los ojos cerrados y la mente a toda pastilla. Pienso en Tiny. El comentario patético que quería hacerle por teléfono, y que no le hice, era: de niño tienes algo. Quizá una manta, un peluche o lo que sea. En mi caso era un perrito de las praderas de peluche que me regalaron en Navidades cuando tenía tres años. Ni siquiera sé de dónde sacaron un perrito de las praderas de peluche, pero da igual, se sentaba en sus patas traseras y lo llamaba Marvin, y arrastré a Marvin por las orejas hasta que tuve unos diez años.

Y llegó un momento en que, sin tener nada personal contra Marvin, empezó a pasar más tiempo en el armario, con mis demás juguetes, y luego más, hasta que al final Marvin se convirtió en un habitante del armario a jornada completa.

Pero durante muchos años, a veces sacaba a Marvin del armario y pasaba un rato con él… No por mí, sino por Marvin. Sabía que era una locura, pero lo hacía.

Y lo que quería decirle a Tiny es que a veces me siento como su Marvin.

Recuerdo momentos que hemos pasado juntos. Tiny y yo en el gimnasio hace unos años. Como la empresa de ropa de deportes no hacía pantalones cortos de su talla, parecía que llevaba un bañador muy ceñido. Tiny dominando el balón de fútbol americano pese a su tamaño, y dejándome siempre acabar segundo gracias a que me metía en su sombra y no me pasaba el balón hasta el final. Tiny y yo en el desfile del orgullo gay de Boys Town, en noveno curso, él diciéndome «Grayson, soy gay», y yo «¿De verdad? ¿El cielo es azul? ¿El sol sale por el este? ¿El papa es católico?», y él «¿Tiny Cooper es fantástico? ¿Los pájaros lloran de belleza cuando oyen cantar a Tiny Cooper?».

Pienso en cuánto dependes de tu mejor amigo. Cuando te despiertas por la mañana, sacas las piernas de la cama, pones los pies en el suelo y te levantas. No te acercas al borde de la cama y miras hacia abajo para asegurarte de que el suelo está ahí. El suelo siempre está ahí. Hasta que deja de estar.

Es absurdo culpar al otro Will Grayson de algo que ya pasaba antes de que el otro Will Grayson existiera. Pero aun así.

Aun así pienso en él, pienso en sus ojos, que no pestañeaban, en el Frenchy's, esperando a alguien que no existía. En mi memoria, sus ojos se agrandan cada vez más, casi como si fuera un personaje manga. Y luego pienso en ese tipo, Isaac, que era una chica. Pero las cosas que se dijeron y que hicieron que Will fuera al Frenchy's a conocer a ese tipo se dijeron. Eran reales.

De repente cojo el móvil de la mesita de noche y llamo a Jane. Contestador automático. Miro el reloj del teléfono: las 21.42. Llamo a Gary. Contesta al quinto tono.

—¿Will?

—Hola, Gary. ¿Sabes la dirección de Jane?

—Pues sí.

—¿Puedes dármela?

Se queda un momento callado.

—¿Vas a acosarla, Will?

—No, te lo juro. Tengo una pregunta de ciencias —le digo.

—¿Tienes una pregunta de ciencias un martes a las nueve y cuarenta y dos de la noche?

—Exacto.

—Wesley, 1712.

—¿Y dónde está su habitación?

—Tío, tengo que decirte que ahora mismo mi acosómetro está llegando a la zona en rojo. —Espero en silencio, y al final me dice—: Si te colocas frente a la casa, delante y a la izquierda.

—Genial, gracias.

De camino a la puerta, cojo las llaves del mostrador de la cocina. Mi padre me pregunta adónde voy e intento salir del paso diciéndole que voy a salir, pero el resultado es que quita el volumen a la tele. Se acerca a mí, como si quisiera recordarme que es un poco más alto que yo, y me pregunta muy serio:

—¿Salir con quién y adónde?

—Tiny quiere que le ayude con su estúpida obra.

—En casa a las once —dice mi madre desde el sofá.

—Vale.

Cruzo la calle hacia el coche. Veo el vaho que me sale de la boca, pero solo siento frío en las manos, porque no llevo guantes. Me quedo de pie fuera del coche un segundo, mirando el cielo, la luz anaranjada avanzando desde la ciudad hacia el sur, los árboles sin hojas de la acera silenciosos en la brisa. Abro la puerta, que rompe el silencio, y recorro los dos kilómetros hasta la casa de Jane. Encuentro sitio para aparcar a media manzana y retrocedo andando por la calle hasta una casa vieja de dos plantas con un gran porche. Estas casas no son baratas. En la habitación de la izquierda hay luz, pero en cuanto llego no quiero saltar. ¿Y si está cambiándose? ¿Y si está tumbada en la cama y ve la cara espeluznante de un tío pegada al cristal? ¿Y si está enrollándose con Randall McZorra Chillona? Así que le mando un mensaje: «Tómatelo de la forma menos acosadora posible: Estoy delante de tu casa». Son las 21.47. Pienso que esperaré hasta que el reloj llegue a las 21.50 y me marcharé. Me meto una mano en el bolsillo y sujeto el móvil con la otra, pulsando el botón del volumen cada vez que la pantalla se queda en blanco. Han pasado ya al menos diez segundos de las 21.49 cuando se abre la puerta de la calle y Jane asoma la cabeza.

Levanto un poco la mano, ni siquiera a la altura de la cabeza. Jane se lleva un dedo a los labios, sale de la casa de puntillas, teatralmente, y cierra la puerta muy despacio. Baja los escalones del porche, y a la luz del porche veo que lleva la misma sudadera verde con capucha, pero ahora con un pantalón de pijama rojo de franela y calcetines. Sin zapatos.

Se acerca a mí y me susurra:

—Es un placer ligeramente espeluznante verte.

—Tengo una pregunta de ciencias —le digo.

Sonríe y asiente.

—Claro. Te preguntas cómo es científicamente posible que me prestes tanta atención ahora que tengo novio, cuando antes no te interesaba lo más mínimo. Desgraciadamente, la ciencia se queda perpleja ante los misterios de la psicología masculina.

Pero sí tengo una pregunta de ciencias… sobre Tiny y yo, y sobre ella, y sobre gatos.

—¿Puedes explicarme lo del gato de Schrödinger?

—Venga ya —me dice.

Me agarra del abrigo y me arrastra a la acera. Voy detrás de ella sin decir nada, y ella murmura:

—Dios, Dios, Dios, Dios, Dios, Dios, Dios.

—¿Qué problema tienes? —le pregunto.

—Tú. Tú, Grayson. Tú eres mi problema —me contesta.

—¿Qué? —le digo.

—Ya lo sabes —me dice.

—No, no lo sé —le digo.

Y todavía andando, sin mirarme, me dice:

—Seguramente hay chicas a las que no les gusta que un martes por la noche se presente un tío en su casa preguntándoles por Edwin Schrödinger. Estoy segura de que esas chicas existen. Pero no viven en mi casa.

Pasamos por cinco o seis casas hasta llegar cerca de donde he aparcado el coche, se gira hacia una casa con un cartel de EN VENTA y sube la escalera hasta un balancín. Se sienta y da un golpe a su lado para que me siente también yo.

—¿No vive nadie aquí? —le pregunto.

—No. Lleva un año en venta.

—Seguramente te has enrollado con el gilipollas en este balancín.

—Seguramente —me contesta—. Schrödinger estaba haciendo un experimento. Bien, pues resulta que se publicó un artículo diciendo que si un electrón puede estar en cuatro sitios diferentes, de alguna manera está en los cuatro a la vez hasta el momento en que alguien determine en cuál de los cuatro está. ¿Tiene sentido?

—No —le digo.

Como lleva calcetines cortos blancos, le veo el tobillo cada vez que estira el pie para mover el balancín.

—Exacto, no tiene ningún sentido. Es raro que alucinas. Entonces Schrödinger intenta mostrarlo. Dice: mete un gato en una caja con algo radiactivo que pueda o no, dependiendo de la localización de sus partículas subatómicas, hacer que un detector de radiación active un dispositivo que suelte veneno en la caja y mate al gato. ¿Lo entiendes?

—Creo que sí —le digo.

—Pues según la teoría de que los electrones están en todas las posiciones posibles hasta que los miden, el gato está tanto vivo como muerto hasta que abramos la caja y descubramos si está vivo o muerto. No estaba defendiendo matar a los gatos ni nada por el estilo. Solo decía que parecía poco probable que el gato pudiera estar vivo y muerto a la vez.

Pero a mí no me parece tan poco probable. Me parece que todo lo que metemos en cajas está tanto vivo como muerto hasta que abrimos la caja, que lo que no vemos está y no está a la vez. Quizá por eso no puedo dejar de pensar en los grandes ojos del otro Will Grayson en el Frenchy's, porque acababa de hacer que el gato muerto y vivo estuviera muerto. Me doy cuenta de que por eso nunca me he puesto en situación de necesitar de verdad a Tiny, y por eso seguí las reglas en lugar de besar a Jane cuando estaba disponible: elegí la caja cerrada.

—Vale —le digo sin mirarla—. Creo que lo entiendo.

—Bueno, en realidad eso no es todo. Resulta que es algo más complicado.

—Creo que no soy lo bastante inteligente para enfrentarme a algo más complicado —le digo.

—No te subestimes —me contesta Jane.

El balancín cruje mientras intento entenderlo. La miro.

—Al final descubrieron que dejar la caja cerrada no mantiene al gato vivo y muerto. Aunque tú no observes al gato en el estado en el que esté, el aire de la caja sí lo observa. Dejar la caja cerrada solo te deja en la oscuridad a ti, no al universo.

—Entendido —le digo—. Pero no lograr abrir la caja no mata al gato.

Ya no estamos hablando de física.

—No —me dice—. El gato ya estaba muerto… o vivo, según el caso.

—Bueno, el gato tiene novio —le digo.

—Quizá al físico le gusta que el gato tenga novio.

—Es posible —le digo.

—Amigos —dice Jane.

—Amigos —le digo.

En eso estamos de acuerdo.

capítulo catorce

mi madre insiste en que antes de que yo vaya a cualquier sitio con tiny, tiene que venir a cenar. estoy seguro de que antes consultará todas las páginas web de depredadores sexuales. no se fía de que lo haya conocido en internet. y dadas las circunstancias, la verdad es que no puedo reprochárselo. se sorprende un poco cuando sigo adelante con el plan, aunque le digo:

yo: no le preguntes por sus cuarenta y tres ex novios, ¿vale?
    ni por qué va con un hacha.
mi madre: …
yo: lo del hacha es broma.

pero lo cierto es que no puedo decir nada que traquilice a esta mujer. es de locos. se pone unos guantes amarillos de goma y empieza a fregar con la intensidad que suele reservarse para cuando alguien ha vomitado encima de los muebles. le digo que no es necesario, que tiny no va a comer en el suelo, pero me hace un gesto con la mano y me dice que limpie mi habitación.

mi intención es limpiar mi habitación, de verdad. pero lo único que consigo es limpiar el historial del navegador web, y luego estoy agotado. no es que no limpie las pelotillas de moco de mi cama por las mañanas. soy un tío bastante limpio. toda mi ropa sucia está apretujada al fondo del armario. no va a verla.

al final llega el momento de que venga. en clase, gideon me pregunta si estoy nervioso porque va a venir tiny, y le contesto que para nada. pero sí, es mentira. estoy nervioso sobre todo por mi madre y por cómo va a actuar.

lo espero en la cocina. mi madre va de un lado al otro como una loca.

mi madre: tengo que arreglar la ensalada.

yo: ¿por qué tienes que arreglar la ensalada?

mi madre: ¿a tiny no le gusta la ensalada?

yo: ya te dije que tiny se comería crías de foca si se las pusiéramos en el plato. pero ¿por qué tienes que arreglar la ensala? ¿quién la ha roto? yo no la he tocado. ¿has roto la ensalada, mamá? si la hubieras roto, TENDRÍAS QUE ARREGLARLA.

estoy de coña, aunque a mi madre no le parece divertido. y pienso: «¿no se supone que el que debería estar de los nervios soy yo?». tiny va a ser el primer n-n-n (no puedo) nov-v-v (vamos, will) novi-novi (ya está) novio mío al que mi madre va a conocer. aunque si sigue hablando de la ensalada, tendré que encerrarla en su habitación antes de que llegue.

mi madre: ¿estás seguro de que no es alérgico a nada?

yo: cálmate.

como si de repente tuviera facultades auditivas supercaninas, oigo un coche aparcando frente a la casa. antes de que mi madre pueda decirme que me peine y que me ponga unos zapatos, estoy en la puerta de la calle viendo a tiny apagando el motor.

yo: ¡corre! ¡corre!

pero la radio está tan alta que no me oye. sonríe. mientras abre la puerta, echo un vistazo a su coche.

yo: ¿que coj…?

es un mercedes plateado, el coche que esperarías que tuviera un cirujano plástico, y no un cirujano plástico de los que arreglan la cara a niños africanos que se mueren de hambre, sino un cirujano plástico de los que convencen a las mujeres de que están acabadas si parecen mayores de doce años.

tiny: ¡hola, terrícola! vengo en son de paz. llévame ante tu jefe.

debería sentirme raro porque es la segunda vez que lo veo desde que salimos juntos, y debería estar entusiasmado porque enseguida me rodearán sus grandes brazos, pero la verdad es que me he quedado pillado en lo del coche.

yo: dime que lo has robado, por favor.

parece un poco confundido y levanta la bolsa que lleva en la mano.

tiny: ¿esto?
yo: no. el coche.
tiny: ah, vale, lo he robado, sí.
yo: ¿en serio?
tiny: sí, a mi madre. a mi coche apenas le quedaba gaso-
    lina.

es muy raro. todas las veces que hemos hablado, nos he-mos mandado mensajes, hemos chateado o lo que sea, he ima-ginado que tiny vivía en una casa como la mía, que iba a un instituto como el mío y que tenía un coche como el que yo tendré algún día… un coche con al menos tantos años como yo, seguramente comprado a una vieja a la que ya no le permi-ten conducir. ahora me doy cuenta de que para nada es así.

yo: vives en una casa grande, ¿verdad?
tiny: lo bastante grande para que quepa.
yo: no es eso lo que quiero decir.

no tengo ni idea de lo que hacer. porque he interferido en nuestro encuentro, y aunque ahora está delante de mí, no es como debería ser.

tiny: ven aquí.

y dicho eso, deja la bolsa en el suelo y abre los brazos, y su sonrisa es tan amplia que sería un gilipollas si no corriera a sus brazos. se inclina para besarme ligeramente.

tiny: hola.

lo beso yo también.

yo: hola.

bien, pues esto es la realidad. está aquí. es real. somos reales. su coche no debería importarme.

cuando entramos en casa, mi madre se ha quitado el delantal. aunque le he advertido que tiny es del tamaño de utah, cuando lo ve se queda un momento sorprendida. tiny debe de estar acostumbrado, o quizá no le importa, porque se acerca a ella y empieza a decirle lo que debe decirle, que está muy contento de conocerla, que es maravilloso que lo haya invitado a cenar y que la casa es preciosa.

mi madre le señala el sofá y le pregunta si quiere beber algo.

mi madre: tenemos coca-cola, coca-cola light, limonada, zumo de naranja…
tiny: ooh, me encanta la limonada.
yo: no es limonada de verdad. es solo agua con polvos de limón light.

mi madre y tiny me miran como si fuera un puto aguafiestas.

yo: no quería que te entusiasmaras pensando que era limo-
    nada de verdad.

no puedo evitarlo… veo nuestra casa con sus ojos… toda
nuestra vida con sus ojos… y parece tan… cutre. las manchas
de humedad en el techo, la alfombra descolorida y la tele de
hace décadas. toda la casa huele a deudas.

mi madre: ¿por qué no vas a sentarte con tiny y te traigo
    una coca-cola?

me he tomado las pastillas esta mañana, lo juro. pero es
como si hubieran acabado en las piernas, no en el cerebro, porque no puedo estar contento. me siento en el sofá, y en cuanto
mi madre sale de la sala, tiny me coge de la mano y me frota los
dedos con los suyos.

tiny: está bien, will. me encanta estar aquí.

sé que está teniendo una semana difícil. sé que las cosas no
le han ido como esperaba y que le preocupa que su obra se sus-
penda. está reescribiéndola cada día. («¿quién iba a pensar que
sería tan complicado meter el amor en catorce canciones?») sé
que cuenta los días que faltan… y sé que yo he estado contando los días que faltaban para que viniera. pero ahora tengo que
dejar de contar y empezar a ver dónde estoy. es duro.
me inclino sobre el carnoso hombro de tiny.
no me creo que me ponga cachondo algo a lo que he llamado «carnoso».

yo: es la parte dura, ¿vale? prepárate para la parte buena. te prometo que llegará pronto.

cuando vuelve mi madre, sigo apoyado en el hombro de tiny. mi madre no hace ningún gesto, no se detiene, no parece importarle. deja nuestras bebidas y vuelve corriendo a la cocina. oigo el horno abriéndose y cerrándose, y luego una espátula rasgando una bandeja. al minuto vuelve con un plato de miniperritos calientes y minirrollitos de huevo. hay incluso dos pequeños cuencos, uno con ketchup y otro con mostaza.

tiny: ¡qué rico!

nos ponemos a comer y tiny empieza a contarle a mi madre cómo le ha ido la semana, y le da tantos detalles de *abrázame fuerte* que veo que está totalmente confundida. mientras tiny habla, mi madre merodea a nuestro alrededor, hasta que al final le digo que se siente con nosotros, así que acerca una silla y escucha, incluso se come un rollo de huevo o dos.

la cosa empieza a normalizarse un poco. tiny aquí. mi madre mirándonos a los dos. yo sentado de manera que al menos una parte de mi cuerpo le toque. es casi como si volviera a estar en el parque millennium con él, como si continuáramos aquella primera conversación, y aquí es donde se suponía que iría a parar la historia. como siempre, la cuestión es si voy a joderlo todo.

cuando no queda nada para picar, mi madre recoge los platos y dice que la cena estará lista en unos minutos. en cuanto sale de la sala, tiny se gira hacia mí.

tiny: me encanta tu madre.

sí, pienso, es de esas personas a las que les cuesta poco que les encante alguien.

yo: no está mal.

cuando mi madre entra a decirnos que la cena está lista, tiny se levanta del sofá de un salto.

tiny: ¡aah! casi lo olvido.

coge la bolsa que ha traído y se la da a mi madre.

tiny: un regalo para la anfitriona.

mi madre parece muy sorprendida. saca una caja de la bolsa, con lazo y todo. tiny vuelve a sentarse para que mi madre no se sienta incómoda por sentarse a abrirla. mi madre deshace el lazo con mucho cuidado. luego abre despacio la tapa de la caja. hay una capa de espuma negra y luego algo envuelto en plástico con burbujas. lo desenvuelve con más cuidado aún y saca un cuenco de cristal.

al principio no lo entiendo. bueno, es un cuenco de cristal. pero mi madre se queda sin aliento. está a punto de llorar. porque no es un simple cuenco de cristal. es perfecto. en fin, es tan delicado y perfecto que por un momento nos quedamos mirándolo mientras mi madre lo gira despacio. hasta en nuestra sala cutre refleja la luz.

hace siglos que nadie le regala algo así. quizá nunca. nadie le regala cosas tan bonitas.

tiny: ¡lo he elegido yo mismo!

no tiene ni idea. no tiene ni idea de lo que acaba de hacer.

mi madre: oh, tiny…

se ha quedado sin palabras. pero yo lo sé. cómo sostiene el cuenco entre sus manos. cómo lo mira.

sé lo que su cabeza le dice que tiene que hacer… decirle que es demasiado, que no puede aceptarlo. aunque lo desea más que nada. aunque le encanta.

así que soy yo el que digo

yo: es precioso. muchas gracias, tiny.

lo abrazo, también para que sienta que se lo agradezco. entonces mi madre deja el cuenco en la mesita que había pulido. se levanta, abre los brazos, y tiny la abraza también a ella.

es lo que nunca me he permitido necesitar.

y por supuesto hace mucho que lo necesitaba.

la verdad es que tiny se come casi todo el pollo con parmesano y lleva también la voz cantante. hablamos sobre todo de tonterías: por qué los miniperritos calientes son mejores que los perritos calientes de tamaño normal, por qué los perros son mejores que los gatos, por qué el musical *gatos* tuvo tanto éxito en los ochenta, cuando sondheim se comía con zapatos a lloyd webber (ni mi madre ni yo podemos aportar demasiado en este tema). en un momento dado, tiny ve la postal de da vinci que mi madre tiene en el frigorífico, y le pregunta si ha estado en italia. y ella le cuenta el viaje que hizo con tres amigas de la universidad, y por una vez la historia tiene interés. tiny dice que nápoles le gusta todavía más que roma, porque los napolitanos son realmente napolitanos. dice que escribió una canción sobre los viajes para su musical, pero que al final no ha quedado incluida. nos canta unos versos.

Cuando has estado en Nápoles
es duro comprar en Staples,
y cuando has estado en Milán
es duro comer en Au Bon Pain.

Cuando has estado en Venecia
la lechuga te parece necia.
Y sales de la catatonia
cuando comes rigatoni en Bolonia.

Ser un gay aventurero
es un peligroso juego.
Porque cuando has estado en Roma
vuelves a tu barrio y entras en coma.

por primera vez desde que tengo uso de razón, mi madre parece entusiasmada. incluso canturrea un poco con él. cuando tiny acaba, aplaude de corazón. creo que lo mejor es acabar la fiesta antes de que tiny y mi madre corran a montar un grupo juntos.

me ofrezco a fregar los platos, y mi madre reacciona como si no se lo creyera.

yo: siempre friego los platos.

mi madre mira a tiny muy seria.

mi madre: es verdad.

y se echa a reír a carcajadas. no me hace ninguna gracia, aunque soy consciente de que la cosa podría haber acabado peor.

tiny: ¡quiero ver tu habitación!

no es una petición en plan «oye, me pica la bragueta». si tiny dice que quiere ver tu habitación, de verdad quiere ver... tu habitación.

mi madre: tranquilos, yo friego los platos.
tiny: gracias, señora grayson.
mi madre: anne. llámame anne.
tiny: ¡gracias, anne!
yo: sí, gracias, anne.

tiny me da un golpe en el hombro. creo que pretende hacerlo suave, pero siento como si un volkswagen me hubiera atropellado el brazo.

lo llevo a mi habitación e incluso digo tachán cuando abro la puerta.

Él se coloca en el centro y lo mira todo sonriendo.

tiny: ¡peces dorados!

va directo hacia la pecera. le explico que si los peces dorados se apoderaran del mundo y decidieran hacer juicios por crímenes de guerra, yo lo tendría claro, porque el índice de mortalidad de mi pecera es mucho más elevado que si vivieran en el foso de un restaurante chino.

tiny: ¿cómo se llaman?

joder.

yo: sansón y dalila.
tiny: ¿en serio?
yo: ella es una mala puta.

se inclina para ver mejor la comida de los peces.

tiny: ¿les das de comer pastillas?
yo: no, no. son mías.

la única manera de acordarme de dar de comer a los peces y tomarme las pastillas es tener los dos frascos juntos. pienso que quizá debería haber limpiado un poco más. porque, por supuesto, tiny se ha ruborizado y no va a seguir preguntando, y aunque no quiero entrar en este tema, tampoco quiero que piense que tengo sarna o algo así.

yo: son para la depresión.
tiny: ah, yo también me deprimo. a veces.

nos acercamos peligrosamente a las conversaciones que mantendría con maura. ella me diría que sabe perfectamente por lo que estoy pasando, y yo tendría que explicarle que no, que no lo sabe, porque su tristeza nunca ha sido tan honda como la mía. no dudo que tiny piense que se ha estado deprimida, pero seguramente es porque no ha podido compararlo con nada. aun así, ¿qué puedo decir? ¿que no solo estoy deprimido…? ¿que es como si la depresión fuera mi esencia, la esencia de todo mi cuerpo, desde la cabeza hasta los huesos? ¿que él se pone triste, pero yo me derrumbo? ¿que odio con todas mis fuerzas esas pastillas, porque sé que mi vida depende de ellas?

no, no puedo decirle nada de eso. porque cuando llegamos a ese punto, nadie quiere oírlo. da igual que les caigas muy bien o que te quieran mucho. no quieren oírlo.

tiny: ¿cuál es sansón y cuál es dalila?
yo: ¿sinceramente? lo he olvidado.

tiny echa un vistazo a mi estantería, pasa la mano por el teclado y gira la bola del mundo que me regalaron cuando terminé quinto.

tiny: ¡mira! ¡una cama!

por un momento creo que se va a tumbar de un salto, lo que seguro que la tiraría abajo. pero se sienta en el borde con cuidado y con una sonrisa casi tímida.

tiny: ¡cómoda!

¿cómo he acabado saliendo con este pedazo de donut? con un suspiro nada arisco, me siento a su lado. el colchón se hunde hacia él.

pero antes del inevitable paso siguiente, el móvil vibra en mi mesa. pienso en no hacer caso, pero vuelve a vibrar y tiny me dice que lo coja.

abro el teléfono y leo lo que hay.

tiny: ¿de quién es?
yo: de gideon. quiere saber cómo van las cosas.
tiny: gideon, ¿eh?

en el tono de tiny hay un inconfundible matiz de recelo. cierro el teléfono y vuelvo a la cama.

yo: no estás celoso de gideon, ¿verdad?
tiny: ¿de qué? ¿de que es guapo, joven, gay y puede verte cada día? ¿por qué iba a estar celoso de algo así?

lo beso.

yo: no tienes ningún motivo para estar celoso. solo somos amigos.

me doy cuenta de una cosa y empiezo a reírme.

tiny: ¿qué?
yo: ¡hay un chico en mi cama!

una idea idiota y alegre. siento como si tuviera que grabarme ODIO EL MUNDO en el brazo cien veces para compensarla.

la cama no es lo bastante grande para los dos. acabo en el suelo dos veces. no nos hemos quitado la ropa... pero no importa, porque estamos el uno encima del otro. él es grande y fuerte, pero yo empujo y tiro tanto como él. no tardamos en ponernos supercachondos.

cuando nos agotamos, nos quedamos tumbados. el corazón le retumba.

oímos a mi madre encendiendo la tele. los detectives empiezan a hablar. tiny desliza la mano por debajo de mi camiseta.

tiny: ¿dónde está tu padre?

no estoy preparado para esa pregunta. me pongo tenso.

yo: no lo sé.

tiny intenta calmarme con sus caricias. su voz intenta tranquilizarme.

tiny: no pasa nada.

pero no puedo aceptarlo. me siento, nos arranco de golpe de nuestra respiración de ensueño y hago que se aparte un poco para que me vea bien. mi impulso es fuerte y claro: de repente no puedo aceptarlo. no por mi padre (la verdad es que mi padre no me importa tanto), sino por todo este proceso de saberlo todo.

me peleo conmigo mismo.

«para.»

«no te muevas.»

«habla.»

tiny espera. tiny me mira. tiny está siendo amable, porque todavía no se ha dado cuenta de quién soy, de lo que soy. nunca seré amable con él. lo mejor que puedo hacer es darle razones para que lo deje correr.

tiny: dímelo. ¿qué quieres decirme?

quiero advertirle que no me pregunte. pero empiezo a hablar.

yo: mira, tiny… estoy intentando portarme lo mejor que puedo, pero tienes que entender… siempre estoy al límite de algo malo. y a veces alguien como tú puede hacerme mirar a otro lado y no saber lo cerca que estoy de caer. pero siempre acabo volviendo la cabeza. siempre. siempre avanzo por ese límite. y es mierda con la que cargo a diario y de la que no voy a librarme en dos días.

es perfecto que estés aquí, pero ¿quieres saber una cosa? ¿de verdad quieres que sea sincero?

debería interpretarlo como lo que es, una advertencia. pero no. asiente.

yo: parecen unas vacaciones. no creo que sepas a lo que me refiero. y está bien…, mejor que no lo sepas. no te imaginas cuánto lo odio. ahora mismo odio estar jodiendo la noche, jodiéndolo todo…

tiny: no es verdad.

yo: sí lo es.

tiny: ¿quién lo dice?

yo: lo digo yo.

tiny: ¿y yo no tengo nada que decir?

yo: no. la he jodido. y tú no tienes nada que decir.

tiny me toca la oreja suavemente.

tiny: ¿sabes? estás muy sexy cuando te pones destructivo.

desliza los dedos por mi cuello, por debajo del cuello de la camiseta.

tiny: sé que no puedo cambiar a tu padre, ni a tu madre, ni tu pasado. pero ¿sabes lo que puedo hacer?

su otra mano se abre camino por mi pierna.

yo: ¿qué?

tiny: algo más. eso puedo darte. algo más.

estoy muy acostumbrado a hacer daño a los demás. pero tiny
se niega a jugar a ese juego. cuando nos pasamos el día mandándonos mensajes, incluso aquí, en persona, siempre intenta
llegar al corazón. y eso significa que siempre da por sentado
que hay un corazón al que llegar. creo que es ridículo y a la vez
lo admiro. quiero ese algo más que puede darme, aunque sé
que nunca va a ser algo que pueda coger realmente y quedár-
melo como si fuera mío.

sé que no es tan fácil como tiny dice. pero se esfuerza mucho. así que me rindo. me rindo a ese algo más.

aunque mi corazón no termina de creérselo.

capítulo quince

Al día siguiente, Tiny no está en la clase de cálculo. Supongo que está en algún sitio escribiendo canciones en una libreta cómicamente pequeña. No me molesta demasiado. Lo veo entre la segunda y la tercera clase al pasar por su taquilla. Lleva el pelo sucio y tiene los ojos como platos.

—¿Demasiado Red Bull? —le pregunto acercándome a él.

Me contesta a una velocidad furiosa.

—La obra se estrena dentro de nueve días, Will Grayson es majísimo y todo va bien. Oye, Grayson, tengo que ir al auditorio. Te veo a la hora de comer.

—El otro Will Grayson —le digo.

—¿Qué? —me pregunta Tiny cerrando de golpe su taquilla.

—El otro Will Grayson es majísimo.

—Vale, muy bien —me contesta.

A la hora de comer no está en nuestra mesa, ni Gary, ni Nick, ni Jane, ni nadie, y como no quiero toda la mesa para mí, me voy con mi bandeja al auditorio suponiendo que los encontraré allí. Tiny está en medio del escenario, con una libreta en una mano y el móvil en la otra, gesticulando como un loco.

Nick está sentado en la primera fila de asientos. Tiny habla con Gary, que también está en el escenario, y como la acústica de nuestro auditorio es fantástica, oigo perfectamente lo que le dice incluso desde el fondo.

—Lo que tienes que recordar de Phil Wrayson es que está totalmente asustado. De todo. Finge que no le importa, pero es el que está más a punto de derrumbarse de toda la puñetera obra. Quiero oír el temblor en su voz cuando cante, la necesidad que espera que nadie oiga. Porque eso será lo que lo haga tan molesto, ¿sabes? Lo que dice no es molesto. Es cómo lo dice. Así que cuando Tiny esté colgando los carteles del orgullo gay, y Phil no deje de hablar de sus estúpidos problemas con una chica, que él mismo ha provocado, tenemos que oír lo molesto. Pero tampoco exageres. Es muy poca cosa. Una piedra en el zapato.

Me quedo parado un minuto, esperando que me vea, y por fin me ve.

—Es un PERSONAJE, Grayson —grita Tiny—. Un PERSONAJE DE FICCIÓN.

Todavía con la bandeja en las manos, me doy media vuelta y me voy. Me siento fuera del auditorio, en las baldosas del suelo del pasillo, apoyado en una vitrina de trofeos, y como un poco.

Espero que venga. Que salga y me pida perdón. O que salga y me grite por ser un cobarde. Espero que las dos hojas de esa puerta de madera oscura se abran, que Tiny las cruce y empiece a hablar.

Sé que es inmaduro, pero no me importa. A veces necesitas que tu mejor amigo cruce la puerta. Pero no lo hace. Al final, sintiéndome pequeño e idiota, soy yo el que se levanta y abre la puerta. Tiny canta tan contento sobre Oscar Wilde. Me quedo en la puerta un momento, aún esperando que me vea, y no me doy cuenta de que estoy llorando hasta que me llega un sonido al inhalar. Cierro la puerta. Si Tiny me ve, no se detiene a ver qué me pasa.

Recorro el pasillo con la cabeza tan baja que me sale agua salada de la punta de la nariz. Cruzo la puerta principal (el aire frío, el sol cálido) y bajo los escalones. Avanzo por la acera hasta que llego a la verja y corro hacia los matorrales. Siento en la garganta algo que parece que va a ahogarme. Ando por los matorrales como hace unos años con Tiny, cuando nos saltamos las clases para ir al desfile del orgullo gay de Boys Town en el que salió del armario.

Me dirijo al campo de béisbol que está entre mi casa y el instituto. Está al lado de la escuela primaria, y cuando era niño solía ir allí solo, después de clase, a pensar. A veces llevaba una libreta de dibujo e intentaba dibujar, pero sobre todo me gustaba ir sin más. Rodeo la verja y me siento en el banquillo, con la espalda apoyada en la pared de aluminio, al calor del sol, y lloro.

Es lo que me gusta del banquillo: estoy junto a la tercera base, veo el diamante de tierra frente a mí y las cuatro filas de gradas a un lado. Al otro lado, el jardín y el siguiente diamante. Luego un gran parque y la calle. Veo a gente que pasea al perro y a una pareja que camina contra el viento. Pero como estoy apoyado en la pared, con el techo de aluminio por encima de mi cabeza, no me ve nadie a quien yo no vea.

La situación es tan rara que me hace llorar.

Tiny y yo jugamos al béisbol juntos. No en este parque, sino en uno que está más cerca de nuestras casas. Empezamos en tercero. Así nos hicimos amigos, supongo. Tiny era fuerte como un demonio, claro, pero no muy bueno con el bate. Aun así, fue el primero de la liga recibiendo lanzamientos. Era fácil alcanzarle.

Yo jugaba en una respetable primera base y no fui el primero en nada.

Apoyo los codos en las rodillas, como hacía cuando veía partidos desde un banquillo como este. Tiny siempre se sentaba a mi lado y, aunque solo jugaba porque el entrenador tenía que sacar a todo el mundo, era superentusiasta. Decía: «Eh, batea, batea, DALE CAÑA, batea», pero al final lo cambiaba por: «¡Queremos un lanzador, no a un tío que se rasque la barriga!».

Una vez, en sexto, Tiny jugaba en la tercera base, y yo en la primera. Era al principio del partido e íbamos ganando por poco, o perdiendo por poco, no lo recuerdo. Sinceramente, ni siquiera miraba la puntuación cuando estaba jugando. Para mí el béisbol no era más que una de esas cosas raras y terribles que te obligan a hacer tus padres por razones que no puedes entender, como vacunarte de la gripe e ir a la iglesia. En fin, el bateador lanzó la pelota, que llegó hasta Tiny. Tiny la atrapó con el guante y la lanzó a la primera base con su potente brazo, yo me estiré para cogerla con cuidado de dejar un pie en la base, la pelota me golpeó el guante e inmediatamente cayó, porque olvidé cerrar la mano. El corredor estaba a salvo, y el error nos costó una carrera o algo así. Cuando terminó la entrada, volví al banquillo. El entrenador (creo que se llamaba señor Frye) se inclinó hacia mí. Fui consciente de que su cabeza era enorme, con la gorra por encima de su gorda cara.

—CONCÉNTRATE en COGER la PELOTA. COGE la PELOTA, ¿vale? ¡Por Dios!

Sentí que me ruborizaba, y con el temblor en la voz que Tiny señalaba a Gary, le dije:

—Lo sieeento, entrenador.

—Yo también, Will. Yo también —me contestó el señor Frye.

Y de repente Tiny fue y le pegó un puñetazo en la nariz al señor Frye. Por las buenas. Así acabó nuestra carrera en el béisbol.

No dolería si no fuera verdad, si de alguna manera no supiera que mi debilidad lo saca de quicio. Y quizá piensa lo mismo que yo, que uno no elige a sus amigos, y carga con esta fastidiosa zorra chillona que no sabe qué hacer consigo misma, que no sabe cerrar el guante cuando recibe la pelota, que no aguanta un rapapolvo del entrenador y que lamenta escribir cartas al director en defensa de su mejor amigo. Esta es la verdadera historia de nuestra amistad: yo no he cargado con Tiny. Él ha cargado conmigo.

Al menos puedo liberarlo de esa carga.

Tardo mucho en dejar de llorar. Utilizo el guante como pañuelo mientras observo la sombra del techo del banquillo descendiendo por mis piernas extendidas a medida que el sol asciende a lo más alto del cielo. Al final se me hielan las orejas en el banquillo a la sombra, así que me levanto y cruzo el parque para volver a casa. De camino, echo un vistazo a la lista de contactos del teléfono y llamo a Jane. No sé por qué. Necesito llamar a alguien. Es raro, pero todavía quiero que alguien abra la puerta del auditorio. Oigo su contestador.

—Lo siento, Tarzán, Jane no está. Deja un mensaje.

—Hola, Jane, soy Will. Solo quería hablar contigo. ¿Quieres que sea del todo sincero? Acabo de pasarme cinco minutos pasando la lista de todas las personas a las que podía llamar y tú has sido la única a la que quería llamar, porque me gustas. Me gustas mucho. Creo que eres increíble. Eres… más en todo. Más inteligente, más divertida, más guapa y… simplemente más. Sí, bueno. Nada más. Adiós.

Cuando llego a casa, llamo a mi padre. Contesta en el último tono.

—¿Puedes llamar al instituto para decir que estoy enfermo? He tenido que volver a casa —le digo.

—¿Estás bien, hijo?

—Sí, estoy bien —le contesto, aunque me tiembla la voz y siento que podría volver a echarme a llorar por lo que fuera.

—Vale, vale. Ahora llamo.

Quince minutos después estoy tirado en el sofá del salón, con los pies en la mesita del café. Miro la tele, solo que la tele no está encendida. Tengo el mando en la mano izquierda, pero ni siquiera tengo energía para pulsar el puto botón.

Oigo la puerta del garaje abriéndose. Mi padre entra por la cocina y se sienta a mi lado, muy cerca.

—Quinientos canales —dice— y no has puesto ninguno.

—¿Te has tomado el día libre?

—Siempre puedo conseguir a alguien que me cubra —me responde—. Siempre.

—Estoy bien —le digo.

—Sé que estás bien. Solo quería estar en casa contigo. Eso es todo.

Me resbalan varias lágrimas, pero mi padre tiene el detalle de no decir nada. Entonces enciendo la tele y encontramos un programa titulado *Los yates más increíbles del mundo*, que trata de yates que tienen pista de golf y cosas así, y cada vez que muestran algún lujo, mi padre dice «¡ES INCREÍÍÍBLE!» con tono sarcástico, aunque de alguna manera sí es increíble. Lo es y no lo es, supongo.

Entonces mi padre quita el volumen a la tele.

—¿Conoces al doctor Porter? —me pregunta.

Asiento. Es un tipo que trabaja con mi madre.

—Como no tienen hijos, son ricos. —Me río—. Pero tienen un barco en el puerto de Belmont, uno de esos mastodontes con camarotes de cerezo importados de Indonesia, una cama grande giratoria rellena de plumas de águilas en peligro de extinción y todo eso. Hace unos años, tu madre y yo comimos con los Porter en el barco y en lo que duró la comida (dos horas) el barco pasó de parecer la experiencia más extraordinaria y lujosa a ser simplemente un barco.

—Supongo que la historia tiene moraleja.

Mi padre se ríe.

—Tú eres nuestro yate, hijo. Todo el dinero que habríamos gastado en un yate y todo el tiempo que habríamos pasado viajando por el mundo. En su lugar, te tuvimos a ti. Resulta que el yate es un barco. Pero tú… A ti no se te puede comprar a plazos ni se te puede rebajar. —Gira la cara hacia la tele y al momento me dice—: Estoy tan orgulloso de ti que me enorgullezco de mí mismo. Espero que lo sepas.

Asiento, con un nudo en la garganta, y clavo los ojos en un anuncio de detergente para lavadora. Un segundo después mi padre murmura para sí mismo:

—Crédito, gente, consumismo… Algún doble sentido hay por ahí.

—¿Qué pasaría si no quisiera hacer ese programa de la Northwestern? ¿O si no me aceptaran?

—Bueno, dejaría de quererte —me contesta.

Se queda serio un momento, luego se ríe y sube el volumen de la tele.

Algo después decidimos que vamos a sorprender a mi madre con chili con pavo para cenar. Estoy picando cebolla cuando suena el timbre de la puerta. Sé de inmediato que es Tiny y siento un extraño alivio irradiándose desde mi plexo solar.

—Voy yo —digo.

Apretujo a mi padre para salir de la cocina y corro a la puerta.

No es Tiny, sino Jane. Me mira con los labios fruncidos.

—¿Cuál es la combinación de mi taquilla?

—Veinticinco-dos-once —le contesto.

Me da un golpe en el pecho de broma.

—¡Lo sabía! ¿Por qué no me lo dijiste?

—No pude descubrir cuál de varias verdades era la más verdadera —le contesto.

—Tenemos que abrir la caja —me dice.

—Uf —le digo. Doy un paso adelante para poder cerrar la puerta, pero ella no da un paso atrás, así que casi nos tocamos—. El gato tiene novio —señalo.

—En realidad el gato no soy yo. El gato somos nosotros. Yo soy física. Tú eres físico. El gato somos nosotros.

—Vale —le digo—. La física tiene novio.

—La física no tiene novio. La física plantó a su novio en el jardín botánico porque no dejaba de decir que iría a las olimpiadas de 2016, y en la cabeza de la física había una vocecita llamada Will Grayson que decía: «¿Y en las olimpiadas representarás a Estados Unidos o al Reino de Gilipollilandia?». Así que la física rompió con su novio e insiste en abrir la caja, porque no puede dejar de pensar en el gato. A la física no le importará si el gato está muerto. Solo necesita saberlo.

Nos besamos. Me toca la cara con sus manos congeladas, sabe a café, llevo todavía el olor a cebolla pegado a la nariz y tengo los labios secos por el interminable invierno. Y es increíble.

—¿Tu opinión de física profesional? —le pregunto.

Jane sonríe.

—Creo que el gato está vivo. ¿Qué dice mi estimado colega?

—Vivo —le digo.

Y es verdad. Lo que hace más raro el hecho de que, mientras hablo con ella, dentro de mí sigue abierta una pequeña herida. Creí que el que había llamado a la puerta era Tiny, que iba a pedirme mil disculpas que yo acabaría aceptando. Pero así es la vida. Crecemos. Planetas como Tiny encuentran nuevos satélites. Satélites como yo encuentran nuevos planetas. Jane se aparta un momento de mí y dice:

—Algo huele bien. Bueno, aparte de ti.

Sonrío.

—Estamos haciendo chili —le digo—. ¿Quieres… Quieres entrar a conocer a mi padre?

—No quiero mo…

—No —le digo—. Es majo. Un poco raro, pero majo. Puedes quedarte a cenar.

—Vale, déjame llamar a mi casa.

Me quedo tiritando un segundo mientras habla con su madre, a la que dice: «Voy a cenar en casa de Will Grayson… Sí, está su padre… Son médicos… Sí… Vale, te quiero».

Entramos.

—Papá —digo—, esta es mi amiga Jane.

Sale de la cocina con su delantal de «Los cirujanos lo hacemos con mano firme» encima de la camisa y la corbata.

—¡Doy crédito a la gente para que se trague el consumismo! —dice entusiasmado por haber encontrado su frase.

Me río.

Jane extiende la mano, muy formalita, y dice:

—Hola, doctor Grayson. Soy Jane Turner.

—Señorita Turner, es un placer.

—¿Te parece bien que Jane se quede a cenar?

—Claro, claro. Jane, discúlpanos un momento.

Mi padre me empuja a la cocina, se inclina y me pregunta en voz baja:

—¿Era esta la causa de tus problemas?

—Aunque parezca raro, no —le contesto—. Pero algo tenemos.

—Algo tenéis —murmura para sí mismo—. Algo tenéis. —Y en voz alta—: ¿Jane?

—¿Sí, señor?

—¿Qué nota media tienes?

—Hum, tres coma siete sobre cinco, señor.

Me mira con los labios apretados y asiente despacio.

—Aceptable —me dice.

Y sonríe.

—Papá, no necesito tu aprobación —le digo en voz baja.

—Lo sé —me contesta—. Pero he pensado que te gustaría que te la diera de todas formas.

capítulo dieciséis

cuatro días antes del supuesto estreno de su obra, tiny me llama y me dice que necesita tomarse un día por su salud mental.
no es solo porque la obra es un caos. el otro will grayson no le
habla. bueno, le habla, pero no le dice nada. y en parte a tiny
le cabrea que el o.w.g. «se dedique a estas chorradas cuando
falta tan poco para el estreno», y en parte le asusta muchísimo
que algo no vaya bien.

   yo: ¿qué puedo hacer? no soy el will grayson correcto.
   tiny: solo necesito una dosis de will grayson. estaré en
        tu instituto en una hora. ya estoy en camino.
   yo: ¿cómo dices?
   tiny: solo tienes que decirme dónde está tu instituto. lo he
        buscado en google maps, pero las indicaciones son una
        mierda, y lo único que le falta a mi salud mental es que
        el google maps me mande a iowa a las diez de la mañana.

creo que la idea del «día por la salud mental» solo puede
ocurrírsele a gente que no tiene ni idea de lo que es tener mala

salud mental. la idea de que puedes airear tu mente en veinticuatro horas es como decir que las enfermedades del corazón se curan desayunando los cereales adecuados. los días por la salud mental solo existen para gente que puede permitirse el lujo de decir «hoy no quiero enfrentarme a las cosas» y tomarse el día libre, mientras que los demás tenemos que seguir peleando, sin que a nadie le importe, a menos que decidamos ir a clase con un arma o estropear las noticias de la mañana con un suicidio.

no le digo nada de esto a tiny. finjo alegrarme de que venga. no permito que se dé cuenta de que me asusta mucho que vea más cosas de mi vida. me parece que está cruzado con sus will grayson. no estoy seguro de ser el que pueda ayudarle.

está siendo muy intenso... más intenso que con isaac. y no solo porque tiny es real. no sé lo que me asusta más, si el hecho de que yo le importe o el hecho de que él me importe a mí.

le cuento a gideon lo de la visita de tiny, sobre todo porque es la única persona del instituto con la que he hablado de tiny.

gideon: uau, qué bonito que quiera verte.

yo: ni siquiera se me había ocurrido.

gideon: casi todos los tíos conducirían una hora por sexo.

pero muy pocos conducirían una hora solo para verte.

yo: ¿cómo lo sabes?

es raro que gideon se haya convertido en mi guía gay, porque me dijo que casi toda su experiencia se limita a un campamento de *boy scouts* el verano antes de noveno. pero supongo que ha frecuentado blogs, chats y esas cosas. ah, y se pasa el día viendo pelis en internet. siempre le digo que no estoy seguro de que las leyes de *sexo en nueva york* se apliquen si no hay sexo y no se está en nueva york, pero me mira como si estuviera escupiendo dardos a los globos en forma de corazón que pueblan su mente, así que lo dejo correr.

. lo divertido es que casi todo el instituto (bueno, la parte que importa, que no es tanta) cree que gideon y yo somos pareja. porque, en fin, me ven a mí, que soy gay, andando por los pasillos con él, que es gay, e inmediatamente lo dan por sentado.

aunque tengo que decir que no me importa. porque gideon es muy guapo, y muy simpático, y parece que cae muy bien a los que no le critican. así que, puestos a tener un supuesto novio en el instituto, podría ser mucho peor.

aun así, se me hace raro pensar que gideon y tiny van a conocerse por fin. se me hace raro pensar en tiny por los pasillos conmigo. es como invitar a godzilla al baile de fin de curso.

no me lo imagino… pero de repente me llega un mensaje diciendo que está a dos minutos de aquí, de modo que tengo que enfrentarme a la realidad.

en el fondo solo salgo de la clase de física del señor jones en medio de una práctica de laboratorio… de todas formas, nunca se fija en mí, así que mientras mi compañera de laboratorio, lizzie, me cubra, no hay problema. le digo a lizzie la verdad, que mi novio ha venido al instituto a verme, y se convierte en mi cómplice, porque, aunque en circunstancias normales no haría algo así por mí, sin duda lo hace por el AMOR. (bueno, el AMOR y los derechos de los gays… tres hurras por las chicas heteros que lo dan todo por ayudar a los chicos gays.)

la única persona que me fastidia es maura, que resopla cuando le cuento mi historia a lizzie. ha intentado burlar mi silencio espiándome cada vez que puede. no sé si el resoplido es porque cree que estoy inventándomelo o porque le asquea que me salte el laboratorio de física. o quizá solo esté celosa de lizzie, lo que tiene gracia, porque lizzie tiene granos tan grandes que parecen picaduras de abeja. pero, en fin, maura puede resoplar por la nariz hasta que toda la mucosidad cerebral le haya bajado a los pies. no voy a reaccionar.

no me cuesta encontrar a tiny delante del instituto, trasladando su peso de una pierna a la otra. no voy a enrollarme con él en el instituto, así que le doy un abrazo de tío (dos puntos de contacto, solo dos) y le digo que, si alguien pregunta, diga que va a trasladarse a esta ciudad en otoño y que antes quiere echar un vistazo al instituto.

está algo diferente de la última vez que lo vi. cansado, supongo. sin embargo, su salud mental parece perfecta.

tiny: bueno, ¿es aquí donde se hace magia?

yo: solo si consideras magia la esclavitud ciega a exámenes y programas escolares.

tiny: eso está por ver.

yo: ¿cómo va la obra?

tiny: lo que le falta al coro en voz le sobra en energía.

yo: estoy impaciente por verla.

tiny: y yo estoy impaciente por que la veas.

suena el timbre de la comida cuando vamos hacia la cafetería. de repente estamos rodeados de gente que observa a tiny como observaría a alguien que hubiera decidido ir de una clase a otra a caballo. el otro día le decía de broma a gideon que la escuela puso todas nuestras taquillas de color gris para que los chicos como yo se confundieran con ellas y pasaran por los pasillos sin peligro. pero con tiny no es posible. todos se giran.

yo: ¿siempre llamas tanto la atención?
tiny: no tanto. supongo que aquí mi extraordinaria enor-
   midad se nota más. ¿te importa que te coja de la mano?

la verdad es que sí me importa. pero sé que, como es mi novio, la respuesta debería ser que no me importa lo más mínimo. si se lo pidiera amablemente, seguro que me llevaría a clase en brazos.

le cojo de la mano, que es grande y está resbaladiza. pero supongo que no puedo ocultar mi expresión preocupada, porque echa un vistazo y me suelta.

tiny: no importa.
yo: no es por ti. no soy de ir por los pasillos de la mano. tampoco si fueras una chica. ni siquiera una animadora con
   las tetas enormes.
tiny: pues fui una animadora con las tetas enormes.

me detengo y lo miro.

yo: estás de broma.
tiny: solo unos días. destrozaba totalmente la pirámide.

avanzamos un poco más.

tiny: supongo que meterte la mano en el bolsillo de atrás
  está descartado.

yo: *tos*

tiny: era broma.

yo: ¿puedo al menos invitarte a comer? con suerte hay gui-
  sado.

tengo que recordarme a mí mismo que esto es lo que quería, que es lo que se supone que quiere todo el mundo. aquí
hay un chico que quiere ser cariñoso conmigo. un chico que se
meterá en el coche y hará kilómetros para verme. un chico al
que no le asusta lo que piensen los demás cuando nos vean juntos. un chico que cree que puedo mejorar su salud mental.

una de las mujeres que sirven la comida se ríe cuando tiny
se pone muy contento al ver las empanadas que están sirvien-
do para celebrar la semana de la tradición latina (o quizá sea el
mes de la tradición latina). lo llama cariño al tenderle el plato,
y tiene gracia, porque he pasado los últimos tres años intentando ganármela para dejar de recibir el trozo de pizza más pequeño de la bandeja.

cuando vamos hacia la mesa, derek y simon ya están sentados. solo falta gideon. como no les he avisado de que tendría-
mos un invitado especial, nos miran sorprendidos y petrifica-
dos mientras nos acercamos.

yo: derek y simon, este es tiny. tiny, este es derek y este es
  simon.

tiny: ¡encantado de conoceros!

simon: hummm…

derek: encantado. ¿quién eres?

tiny: soy el novio de will. de evanston.

bien, ahora lo miran como si fuera una criatura mágica de world of warcraft. derek parece divertido, en plan buen rollo. simon mira a tiny, me mira a mí y vuelve a mirar a tiny de una forma que solo puede significar que está preguntándose cómo alguien tan grande y alguien tan delgado pueden follar.

siento una mano en el hombro.

gideon: ¡estás aquí!

gideon parece la única persona del instituto al que no sorprende el aspecto de tiny. al segundo extiende la otra mano.

gideon: tú debes de ser tiny.

tiny mira la mano de gideon en mi hombro antes de estrechar la que le ha tendido a él. no parece muy contento cuando dice:

tiny: … y tú debes de ser gideon.

supongo que le aprieta la mano algo más fuerte de lo normal, porque gideon hace una mueca antes de que lo suelte. luego va a buscar una silla y le ofrece a tiny el sitio en el que suele sentarse él.

tiny: qué acogedor, ¿no?

bueno, no. el olor de su empanada de ternera hace que me sienta como encerrado en una pequeña y cálida sala llena de comida de perro. me temo que simon está a punto de decir algo que no debe, y derek parece que vaya a publicarlo todo en un blog. gideon empieza a hacer preguntas amables a tiny, que le contesta con monosílabos.

gideon: ¿qué tal el tráfico al venir?
tiny: bien.
gideon: ¿se parece a tu instituto?
tiny: bah.
gideon: me han dicho que estás preparando un musical.
tiny: sí.

al final gideon se levanta a buscar una coca-cola, lo que me permite acercarme a tiny y preguntarle:

yo: ¿por qué lo tratas como si te hubiera insultado?
tiny: ¡no es así!
yo: ni siquiera lo conoces.
tiny: sé de qué palo va.
yo: ¿de qué palo?
tiny: de soy delgado y guapo. son veneno.

creo que sabe que se ha pasado un poco, porque al momento añade:

tiny: pero parece muy majo.

echa un vistazo a la cafetería.

tiny: ¿dónde está maura?
yo: dos mesas a la izquierda de la puerta. está sola, como una
    pobre oveja sacrificada. escribiendo en su libreta.

como si sintiera nuestra mirada, maura levanta la cabeza
hacia nosotros, vuelve a bajarla y sigue escribiendo frenéticamente.

derek: ¿qué tal la empanada de ternera? en los años que llevo
    aquí, eres la primera persona a la que veo terminársela.
tiny: no está mal, si no tienes problemas con lo salado. es
    como una empanadilla industrial de carne seca.
simon: ¿y cuánto tiempo lleváis juntos?
tiny: no sé…, cuatro semanas, dos días y dieciocho horas,
    creo.
simon: entonces eras tú.
tiny: ¿quién?
simon: el tipo por el que casi nos perdemos el maratón de
    matemáticas.
tiny: si es así, lo siento mucho.
simon: bueno, ya sabes lo que dicen.
derek: ¿simon?
simon: los gays anteponen la polla a las matemáticas.
yo: nadie ha dicho eso en toda la historia del mundo.
derek: solo estás cabreado porque la chica de naperville…

simon: ¡no vayas por ahí!

derek: … no se sentó en tus rodillas cuando se lo pediste.

simon: ¡el autobús estaba lleno!

gideon vuelve con galletas para todos.

gideon: es una ocasión especial. ¿qué me he perdido?

yo: las pollas se anteponen a las mates.

gideon: es absurdo.

yo: exacto.

tiny empieza a moverse y ni siquiera ha tocado su galleta. es una galleta blanda. con trocitos de chocolate. debería estar ya en su aparato digestivo.

si tiny ha perdido el apetito, es imposible que aguantemos las horas que quedan hasta que se acaben las clases. no es que me apetezca ir a clase. ¿por qué iba a querer tiny? si quiere estar conmigo, debería estar con él. y este instituto no va a dejarme.

yo: vámonos.

tiny: pero si acabo de llegar.

yo: ya has conocido a las únicas personas con las que me relaciono. has probado nuestra excelente cocina. si quieres, de camino puedo mostrarte la vitrina de los trofeos para que disfrutes de los logros de alumnos que ahora ya tienen edad de sufrir disfunción eréctil y pérdida de memoria, o de haber muerto. no me siento capaz de ser cariñoso contigo aquí, pero, si nos quedamos solos, será distinto.

tiny: las pollas se anteponen a las mates.

yo: sí. las pollas se anteponen a las mates. aunque hoy ya he tenido clase de mates. me la saltaré retroactivamente para estar contigo.

derek: ¡marchaos! ¡marchaos!

tiny parece muy contento con el giro que han dado los acontecimientos.

tiny: ¿te tendré para mí solo?

admitirlo delante de los demás roza lo embarazoso, así que me limito a asentir.

cogemos las bandejas y nos despedimos. gideon parece un poco planchado, pero suena sincero cuando le dice a tiny que espera que luego quedemos todos. tiny dice que lo espera también, pero no lo parece.

cuando estamos a punto de salir de la cafetería, tiny me dice que tiene que hacer una parada.

tiny: tengo que hacer una cosa.

yo: el baño está abajo, a la izquierda.

pero no se dirige al baño.

va directo a la mesa de maura.

yo: ¿qué haces? no le hablamos.

tiny: quizá tú no… pero a mí me gustaría decirle un par de cosas.

maura ha levantado la cabeza y nos mira.

yo: para.
tiny: apártate, grayson. sé lo que hago.

maura hace el numerito de soltar el boli y cerrar la libreta.

yo: tiny, no.

pero avanza y se planta delante de ella. la montaña ha ido a maura, y tiene algo que decirle.

veo un destello de nerviosismo en tiny antes de empezar. respira hondo. maura lo mira con deliberada inexpresividad.

tiny: solo quería acercarme a darte las gracias. soy tiny cooper, y salgo con will grayson desde hace cuatro semanas, dos días y dieciocho horas. si no hubieras sido tan mala, egoísta, falsa y vengativa con él, no nos habríamos conocido. lo que demuestra que, si pretendes destrozarle la vida a alguien, lo que consigues es que le vaya mejor. solo que tú no formas parte de ella.

yo: tiny, basta.

tiny: creo que debe saber lo que está perdiéndose, will. creo que debe saber lo felices…

yo: ¡BASTA!

lo oye mucha gente. tiny sin duda, porque se calla. y maura sin duda, porque deja de mirarlo inexpresiva y empieza a mirarme inexpresiva a mí. ahora mismo estoy muy cabreado con los dos. cojo de la mano a tiny, pero esta vez para tirar de él. maura sonríe con suficiencia, luego abre la libreta y empieza a escribir de nuevo. me dirijo a la puerta, suelto la mano de tiny, vuelvo a la mesa de maura, cojo la libreta y arranco la página en la que estaba escribiendo. no la leo. solo la arraco, la arrugo, lanzo la libreta a la mesa y tiro su coca-cola light. no digo ni una palabra. me marcho.

estoy tan enfadado que no puedo ni hablar. tiny, detrás de mí, dice:

tiny: ¿qué pasa? ¿qué he hecho?

espero a que salgamos del edificio. espero a llegar al aparcamiento. espero hasta que me lleva a su coche. espero a subir al coche. espero hasta que siento que puedo abrir la boca sin gritar. y entonces digo:

yo: no deberías haberlo hecho, de verdad.
tiny: ¿por qué?
yo: ¿POR QUÉ? porque no me hablo con ella. porque he conseguido evitarla todo un mes, y ahora me has arrastrado hasta ella y has hecho que crea que me importa.
tiny: tenía que aprender la lección.
yo: ¿qué lección? ¿que si pretendes destrozarle la vida a alguien, lo que consigues es que le vaya mejor? una gran lección, tiny. ahora ya puede dedicarse a destrozar la vida a más gente, porque al menos tendrá la satisfacción de saber que está haciéndoles un favor. quizá incluso podría montar una agencia para buscar pareja. está claro que con nosotros ha funcionado.

tiny: déjalo.

yo: ¿que deje qué?

tiny: deja de hablarme como si fuera idiota. no soy idiota.

yo: sé que no eres idiota. pero tengo clarísimo que has hecho una idiotez.

todavía no ha arrancado el coche. estamos aún en el aparcamiento.

tiny: no es así como suponía que iría el día.

yo: bueno, ¿sabes qué? muchas veces no puedes controlar cómo te va el día.

tiny: déjalo. por favor. quiero que sea un día bonito.

arranca el coche. me toca a mí respirar hondo. ¿a quién cojones le gusta ser el que dice a un niño que santa claus no existe? es la verdad, ¿no? pero eso no impide que seas un gilipollas por decirla.

tiny: vamos a algún sitio que te guste. ¿adónde vamos? llévame a un sitio importante para ti.

yo: ¿como cuál?

tiny: como… no sé. en mi caso, si necesito sentirme mejor, voy solo al supermercado. no sé por qué, pero ver tantas cosas me alegra. seguramente es por cómo están colocadas. no tengo que comprar nada. solo ver a toda esa gente, ver las cosas que podría comprar… los colores, un pasillo tras otro… a veces lo necesito. en el caso de jane, vamos a una tienda de discos indie para que ella eche un vistazo a viejos vinilos mientras yo miro todos los cds de *boy bands* en el aparador de las ofertas a dos dólares e intento descubrir quién me parece más guapo. o el otro will grayson… en nuestra ciudad hay un parque con un campo de béisbol de la liga escolar. y le encanta el banquillo, porque cuando no hay nadie está muy tranquilo. cuando no hay partido, puedes sentarte y lo único que existe son las cosas que sucedieron en el pasado. creo que todo el mundo tiene un sitio así. debes de tener algún sitio así.

lo pienso con todas mis fuerzas un instante, aunque supongo que, si tuviera un sitio así, lo habría sabido de inmediato. pero no hay ningún sitio que de verdad me importe. ni siquiera se me había ocurrido que se supone que debo tener un sitio importante para mí.

niego con la cabeza.

yo: nada.

tiny: vamos. tiene que haber algún sitio.

yo: no lo hay, ¿vale? solo mi casa. mi habitación. nada más.

tiny: muy bien… entonces ¿dónde están los columpios más cercanos?

yo: ¿me tomas el pelo?

tiny: no. tiene que haber algún columpio por aquí.

yo: en la escuela primaria, supongo. pero todavía no han acabado las clases. si nos pillan, pensarán que somos secuestradores. por mí no hay problema, pero apuesto a que a ti te tratarían como a un adulto.

tiny: vale, aparte de la escuela.

yo: creo que mis vecinos tienen uno.

tiny: ¿los padres trabajan?

yo: creo que sí.

tiny: y los niños todavía están en el colegio. ¡perfecto! indícame el camino.

y así es como acabamos aparcando delante de mi casa y colándonos en el patio del vecino de al lado. los columpios son un poco tristes, como todos, pero al menos son para niños creciditos, no para bebés.

yo: no vas a sentarte ahí, ¿verdad?

pero se sienta. y juro que la estructura metálica se dobla un poco. señala el columpio de al lado.

tiny: ven.

debe de hacer unos diez años que no me siento en un columpio. solo lo hago para que tiny se calle un rato. ninguno de los dos se columpia… creo que la estructura no aguantaría. nos quedamos ahí sentados, colgando por encima del suelo. tiny se gira hacia mí. yo me giro también y apoyo los pies en el suelo para evitar que la cadena se desenrolle.

tiny: ¿no está mejor?

y no puedo evitarlo. le digo:

yo: ¿mejor que qué?

tiny se ríe y mueve la cabeza.

yo: ¿qué pasa? ¿por qué mueves la cabeza?
tiny: nada.
yo: dímelo.
tiny: solo que es divertido.
yo: ¿QUÉ ES divertido?
tiny: tú. y yo.
yo: me alegro de que te parezca divertido.
tiny: ojalá te pareciera más divertido.

ya ni sé de qué estamos hablando.

tiny: ¿sabes cuál es una gran metáfora del amor?
yo: me da la impresión de que estás a punto de decírmelo.

se gira e intenta darse impulso. el columpio cruje tanto que
se para y vuelve a girarse hacia mí.

tiny: la bella durmiente.
yo: ¿la bella durmiente?
tiny: sí, porque tienes que abrirte paso entre increíbles ma-
    torrales de espinas para llegar a la chica, y entonces,
    cuando ya has llegado, todavía tienes que despertarla.
yo: así que soy un matorral.
tiny: y la bella que todavía no se ha despertado del todo.

no puntualizo que tiny difícilmente es lo que las niñas en-
tienden por un príncipe azul.

yo: era de esperar que lo vieras así.
tiny: ¿por qué?
yo: bueno, tu vida es un musical. literalmente.
tiny: ¿me oyes cantar ahora?

casi lo oigo. me encantaría vivir en su musical de dibujos
animados, en el que se vence a las brujas como maura con una
sola palabra heroica y todas las criaturas del bosque se alegran
cuando dos chicos gays atraviesan los matorrales de la mano,
y gideon es el pretendiente superficial con el que sabes que la
princesa no puede casarse, porque ha entregado su corazón a
la bestia. estoy seguro de que es un mundo precioso, en el que
pasan estas cosas. un mundo rico, mimado y a todo color. quizá algún día llegue a visitarlo, aunque lo dudo. este tipo de mun-
dos no suelen dar visados a fracasados como yo.

yo: me desconcierta que alguien como tú haga tantos kiló-
     metros para estar con alguien como yo.
tiny: ¡otra vez no!
yo: ¿cómo?
tiny: siempre con lo mismo. Y si sigues centrándote en por
     qué te va tan mal, nunca verás que podría irte bien.
yo: para ti es muy fácil decirlo.
tiny: ¿qué quieres decir?
yo: exactamente lo que digo. si quieres lo desgloso. «para
     ti»: lo contrario de «para mí». «es muy fácil»: que no

tiene ninguna dificultad. «decirlo»: vocalizar, a veces hasta el cansancio. a ti te va tan bien que no te das cuenta de que cuando te va mal, no lo eliges tú.

tiny: lo sé. no decía…

yo: ¿qué?

tiny: lo entiendo.

yo: NO lo entiendes. porque tú lo tienes muy fácil.

ahora lo he cabreado. se levanta del columpio y se coloca delante de mí. le palpita una vena del cuello. cada vez que se enfada parece a la vez triste.

tiny: ¡DEJA DE DECIRME QUE LO TENGO FÁCIL! ¿sabes lo que estás diciendo? porque yo también soy una persona. y también tengo problemas. y aunque no sean tus problemas, siguen siendo problemas.

yo: ¿por ejemplo?

tiny: quizá no te has dado cuenta, pero no soy lo que podrías llamar guapo. de hecho, podrías decir que soy todo lo contrario. «decir», ya sabes: vocalizar, a veces hasta el cansancio. ¿crees que hay un solo minuto de un solo día en que no sea consciente de lo enorme que soy? ¿crees que hay un solo minuto en que no piense en cómo me ven los demás? ¿aunque no puedo controlarlo lo más mínimo? no me malinterpretes… me encanta mi cuerpo. pero no soy tan idiota como para pensar que le encanta a todo el mundo. lo que de verdad me molesta… lo que de verdad me fastidia… es lo que ve todo el mundo. desde que era un crío. «oye, tiny, ¿quieres jugar al fútbol?» «oye, tiny, ¿cuántas hamburguesas te has comido hoy?» «oye, tiny, ¿alguna vez has perdido la polla por ahí abajo?» «oye, tiny, vas a jugar al baloncesto te guste o no. pero ni se te ocurra mirarnos en el vestuario.» ¿te parece fácil, will?

estoy a punto de decir algo, pero levanta la mano.

tiny: ¿sabes qué? me parece perfecto ser corpulento. y era gay mucho antes de saber lo que era el sexo. soy así, y perfecto. no quiero ser delgado, ni lo que todo el mundo entiende por guapo, ni hetero, ni brillante. no, lo que de verdad quiero… y nunca consigo… es que me valoren. ¿sabes lo que es trabajar duro para asegurarte de que todo el mundo está contento y que ni una sola persona lo reconozca? puedo dejarme los cuernos para juntar al otro will grayson con jane… ni una palabra de agradecimiento, solo penas. escribo todo el musical, que trata básicamente del amor, y el personaje principal (aparte de mí, claro) es phil wrayson, que tiene que resolver algunas cosas, pero en general es un tío maravilloso. ¿y will lo ve? no. se acojona. hago todo lo que puedo para ser un buen novio contigo… ni una palabra de agradecimiento, solo penas. intento hacer el musical para crear algo, para mostrar que todos tenemos algo que cantar… ni una palabra de agradecimiento, solo penas. este musical es un regalo, will. mi regalo al mundo. no trata de mí. trata de lo que puedo compartir. es diferente…, yo lo veo, pero me preocupa ser el único imbécil que lo ve. ¿crees que lo tengo fácil, will? ¿de verdad intentas ponerte en mi lugar? porque cada mañana, cuando me despierto, tengo que convencerme a mí mismo de que sí, antes de que acabe el día seré capaz de hacer algo bueno. es lo único que pido… ser capaz de hacer algo bueno. no para mí, quejica de mierda, que, por cierto, me gustas mucho. para mis amigos. para otros.

yo: pero ¿por qué yo? quiero decir, ¿qué ves en mí?
tiny: tienes corazón, will. incluso lo dejas salir de vez en cuando. es lo que veo en ti. y veo que me necesitas.

niego con la cabeza.

yo: ¿no lo entiendes? no necesito a nadie.
tiny: eso solo quiere decir que me necesitas más.

lo tengo muy claro.

yo: no estás enamorado de mí. estás enamorado de mi necesidad.
tiny: ¿quién ha dicho que estaba enamorado? he dicho que me gustas mucho.

se calla. hace una pausa.

tiny: siempre sucede lo mismo. siempre pasa algo parecido.
yo: lo siento.
tiny: también dicen siempre «lo siento».

yo: no puedo, tiny.

tiny: puedes, pero no quieres. sencillamente no quieres.

no tengo que romper con él, porque él ya tenía esta conversación en la cabeza. debería aliviarme no tener que decir nada, pero hace que me sienta peor.

yo: no es culpa tuya. es que no puedo sentir nada.

tiny: ¿de verdad? ¿de verdad no sientes nada ahora mismo? ¿nada de nada?

me gustaría decirle que nadie me ha enseñado a manejar este tipo de cosas. ¿dejarlo correr no debería ser menos doloroso si nunca has aprendido a no tirar la toalla?

tiny: voy a marcharme.

y yo voy a quedarme. voy a quedarme en el columpio mientras se aleja. voy a quedarme callado mientras sube al coche. voy a quedarme quieto mientras oigo el coche arrancando y marchándose. voy a quedarme en el error, porque no sé cómo atravesar el matorral de mi mente para llegar a lo que se suponga que tengo que hacer. voy a quedarme como estoy, exactamente igual, hasta que me mate.

tienen que pasar minutos antes de que admita que sí, aunque me diga a mí mismo que no siento nada, es mentira. quiero decirme que me arrepiento, que tengo remordimientos, incluso que me siento culpable. pero nada de esto parece bastante. lo que siento es vergüenza. pura y odiosa vergüenza. no quiero ser la persona que soy. no quiero ser la persona que ha hecho lo que acabo de hacer.

ni siquiera se trata de tiny, la verdad.

soy horrible.

no tengo corazón.

me asusta que todo esto sea cierto.

vuelvo a mi casa corriendo. empiezo a llorar… no me doy cuenta, pero mi cuerpo está rompiéndose en pedazos. me tiembla tanto la mano que se me caen las llaves antes de meterlas en la cerradura. la casa está vacía. yo estoy vacío. intento comer. intento meterme en la cama. nada funciona. sí que siento cosas. lo siento todo. y necesito saber que no estoy solo. así que saco el teléfono. ni siquiera lo pienso. pulso el número, escucho el tono y en cuanto contesta, grito:

yo: TE QUIERO. ¿ME OYES? TE QUIERO.

lo digo a gritos, y suena enfadado, aterrorizado, patético y desesperado. al otro lado del teléfono, mi madre me pregunta qué me pasa, dónde estoy, qué sucede, le contesto que estoy en casa, que todo va mal, y me dice que tardará diez minutos en llegar, ¿aguanto diez minutos?, y quiero decirle que aguanto, porque es lo que quiere oír, pero entonces pienso que quizá lo que quiere es oír la verdad, de modo que le digo que siento cosas, que de verdad siento, y ella me dice que claro, que siempre he sentido cosas y que eso es lo que a veces me hace la vida tan dura.

oír su voz hace que me sienta un poco mejor, y me doy cuenta de que sí, de que valoro lo que está diciéndome, de que valoro lo que está haciendo y necesito que lo sepa. aunque no se lo digo ahora mismo, porque creo que eso haría que se preo-cupase todavía más, pero cuando vuelve a casa se lo digo, y me contesta que lo sabe.

le cuento por encima lo de tiny, y me dice que parece que nos hemos presionado demasiado, que no tiene por qué ser amor ahora mismo, ni siquiera al final. quiero preguntarle cómo fue con mi padre, cuándo se convirtió todo en odio y tristeza, pero quizá no quiero saberlo. ahora mismo no.

mi madre: las relaciones no pueden basarse en la necesidad. tiene que haber mucho más.

me gusta hablar con ella, pero a la vez es raro, porque es mi madre, no quiero ser uno de esos chicos que creen que su ma-dre es su mejor amiga. cuando me siento un poco mejor, hace mucho que han acabado las clases, así que supongo que puedo conectarme a ver si encuentro a gideon. entonces caigo en la cuenta de que puedo mandarle un mensaje. y luego caigo en la cuenta de que puedo llamarle. al final caigo en la cuenta de que puedo llamarle y preguntarle si quiere hacer algo. por-que es mi amigo, y eso es lo que hacen los amigos.

lo llamo y responde. lo necesito y responde. voy a su casa, le cuento lo que ha pasado y responde. no es como con maura, que siempre quería meterse en el camino oscuro. no es como con tiny, porque con él sentía todas esas expectativas de ser un buen novio, signifique lo que signifique. no, gideon está dispuesto a creer tanto lo mejor como lo peor de mí. es decir: la verdad.

cuando ya hemos hablado, me pregunta si voy a llamar a tiny. le contesto que no lo sé.

lo decido más tarde. estoy en el chat y veo que él también está.

no creo que pueda salvar nuestra relación, pero al menos quiero decirle que, aunque se equivocara conmigo, no se equivocó consigo mismo. es decir, alguien debería intentar hacer cosas buenas en el mundo.

así que lo intento.

20.15
callateporfavor: elniñodelosvaqueros?
callateporfavor: tiny?

20.18
callateporfavor: estas?

21.33
callateporfavor: estas?

22.10
callateporfavor: por favor…

23.45
callateporfavor: estas?

1.03
callateporfavor: estas?
callateporfavor: estas?
callateporfavor: estas?
callateporfavor: estas?
callateporfavor: estas?

capítulo diecisiete

Tres días antes de la obra, Tiny y yo volvemos a hablar mientras esperamos a que empiece la clase de cálculo, pero no nos decimos nada. Se sienta a mi lado.

—Hola, Grayson —me dice.

—Hola —le contesto.

—¿Qué te cuentas? —me pregunta.

—No mucho, ¿y tú? —le digo.

—No mucho. La obra está dándome por saco, tío —me contesta.

—Apuesto a que sí —le respondo.

—Estás saliendo con Jane, ¿no? —me dice.

—Sí, más o menos —le contesto.

—Genial —me dice.

—Sí. ¿Qué tal el otro Will Grayson? —le pregunto.

—Muy bien —me contesta.

Y nada más. Sinceramente, hablar con él es peor que no hablar. Hablar con él es como ahogarme en agua tibia.

Después de la primera hora de clase, veo a Jane junto a mi taquilla, con las manos a la espalda, y cuando llego hasta ella, se produce ese momento extraño, aunque no desagradable, en que no sabemos si besarnos o no, o al menos eso me parece, pero de repente me dice:

—Qué mierda lo de Tiny, ¿eh?

—¿El qué? —le pregunto.

—Él y el otro Will Grayson. Kaput.

Inclino la cabeza hacia ella, perplejo.

—No, acaba de decirme que están bien. Se lo he preguntado en cálculo.

—Fue ayer, al menos según Gary, Nick y los otros veintitrés que me lo han dicho. En un columpio, al parecer. Ay, qué connotaciones metafóricas.

—¿Y por qué no me lo ha dicho?

Oigo mi propia sorpresa mientras lo digo.

Jane me coge de la mano y se pone de puntillas para decirme al oído:

—Hola.

La miro e intento reaccionar como si no importara.

—Hola —me repite.

—Hola —le contesto.

—Vuelve a la normalidad con él, ¿vale? Habla con él, Will. No sé si te has dado cuenta, pero todo te va mejor cuando hablas con la gente.

—¿Quieres pasarte por aquí después de clase?

—Claro que sí.

Sonríe, se da media vuelta y se aleja. Da unos cuantos pasos y de repente se gira.

—Habla con Tiny —me dice.

Me quedo un momento delante de la taquilla. Incluso después de que haya sonado el timbre. Sé por qué no me lo ha dicho. No es porque se sienta raro de que por primera vez en la historia de la humanidad él esté libre y yo esté pillado. Me ha dicho que el otro Will Grayson estaba bien porque no le importó.

Tiny puede pasar de ti cuando está enamorado. Pero si Tiny Cooper te oculta que acaban de dejarlo, el contador Geiger se dispara. Se ha liberado radiactividad. La amistad está muerta.

Ese día, después de clase, Jane está en mi casa, sentada al otro lado de un tablero de Scrabble. Pongo «santificar», que es una palabra buenísima, pero también le deja a tiro una casilla de puntuación triple.

—Cuánto te quiero —me dice.

Y debe de acercarse bastante a la verdad, porque si lo hubiera dicho hace una semana, no habría pensado nada, pero ahora se queda flotando en el aire hasta que por fin rompe la situación incómoda diciendo:

—Es raro decírselo a alguien con el que acabas de empezar a salir. Joder, qué incómodo. —Se queda un instante en silencio y luego sigue diciendo—: Oye, para que sea aún más raro, ¿estamos saliendo?

La palabra me da unas cuantas vueltas en el estómago.

—¿Podemos decir que no es cierto que no salimos?

Sonríe y pone «asustado», treinta y seis puntos. Es absolutamente increíble, todo. Sus omoplatos son increíbles. Su apasionado amor irónico por los dramas televisivos de los años ochenta es increíble. Sus carcajadas con mis chistes son increíbles… y todo eso hace aún más increíble el hecho de que no llene el hueco que ha dejado la ausencia de Tiny.

Para ser del todo sincero, lo sentí el pasado semestre, cuando se marchó para presidir la AGH y yo me metí en el Grupo de Amigos. Seguramente por eso escribí la carta al director y la firmé. No porque quisiera que el instituto supiera que la había escrito, sino porque quería que lo supiera Tiny.

Al día siguiente, mi madre me deja en el instituto temprano. Entro y dejo una nota en la taquilla de Jane, como es ya mi costumbre. Siempre es uno o dos versos que he encontrado en un poema de la enorme antología poética que me enseñó mi profe de literatura de segundo de secundaria. Dije que no sería uno de esos novios que lee poesía a su chica, y no lo soy, pero supongo que soy uno de esos capullos cursis que les dejan versos por la mañana.

El de hoy: «Te veo mejor en la oscuridad / No necesito la luz». Emily Dickinson.

Y me siento en mi sitio de la clase de cálculo veinte minutos antes. Intento estudiar algo de química, pero desisto a los veinte segundos. Saco el teléfono y reviso el correo. Nada. Me quedo mirando su asiento vacío, el asiento que él llena hasta un punto inimaginable para todos nosotros.

Decido escribirle un e-mail con los pulgares en mi diminuto teclado. En realidad solo estoy matando el tiempo. Utilizo palabras innecesariamente largas para que se traguen los minutos.

no es que sienta el deseo urgente de que seamos amigos, pero me gustaria que fueramos una cosa o la otra. y eso a pesar de que racionalmente se que tu marcha de mi vida es una generosa bendicion, que la mayoria de los dias no eres mas que una carga de ciento cuarenta kilos encadenada a mi, y que esta claro que nunca te he caido bien. siempre me he quejado de ti y tu inmensidad en general, pero ahora la echo de menos. tipico de los tios, diras. no saben lo que tienen hasta que lo pierden. y quiza tengas razon, tiny. siento lo de will grayson. lo de los dos will grayson.

Por fin suena el primer timbre. Guardo el correo como borrador.

Tiny se sienta a mi lado.

—Hola, Grayson —me dice.

—Hola, ¿qué tal? —le digo yo.

—Bien, tío —me contesta—. Hoy ensayo general.

—Genial —respondo.

—¿Tú qué tal? —me pregunta.

—El trabajo de lengua está matándome —le contesto.

—Sí. Mis notas están cayendo en picado —me dice.

—Sí —le digo.

Entonces suena el segundo timbre y prestamos atención al señor Applebaum.

Cuatro horas después, estoy en medio de la fila de los que salen de la clase de física cuando veo a Tiny pasar por delante de la ventana. Se para, gira teatralmente hacia la puerta y me espera.

—Hemos cortado —me dice con toda naturalidad.

—Eso me han dicho. Gracias por contármelo… después de habérselo contado a todo el mundo.

—Sí, bueno —me dice. La gente desfila a nuestro alrededor como si fuéramos un coágulo de sangre en la arteria del pasillo—. El ensayo acabará tarde… Luego haremos un repaso… Pero ¿quieres que vayamos a cenar después? ¿Al Hot Dog Palace, por ejemplo?

Lo considero un minuto, pienso en el mensaje sin enviar de mi carpeta de borradores, en el otro Will Grayson, en Tiny en el escenario diciéndome la verdad a mis espaldas, y contesto:

—Creo que no. Estoy harto de ser tu Plan B, Tiny.

Ni se inmuta, claro.

—Bueno, pues supongo que ya nos veremos en la obra.

—No sé si podré ir, pero sí, lo intentaré.

Me cuesta descifrar la expresión de Tiny, aunque creo que me fulmina. No sé exactamente por qué quiero que se sienta como una mierda, pero lo quiero.

Voy a buscar a Jane a su taquilla cuando llega por detrás.

—¿Puedo hablar contigo un minuto? —me pregunta.

—Puedes hablar conmigo miles de millones de minutos —le contesto sonriendo.

Nos metemos en una clase de español vacía. Coge una silla y se sienta con el respaldo de la silla a modo de escudo. Lleva una camiseta ajustada debajo del chaquetón, que ahora se quita y está fantástica, tanto que me pregunto en voz alta si no podemos hablar en casa.

—En tu casa me distraigo. —Arquea las cejas y sonríe, pero sé que está fingiendo—. Ayer dijiste que no es cierto que no salimos, y no es para tanto, sé que solo ha sido una semana, solo una semana, pero la verdad es que no quiero que no sea cierto que no salimos. Quiero salir contigo o no salir, y quiero pensar que a estas alturas estás capacitado para tomar al menos una decisión provisional al respecto, porque sé que yo lo estoy.

Baja los ojos un segundo, observo que tiene la raya del pelo torcida y respiro hondo para hablar, pero entonces me dice:

—Además, decidas lo que decidas, no voy a quedarme hecha polvo. No soy así. Solo creo que si no dices las cosas como son, a veces las cosas no llegan a ser, ya sabes, y…

Levanto el dedo, porque necesito oír lo que acaba de decir, pero habla demasiado deprisa para que pueda seguirla. Dejo la mano levantada, pensando «si no dices las cosas como son, no llegan a ser».

Apoyo las manos en sus hombros.

—Acabo de darme cuenta de una cosa. Me gustas muchísimo. Eres increíble y quiero salir contigo, por lo que acabas de decir, pero también porque esta camiseta hace que quiera llevarte a casa ahora mismo y hacer cosas que no pueden decirse mientras vemos vídeos de Sailor Moon. Pero pero pero tienes toda la razón en lo de llamar las cosas por su nombre. Creo que si dejas la caja demasiado tiempo cerrada, matas al gato. Y…, joder, espero que no te lo tomes como algo personal… pero quiero a mi mejor amigo más que a nadie en el mundo.

Ahora me mira fijamente, confundida.

—Lo quiero. Quiero a Tiny Cooper, joder.

—Bueno, vale. ¿Estás pidiéndome que sea tu novia o estás diciéndome que eres gay? —me pregunta.

—Lo primero. Que seas mi novia. Tengo que ir a buscar a Tiny.

Me levanto, le doy un beso en la raya torcida del pelo y echo a correr.

Saco el teléfono mientras cruzo corriendo el campo de fútbol y pulso el 1 en marcación rápida. No contesta, pero creo que sé adónde cree que voy a ir, así que voy.

En cuanto veo el parque a mi izquierda, reduzco un poco el paso y jadeo. Los hombros me arden debajo de las correas de la mochila. Todo depende de que Tiny esté en el banquillo, y es muy poco probable que esté, tres días antes del estreno, y mientras camino empiezo a sentirme un imbécil. Tiene el teléfono apagado porque está ensayando, y yo he corrido hasta aquí en lugar de ir al auditorio, lo que significa que ahora voy a tener que volver corriendo al auditorio, y mis pulmones no están preparados para un uso tan intensivo.

Reduzco todavía más el paso cuando llego al parque, en parte porque estoy sin aliento, y en parte porque, como no veo el banquillo, Tiny está y no está. Veo a una pareja caminando por el césped y sé que ellos pueden ver el banquillo, así que intento descubrir en sus ojos si ven a un gigante sentado en el banquillo del equipo visitante del campo de béisbol. Pero no veo nada en sus ojos. Solo los observo paseando de la mano.

Por fin veo el banquillo de madera. Y que me zurzan si no está sentado en medio.

Me acerco.

—¿No tienes ensayo general?

No dice nada hasta que me siento a su lado en el frío banco de madera.

—Necesitan hacer un repaso sin mí. Si no, se amotinarán. Haremos el ensayo general más tarde, esta noche.

—¿Y qué te ha traído a este banquillo?

—¿Recuerdas que cuando salí del armario, en lugar de decir «Tiny juega en el otro bando», solías decir «Tiny juega con los White Sox»?

—Sí. ¿Es homófobo? —le pregunto.

—No —me contesta—. Bueno, seguramente lo es, pero no me importaba. En fin, quiero pedirte perdón.

—¿Por qué?

Al parecer, he pronunciado las palabras mágicas, porque Tiny respira hondo antes de empezar a hablar, como si (qué raro) tuviera mucho que decir.

—Por no decirte a la cara lo que le dije a Gary. No voy a pedirte perdón por decirlo, porque es verdad. Tú y tus puñeteras reglas. Y es verdad que a veces no sabes decir que no, y tu papel de antirreina del drama tiene algo de reina del drama, y sé que soy difícil, pero tú también lo eres, y tu rollo de víctima ya está pasado de moda, y además eres muy egocéntrico.

—Le dijo la sartén al cazo. —Intento no enfadarme.

Tiny tiene un enorme talento para pinchar la burbuja de amor que sentía por él. Pienso que quizá por eso lo dejan sus novios.

—Sí. Es verdad. Es verdad. No digo que yo sea inocente. Lo que digo es que tú también eres culpable.

La pareja desaparece de mi vista. Y por fin estoy preparado para desterrar el temblor que al parecer Tiny considera debilidad. Me levanto para que me mire, y también yo lo miro, y por una vez soy más alto que él.

—Te quiero —le digo.

Inclina su gorda y encantadora cabeza como un cachorro confundido.

—Eres un mejor amigo horrible —le digo—. ¡Horrible! Me dejas tirado cada vez que tienes novio, y luego vuelves arrastrándote cuando te dejan. No me escuchas. Ni siquiera parece que te caiga bien. Te obsesionas con la obra y pasas totalmente de mí, menos para insultarme ante nuestro amigo a mis espaldas. Expones tu vida y a las personas que dices que te importan para que tu obrita consiga que la gente te quiera, que piense que eres increíble, muy liberado, que eres un gay maravilloso, pero ¿sabes qué? Ser gay no es excusa para ser gilipollas.

»Pero eres el número uno en mi marcación rápida, y quiero que sigas ahí, y lo siento, yo también soy un mejor amigo horrible, y te quiero.

Incorpora la cabeza.

—Grayson, ¿estás tirándome los tejos? Porque, bueno, no te lo tomes a mal, pero antes de enrollarme contigo me hago hetero.

—NO. No, no, no. No quiero follar contigo. Solo te quiero. ¿Desde cuándo la persona a la que te quieres follar es la única que cuenta? ¿Desde cuándo la persona a la que te quieres follar es la única a la que quieres? ¡Qué gilipollez, Tiny! Joder, ¿a quién cojones le importa el sexo? Parece que es lo más importante que hacemos los humanos, pero venga ya. ¿Cómo pueden nuestras putas vidas sensibles girar alrededor de algo que pueden hacer las babosas? Es decir, a quién quieres tirarte y si quieres tirarte a alguien. Supongo que son temas importantes. Pero no tanto. ¿Sabes lo que es importante? ¿Por quién estarías dispuesto a morir? ¿Por quién te levantas a las seis menos cuarto de la mañana aunque ni siquiera sepas por qué te necesita? ¿A quién elegirías?

Estoy gritando, gesticulo con los brazos, y no me doy cuenta de que Tiny está llorando hasta que me quedo sin preguntas importantes. Y entonces, en voz baja, en la voz más baja que he escuchado nunca a Tiny, me dice:

—Si escribieras una obra sobre alguien…

Y su voz se apaga.

Me siento a su lado y le paso el brazo por los hombros.

—¿Estás bien?

Tiny Cooper consigue contorsionarse para apoyar su enorme cabeza en mi estrecho hombro. Y llora. Al rato dice:

—Una semana muy larga. Un mes muy largo. Una vida muy larga.

Se recupera rápidamente y se seca los ojos con el cuello del polo que lleva debajo de un jersey a rayas.

—Cuando sales con alguien, tienes el camino marcado. Te besas, hablas, le dices te quiero, te sientas en un columpio y cortas. Puedes trazar los puntos en una gráfica. Y en el camino vas revisándolos con él. ¿Puedo hacer esto? Si digo esto, ¿me lo dirás también tú?

»Pero con los amigos no pasa lo mismo. Tener una relación es algo que eliges. Ser amigo de alguien es algo que eres.

Contemplo el campo un minuto. Tiny se sorbe la nariz.

—Yo te elegiría —le digo—. A la mierda. Te elijo. Quiero que dentro de veinte años vengas a mi casa con tu pareja y tus hijos adoptados, y quiero que nuestros putos hijos salgan juntos, y quiero beber vino y charlar de Oriente Medio o hacer lo que nos dé la gana hacer cuando seamos viejos. Llevamos demasiado tiempo siendo amigos para elegir, pero si pudiéramos elegir, te elegiría a ti.

—Sí, vale. Estás poniéndote un poco sentimentaloide, Grayson —me dice—. Me estoy asustando.

—Entendido.

—No vuelvas a decirme que me quieres.

—Pero te quiero. No me avergüenzo.

—En serio, Grayson, basta. Al final echaré la papa.

Me río.

—¿Puedo ayudar con la obra?

Tiny se mete la mano en el bolsillo, saca una hoja de libreta cuidadosamente doblada y me la tiende.

—Pensaba que nunca me lo preguntarías —me dice sonriendo.

Will (y en menor medida Jane):

Gracias por vuestro interés en ayudarme a preparar *Abrázame fuerte*. Os agradecería mucho que estuvierais los dos en el backstage la noche del estreno para echar una mano en el cambio de vestuario y tranquilizar en general a los actores (vale, digámoslo: a mí). Además, veréis perfectamente la obra.

El vestuario de Phil Wrayson está muy bien, pero sería todavía mejor si Gary pudiera ponerse algo de Will Grayson.

Además, pensaba que tendría tiempo de preparar una lista de música para antes de la obra, en la que las canciones pares fueran punk rock, y las impares, temas de musicales. La verdad es que no tendré tiempo de hacerla. Sería fantástico que la hicierais vosotros.

Hacéis una pareja preciosa, fue un enorme placer juntaros y no guardo el menor resentimiento a ninguno de los dos por no haberme dado las gracias por hacer posible vuestro amor.

Siempre…

Vuestro sincero alcahuete y servidor…

Trabajando solo y de nuevo soltero en un océano de dolor para llevar algo de luz a vuestras vidas…

TINY COOPER

Me río leyéndolo, y Tiny se ríe también y asiente, apreciando su propia genialidad.

—Siento lo del otro Will Grayson —le digo.

Su sonrisa se derrumba. Parece dirigir su respuesta más a mi tocayo que a mí.

—Nunca ha habido nadie como él.

Mientras lo dice, no le creo, pero luego exhala a través de los labios fruncidos, mira a la lejanía con ojos tristes y le creo.

—Creo que debería empezar con esto, ¿no? Gracias por invitarme al backstage.

Se levanta y empieza a asentir como hace a veces, una forma de asentir que me dice que está convenciéndose a sí mismo de algo.

—Sí, debería volver a sacar de quicio a los actores y al equipo con mi tiránica dirección.

—Pues nos vemos mañana —le digo.

—Y todos los días —me contesta dándome una palmada demasiado fuerte entre los omoplatos.

capítulo dieciocho

empiezo a contener la respiración. no como cuando pasas por un cementerio o algo así. no. intento ver cuánto tiempo aguanto sin desmayarme o morirme. es un pasatiempo muy práctico. puedes hacerlo casi en cualquier sitio. en clase. en la comida. en el váter. en la incomodidad de tu habitación.

la putada es que siempre llega el momento en que vuelvo a respirar. solo puedo aguantar hasta ahí.

he dejado de intentar saber algo de tiny. le he hecho daño y me odia… así de simple. y ahora que no me manda mesajes me doy cuenta de que nadie más me manda mensajes. ni chatea conmigo. ni le importo.

ahora que no se interesa por mí me doy cuenta de que nadie más se interesa por mí.

vale, está gideon. no es mucho de mensajes ni de chats, pero, cuando estamos en el instituto, siempre me pregunta cómo me va. y siempre dejo de no respirar para contestarle. a veces incluso le digo la verdad.

yo: ¿de verdad que va a ser así el resto de mi vida? no creo
que me haya apuntado para esto.

sé que suena a idiotez adolescente (¡agujas!, ¡en el corazón!,
¡y en los ojos!) pero el modelo parece inevitable. nunca va a
dárseme mejor ser buena persona. siempre voy a ser la sangre
y la mierda de las cosas.

gideon: respira.

y me pregunto cómo lo sabe.

las únicas veces que finjo estar entero es cuando maura está
cerca. no quiero que me vea rompiéndome en pedazos. puestos en lo peor: pisotea los pedazos. todavía peor: intenta re-
componerlos. me doy cuenta de que ahora estoy donde ella
estaba conmigo. al otro lado del silencio. pensaba que ese silencio sería tranquilo. pero la verdad es que duele.

en casa, mi madre no me quita ojo. y hace que me sienta
peor, porque ahora la he metido en esto a ella también.

aquella noche, la noche en que la cagué con tiny, escondió
el cuenco de cristal que le había regalado. lo retiró mientras yo
dormía. y lo más tonto es que, al ver que no estaba, lo primero
que pensé fue que mi madre temía que yo lo rompiera. luego
entendí que solo intentaba evitar que lo viera, que me enfadara.

en el instituto, le pregunto a gideon:

yo: ¿por qué se dice *en*fadado? ¿no debería ser *des*fadado?
gideon: lo primero que haré mañana por la mañana será

poner una demanda a los diccionarios. destrozaremos a los gilipollas de la editorial merriam, y de paso a los de la webster.

yo: qué tonto eres.

gideon: solo si me pillas en un buen día.

no le digo a gideon que me siento culpable por estar con él. porque ¿y si la amenaza que sentía tiny resulta ser verdad? ¿y si estaba engañándolo sin saberlo?

yo: ¿puedes engañar a alguien sin saberlo?

no se lo pregunto a gideon. se lo pregunto a mi madre.
ha sido muy cuidadosa conmigo. ha pasado de puntillas por mis cambios de humor, como si todo estuviera bien. pero ahora se queda helada.

mi madre: ¿por qué me lo preguntas? ¿engañaste a tiny?

y pienso: oh, mierda, no debería haberlo preguntado.

yo: no. no lo engañé. ¿por qué te has puesto así?

mi madre: por nada.

yo: no, ¿por qué? ¿te engañó papá?

niega con la cabeza.

yo: ¿lo engañaste tú?

suspira.

mi madre: no. no es eso. es que… no quiero que engañes.
no a las personas. a veces está bien engañar a las cosas… pero nunca engañes a las personas. porque en
cuanto empiezas, es muy difícil parar. descubres lo fácil que es engañar.
yo: ¿mamá?
mi madre: nada más. ¿por qué lo preguntas?
yo: por nada. solo me lo preguntaba.

me he preguntado muchas cosas últimamente. a veces, cuando estoy intentando superar la marca de un minuto sin respirar,
además de imaginar que estoy muerto, imagino qué está haciendo tiny. a veces visualizo también al otro will grayson. casi siempre están en el escenario. pero nunca entiendo lo que cantan.
y lo raro es que vuelvo a pensar en isaac. y en maura. y en
que es extraño que lo que me hiciera tan feliz fuera una mentira.

como tiny no responde a ninguno de mis mensajes, la noche antes del musical decido escribir al nick del otro will grayson. y ahí está. no creo que lo entienda del todo. sí, nos llamamos igual, pero eso no quiere decir que seamos almas gemelas.
no va a retorcerse de dolor si me prendo fuego o algo así. pero
aquella noche en chicago me dio la impresión de que un poco
me entendía. y sí, también quiero saber si tiny está bien.

callateporfavor: hola
callateporfavor: soy will grayson.

callateporfavor: el otro.

WGrayson7: ah. hola.

callateporfavor: te parece bien? que hable contigo.

WGrayson7: si. que haces despierto a la 1.33.48?

callateporfavor: esperando a ver si la 1.33.49 es mejor. y tu?

WGrayson7: si no me equivoco, acabo de ver por webcam un numero de un musical en el que salia el fantasma de oscar wilde, en directo desde el camerino

WGrayson7: del director-autor-protagonista-etc.-etc.

callateporfavor: y que tal?

callateporfavor: no.

callateporfavor: quiero decir que como esta tiny?

WGrayson7: la verdad?

callateporfavor: si.

WGrayson7: creo que nunca lo he visto tan nervioso. y no porque sea el director-autor-protagonista-etc.-etc., sino porque significa mucho para el, sabes? de verdad cree que puede cambiar el mundo.

callateporfavor: me lo imagino.

WGrayson7: perdona, es tarde. y ni siquiera estoy seguro de que deba hablar de tiny contigo.

callateporfavor: acabo de revisar los estatutos de la sociedad internacional de will graysons, y no dicen nada al respecto. estamos en un territorio ampliamente inexplorado.

WGrayson7: exacto. aqui hay dragones.

callateporfavor: will?

WGrayson7: dime, will.

callateporfavor: sabe que lo siento?

WGrayson7: no se. por mi experiencia reciente, diria que el sufrimiento suele esconder dolor.

callateporfavor: no podia ser la persona que el queria.

WGrayson7: la persona?

callateporfavor: la que de verdad quiere.

callateporfavor: ojala no fuera todo ensayo y error.

callateporfavor: porque eso es lo que es, no?

callateporfavor: ensayo y error.

callateporavor: supongo que por algo no lo llaman «ensayo y acierto»

callateporfavor: es ensayo-error

callateporfavor: ensayo-error

callateporfavor: ensayo-error

callateporfavor: perdona, sigues ahi?

WGrayson7: si.

WGrayson7: si me hubieras pillado hace dos semanas, habria estado totalmente de acuerdo contigo.

WGrayson7: ahora no estoy tan seguro.

callateporfavor: por que?

WGrayson7: bueno, estoy de acuerdo en que «ensayo y error» es una manera bastante pesimista de llamarlo. y quiza casi siempre sea asi.

WGrayson7: pero creo que lo importante es que no se trata solo de ensayo-error.

WGrayson7: casi siempre es ensayo-error-ensayo

WGrayson7: ensayo-error-ensayo

WGrayson7: ensayo-error-ensayo

WGrayson7: y asi lo encuentras.

callateporfavor: lo?

WGrayson7: ya sabes. «lo.»

callateporfavor: si, «lo».

callateporfavor: lo intentas-error- «lo» intentas

WGrayson7: bueno… no me he vuelto tan optimista.

WGrayson7: mas bien ensayo-error-ensayo-error-ensayo-
error-ensayo-error-ensayo-error-ensayo… como mini-
mo quince veces mas… y luego lo intentas-error- «lo»
intentas

callateporfavor: lo echo de menos. pero no como el querria
que lo echara de menos.

WGrayson7: vendras mañana?

callateporfavor: no creo que sea buena idea. tu que crees?

WGrayson7: tu decides. podria ser otro error. o podria ser
«lo» que intentas. pero te pido que por favor me llames
si vienes para que pueda avisarlo.

me parece justo. me da su teléfono y yo le doy el mío. lo
escribo en el móvil antes de que se me olvide. cuando me pide
el nombre para ese número, tecleo «will grayson».

callateporfavor: cual es el secreto de tu sabiduria, will grayson?

WGrayson7: creo que me junto con las personas adecua-
das, will grayson.

callateporfavor: bueno, gracias por tu ayuda.

WGrayson7: me gusta estar disponible para todos los ex
de mi mejor amigo.

callateporfavor: salir con tiny cooper es tarea de todos.

WGrayson7: exacto.

callateporfavor: buenas noches, will grayson.

WGrayson7: buenas noches, will grayson.

me gustaría decir que me tranquilizo. me gustaría decir que enseguida me quedo dormido. pero mi cabeza se pasa la noche entera dando vueltas a:

ensayo-error-?

ensayo-error-?

ensayo-error-?

por la mañana estoy destrozado. me despierto y pienso: «hoy es el día». y luego pienso: «no tiene nada que ver conmigo». ni siquiera le he ayudado. es solo que ahora no voy a ver la obra. sé que es lo justo, pero no me lo parece. me parece que me he jodido a mí mismo.

en el desayuno mi madre se da cuenta de que me odio como nunca antes. seguramente lo nota por cómo hundo los cereales de cacao hasta que la leche se desborda.

mi madre: will, ¿qué pasa?

yo: ¿qué no pasa?

mi madre: will…

yo: todo va bien.

mi madre: no, no es así.

yo: ¿cómo lo sabes? ¿no es decisión mía?

se sienta frente a mí y apoya su mano en la mía, aunque ahora tiene la muñeca manchada de cacao.

mi madre: ¿sabes cuánto solía gritar?

no entiendo de lo que habla.

yo: tú no gritas. tú te quedas callada.

mi madre (moviendo la cabeza): incluso cuando eras pequeño, pero sobre todo cuando tu padre y yo pasábamos por lo que pasamos…, a veces tenía que salir, meterme en el coche, girar la esquina y gritar. gritaba y gritaba y gritaba. unas veces era solo ruido. otras decía palabrotas… todas las palabrotas que puedas imaginarte.

yo: puedo imaginarme muchas. ¿alguna vez gritaste «comemierda»?

mi madre: no, pero…

yo: «¡pedazo de buitre!»

mi madre: will…

yo: deberías probar «pedazo de buitre». te quedas tan ancho.

mi madre: lo que quiero decir es que hay veces en que tienes que soltarlo todo. toda la rabia, todo el dolor.

yo: ¿has pensado en hablarlo con alguien? bueno, tengo unas pastillas que podrían interesarte, pero se supone que tienen que recetártelas. no pasa nada…, solo te quitan una hora de tu tiempo para diagnosticarte.

mi madre: will.

yo: perdona. es que lo que siento en realidad no es rabia ni dolor. es solo rabia conmigo mismo.

mi madre: sigue siendo rabia.

yo: pero ¿no crees que no debería contar? en fin, no igual
que cuando sientes rabia contra otra persona.

mi madre: ¿por qué esta mañana?

yo: ¿qué quieres decir?

mi madre: ¿por qué estás tan enfadado contigo mismo esta
mañana?

no había previsto proclamar que estoy enfadado. por así decirlo, mi madre me acorrala. y nadie puede respetarlo más que
yo. así que le digo que hoy es el día del musical de tiny.

mi madre: deberías ir.

ahora me toca a mí negar con la cabeza.

yo: imposible.

mi madre: posible. y will…

yo: dime.

mi madre: también deberías hablar con maura.

me trago los cereales de cacao antes de que encuentre la manera de convencerme. cuando llego al instituto, paso por delante
de maura e intento distraerme todo el día. intento prestar atención en las clases, pero son tan aburridas que es como si los profesores pretendieran que volviera a pensar en mis cosas. temo lo
que me dirá gideon si se lo cuento, de modo que intento fingir
que es un día como cualquier otro y que no estoy haciendo re-
cuento de todo lo que he hecho mal en las últimas semanas. ¿de
verdad di una oportunidad a tiny? ¿di una oportunidad a maura?

¿no debería haber dejado que tiny me tranquilizara? ¿no debería haber dejado que maura me explicara por qué hizo lo que hizo?

al final del día no puedo seguir dándole vueltas solo, y gideon es la persona a la que quiero recurrir. una parte de mí espera que me diga que no tengo que avergonzarme de nada, que no he hecho nada mal. lo encuentro en su taquilla.

yo: no te lo vas a creer. mi madre me ha dicho que debería ir a la obra de tiny y hablar con maura.

gideon: deberías.

yo: ¿tu hermana utilizó anoche tu boca como pipa de crack? ¿estás loco?

gideon: no tengo hermanas.

yo: da igual. ya me entiendes.

gideon: voy contigo.

yo: ¿qué?

gideon: le pediré el coche a mi madre. ¿sabes dónde está el instituto de tiny?

yo: estás de broma.

y entonces sucede. es casi increíble. gideon se parece un poco (solo un poco) más a mí.

gideon: ¿no podríamos decir «vete a la mierda» en lugar de «estás de broma»? ¿de acuerdo? no digo que tiny y tú deberíais seguir juntos para siempre y tener niños enormes y deprimidos que pasen por etapas de delgadez maniaca, pero sí creo que la manera en que lo dejasteis no ayuda mucho, y me apostaría veinte dólares, si los tuviera, a que él está pasando por la misma mierda que tú. o ha encontrado un nuevo novio. quizá también se llama will grayson. sea como sea, vas a seguir así, haciéndote polvo, a menos que alguien te arrastre hasta él, y en este caso concreto, y en cualquier otro caso en que me necesites, yo soy ese alguien. soy el caballero del coche radiante. soy tu puto corcel.

yo: gideon, no tenía ni idea…

gideon: cállate de una puta vez.

yo: ¡repítelo!

gideon (riéndose): ¡cállate de una puta vez!

yo: pero ¿por qué?

gideon: ¿por qué tienes que callarte de una puta vez?

yo: no… ¿por qué eres mi puto corcel?

gideon: porque eres mi amigo, imbécil. porque por debajo de toda esa negatividad, eres un tío muy muy majo. y porque desde que me lo comentaste me muero por ver ese musical.

yo: vale, vale, vale.

gideon: ¿y la segunda parte?

yo: ¿qué segunda parte?

gideon: hablar con maura.

yo: estás de broma.

gideon: para nada. tienes quince minutos mientras voy a buscar el coche.

yo: no quiero.

gideon me mira mal.

gideon: ¿cuántos años tienes? ¿tres?

yo: pero ¿por qué iba a hacerlo?

gideon: apuesto a que puedes responderte tú mismo.

le digo que se está pasando. me dice adiós con la mano y me dice que tengo que hacerlo y que tocará el claxon cuando llegue a recogerme.

lo malo es que sé que tiene razón. hasta ahora he pensado que la terapia de silencio funcionaba. porque no la echo de menos. pero me doy cuenta de que lo importante no es echarla de menos o no. lo importante es que cargo con lo que pasó tanto como ella. y necesito quitármelo de encima. porque los dos echábamos toxinas en nuestra tóxica amistad. y aunque yo no me inventé la trampa de un novio imaginario, sin duda aporté bastantes errores a nuestros problemas. es imposible que lleguemos a un estadio ideal. pero supongo que me doy cuenta de que al menos tenemos que saber llevarlo.

salgo y maura está al final del día en el mismo sitio que al principio. apoyada en una pared, con su libreta. observa pasar a los chicos y mira con desdén a todos y cada uno de ellos, yo incluido.

siento que debería haberme preparado un discurso. pero eso me exigiría saber qué voy a decir. la verdad es que no tengo ni idea. lo mejor que se me ocurre es:

yo: hola.

a lo que ella responde:

maura: hola.

me mira sin expresión. yo me miro los zapatos.

maura: ¿a qué debo el placer?

así nos hablábamos. siempre. y no tengo energía para seguir. no quiero hablar así con mis amigos. no siempre.

yo: maura, para.
maura: ¿que pare? estás de broma, ¿no? hace un mes que no
    me hablas, y cuando te decides, ¿es para decirme que
    pare?
yo: no he venido para eso…
maura: ¿y para qué has venido?
yo: no lo sé, ¿vale?
maura: ¿qué quieres decir? claro que lo sabes.
yo: mira. solo quiero que sepas que, aunque sigo pensando
    que lo que hiciste fue una auténtica mierda, sé que yo
    también me comportaba como una mierda contigo. no
    de forma tan elaboradamente mierdosa como tú con-
    migo, pero aun así bastante mierdosa. debería haber
    sido sincero contigo y decirte que no quería hablar con-
    tigo, ni salir contigo, ni ser tu mejor amigo, ni nada. lo
    intenté… te juro que lo intenté. pero no querías escu-
    char lo que te decía, y me sirvió de excusa para dejarlo
    correr.
maura: no pensaste en mí cuando yo era isaac. cuando cha-
    teábamos cada noche.

yo: ¡pero era mentira! ¡totalmente mentira!

ahora maura me mira fijamente a los ojos.

maura: vamos, will... sabes que nada es totalmente mentira. siempre hay algo de verdad.

no sé cómo reaccionar. me limito a decir lo primero que se
me pasa por la cabeza.

yo: no eras tú la que me gustaba. era isaac. me gustaba
isaac.

ahora la inexpresividad ha desaparecido. en su lugar hay tristeza.

maura: ... y a isaac le gustabas tú.

me gustaría decirle: solo quiero ser yo mismo. y quiero estar
con alguien que solo sea él mismo. nada más. quiero ver más
allá de toda actuación, de toda falsedad, y llegar directamente
a la verdad. y quizá esto es lo más verdadero que maura y yo
tendremos nunca... el reconocimiento de la mentira y de los
sentimientos que cayeron tras ella.

yo: lo siento, maura.
maura: yo también lo siento.

por eso llamamos a las personas equis, supongo... porque
los caminos que se cruzan por en medio acaban separándose al

final. es demasiado fácil ver una X como un tachón. no lo es, porque no es posible tachar algo así. la X es un diagrama de dos caminos.

oigo un claxon, me giro y veo a gideon deteniendo el coche de su madre.

yo: tengo que irme.
maura: pues vete.

me marcho, subo al coche con gideon y le cuento lo que acaba de pasar. me dice que está orgulloso de mí, pero no sé de qué me sirve. le pregunto:

yo: ¿por qué?

y me contesta:

gideon: por decir que lo sentías. no tenía tan claro que pudieras hacerlo.

le digo que yo tampoco lo tenía claro. pero así me sentía. y he querido ser sincero.

de repente (es lo siguiente que sé) nos encontramos en camino. no estoy seguro de si lograremos llegar a tiempo a la obra de tiny. no estoy seguro de si debería ir. ni siquiera estoy seguro de si quiero ver a tiny. en verdad solo quiero ver cómo ha quedado la obra.

gideon silba lo que suena en la radio. esa mierda suele molestarme, pero esta vez no.

yo: ojalá pudiera mostrarle la verdad.

gideon: ¿a tiny?

yo: sí. no tienes que salir con alguien para pensar que es genial, ¿verdad?

seguimos avanzando. gideon empieza a silbar otra vez. me imagino a tiny corriendo por el escenario. entonces gideon deja de silbar. sonríe y da un golpe al volante.

gideon: ¡por júpiter, creo que lo tengo!

yo: ¿de verdad has dicho lo que acabo de oír?

gideon: admítelo. te encanta.

yo: es raro, pero sí.

gideon: creo que tengo una idea.

me la cuenta. y me cuesta creer que tenga a mi lado a un individuo tan loco, retorcido y brillante.

pero lo que todavía me cuesta más creer es que yo esté a punto de hacer lo que me propone.

capítulo diecinueve

Jane y yo pasamos las horas previas a la noche del estreno elaborando la lista perfecta de canciones para antes de la obra, que incluye (como se nos ha pedido) canciones impares de punk pop y canciones pares de musicales. «Annus Miribalis» hace acto de presencia, e incluimos también la canción más punk de los decididamente no-punks Neutral Milk Hotel. En cuanto a las canciones de musicales, elegimos nueve versiones muy diferentes de «Over the Rainbow», incluida una reggae.

Cuando hemos acabado de decidir y descargar los temas, Jane se va a su casa a cambiarse. Estoy impaciente por llegar al auditorio, pero creo que Tiny no se merece que me presente con vaqueros y una camiseta de Willy the Wildkit al evento más importante de su vida. Así que me pongo una americana de mi padre encima de la camiseta, me arreglo el pelo y creo que estoy listo.

Espero en casa hasta que mi madre aparca, le quito las llaves antes de que haya abierto del todo la puerta y me dirijo al instituto.

Entro en el auditorio casi vacío (todavía falta más de una hora para que se abra el telón) y me encuentro con Gary, que lleva el pelo más claro, más corto y alborotado, como yo. También lleva ropa mía, que le pasé ayer: unos pantalones caqui, una camisa a cuadros de manga corta que me encanta y mis Converse negras. El efecto general sería surrealista si no fuera porque la ropa está ridículamente arrugada.

—¿Qué pasa, que Tiny no ha encontrado una plancha? —le pregunto.

—Grayson —me dice Gary—, mírate los pantalones, tío.

Los miro. Ay. No sabía que los vaqueros pueden arrugarse. Me pasa un brazo por los hombros y me dice:

—Siempre había pensado que era parte de tu look.

—Ahora lo es —le contesto—. ¿Cómo va? ¿Estás nervioso?

—Un poco, aunque no tanto como Tiny. Por cierto, ¿podrías ir a…, bueno, echarle una mano? Esto —dice señalando su ropa— era para el ensayo general. Tengo que ponerme el traje de los White Sox.

—Eso está hecho —le digo—. ¿Dónde está?

—En el baño del backstage —me responde Gary.

Le doy el CD para antes de la obra, corro por el pasillo y me meto por debajo del grueso telón rojo. Me encuentro con un grupo de técnicos y actores en diversas fases de vestuario, y por una vez están callados, maquillándose unos a otros. Todos los actores llevan el traje de los White Sox, con botas de béisbol y calcetines largos por encima de los pantalones ajustados. Saludo a Ethan, el único al que realmente conozco, y estoy a punto de buscar el baño cuando veo el escenario. Es un banquillo de un campo de béisbol que parece real, lo que me sorprende.

—¿Este es el decorado para toda la obra? —le pregunto a Ethan.

—No, joder —me contesta—. Hay uno para cada acto.

Oigo a lo lejos un rugido atronador seguido de una horrible serie de chapoteos, y lo primero que pienso es: «Tiny Cooper ha incluido un elefante en la obra y el elefante acaba de vomitar», pero no tardo en darme cuenta de que el elefante es Tiny.

Aunque no me parece la mejor idea, sigo el sonido hasta un baño y enseguida vuelve a suceder. Veo sus pies asomando por debajo de la puerta del urinario.

—Tiny —le digo.

—BLLLAAARRRGGGH —me contesta.

Y aspira una desesperada y ruidosa bocanada de aire antes de seguir vomitando. Huele que apesta, pero doy un paso adelante y empujo la puerta para abrirla un poco. Tiny, con el traje de los Sox más grande del mundo, está abrazado a la taza del váter.

—¿Nervioso o enfermo? —le pregunto.

—BLLLLLLAAAAAAOOO.

No puede uno evitar que le sorprenda el enorme volumen de lo que sale de la boca abierta de Tiny. Veo algo de lechuga, y ojalá no lo hubiera visto, porque empiezo a preguntarme: ¿tacos?, ¿Sándwich de pavo? Empiezo a sentir que podría unirme a él.

—Bien, colega, sácalo todo y te sentirás mejor.

Nick irrumpe en el baño quejándose:

—Qué peste, qué peste. —Y añade—: ¡No te jodas el pelo, Cooper! No metas la cabeza en el váter. ¡Hemos tardado horas en peinarte!

Tiny escupe, tose un poco y grazna:

—Mi garganta. En carne viva.

Nos damos cuenta a la vez: la voz principal de la obra está destrozada.

Lo cojo por una axila, Nick lo coge por la otra, lo levantamos y lo sacamos. Tiro de la cadena procurando no mirar el indescriptible horror del váter.

—¿Qué has comido?

—Un burrito de pollo y otro de carne del Burrito Palace —me contesta. Su voz suena muy rara y lo sabe, así que intenta cantar—. Qué es una segunda base para… mierda, mierda, mierda, mierda, mierda. Me he destrozado la voz. Mierda.

Con Nick todavía debajo de un brazo de Tiny, y yo debajo del otro, volvemos con el equipo.

—¡Gente, traedme ahora mismo un té caliente con mucha miel y un Pepto-Bismol! —grito.

Jane, que lleva una camiseta blanca de hombre con cuello de pico y las palabras «Estoy con Phil Wrayson» escritas con rotulador indeleble, echa a correr.

—Voy yo —dice—. Tiny, ¿necesitas algo más?

Tiny levanta una mano para que nos callemos.

—¿Qué es eso? —gruñe.

—¿Qué es qué? —le pregunto.

—Ese ruido. A lo lejos. Es… es… Mierda, Grayson, ¿has metido «Over the Rainbow» en el CD?

—Pues sí —le contesto—. Muchas veces.

—¡TINY COOPER ODIA «OVER THE RAINBOW»!
—Se le quiebra la voz al gritar—. Mierda, me he quedado sin voz. Mierda.

—No hables —le digo—. Vamos a solucionarlo, tío. Pero no vuelvas a potar.

—No me quedan burritos que potar —me contesta.

—NO HABLES —insisto.

Asiente. Y durante unos minutos, mientras todos corren de un lado al otro admirando sus caras pintarrajeadas y susurrándose que van a estar geniales, me quedo solo con un silencioso Tiny Cooper.

—No imaginaba que pudieras ponerte nervioso. ¿Te pones nervioso antes de los partidos?

Niega con la cabeza.

—Bien, limítate a asentir si tengo razón. Tienes miedo de que la obra no sea tan buena como pensabas.

Asiente.

—Estás preocupado por tu voz.

Asiente.

—¿Qué más? ¿Eso es todo?

Niega con la cabeza.

—Hum, te preocupa que no haga cambiar de idea a los homófobos.

No.

—Te preocupa potar en el escenario.

No.

—No sé, Tiny, pero, te preocupe lo que te preocupe, eres más fuerte que tus preocupaciones. Vas a petarlo. La ovación durará horas. Más que la obra.

—Will —susurra.

—No desperdicies la voz, tío.

—Will —repite.

—Dime.

—No. Will.

—Quieres decir el otro Will —le digo.

Alza las cejas y me sonríe.

—Voy a ver —le digo.

Veinte minutos para que se abra el telón, y el auditorio está casi lleno. Me detengo al borde del escenario y echo un vistazo sintiéndome un poco famoso. Luego bajo corriendo los escalones y recorro despacio el pasillo de la derecha. Yo también quiero que esté aquí. Quiero que personas como Will y Tiny puedan ser amigas, no solo ensayos que han conducido a errores.

Aunque ahora me da la impresión de que conozco a Will, apenas recuerdo cómo es. Voy descartando las caras de cada fila. Mil personas tecleando en el móvil, riéndose y revolviéndose en sus asientos. Mil personas leyendo el programa, en el que, luego me enteraré, a Jane y a mí se nos hace un agradecimiento especial por «ser geniales». Mil personas esperando para ver a Gary fingiendo ser yo durante un par de horas, sin tener ni idea de lo que están a punto de ver. Y tampoco yo lo sé, claro… Sé que la obra ha cambiado desde que la leí, hace unos meses, pero no sé cómo.

Tanta gente, e intento ver a cada uno de ellos. Veo al señor Fortson, el tutor de la AGH, sentado con su pareja. Veo a dos subdirectores del instituto. Y luego, cuando estoy ya en medio del pasillo recorriendo las caras en busca de Will Grayson, veo dos rostros conocidos que me miran fijamente. Mis padres.

—¿Qué estáis haciendo aquí?

Mi padre se encoge de hombros.

—Te sorprenderá saber que no ha sido idea mía.

Mi madre le da un codazo.

—Tiny me escribió un mensaje muy amable en el Facebook invitándonos personalmente, y pensé que era bonito.

—¿Eres amiga de Tiny en el Facebook?

—Sí. Me llegó una amistad solicitada —me contesta mi madre, que no se entera de cómo se dicen las cosas del Facebook.

—Bueno, gracias por venir. Yo estaré en el backstage, pero, bueno... Nos vemos luego.

—Saluda a Jane de nuestra parte —me dice mi madre muy sonriente y con tono conspiratorio.

—Lo haré.

Termino de subir el pasillo y bajo por el de la izquierda. Will Grayson no está. Cuando llego al backstage, veo a Jane con una botella extragrande de Pepto-Bismol en la mano.

La gira boca abajo y dice:

—Se la ha bebido toda.

Tiny salta desde detrás del escenario y canta.

—¡Y ahora estoy BiiiEEEN!

De momento su voz suena perfecta.

—Rock 'n' roll —le digo.

Se acerca a mí y me mira interrogante.

—Hay unas mil doscientas personas de público, Tiny —le digo.

—No lo has visto —me contesta negando suavemente con la cabeza—. Bien. Sí. Bien. Está bien. Gracias por obligarme a callarme.

—Y por tirar de la cadena con tus cincuenta mil litros de vómito.

—Claro, también. —Respira hondo, infla las mejillas y su cara se convierte en un círculo casi perfecto—. Creo que ha llegado la hora.

Tiny reúne a los actores y al equipo a su alrededor. Se arrodilla en el centro de un gran grupo de personas que se tocan entre sí porque una de las leyes de la naturaleza es que a la gente del teatro le encanta tocarse. Los actores están en el primer círculo que rodea a Tiny, todos (chicos y chicas) vestidos con el traje de los White Sox. Luego el coro, de momento vestidos todos de negro. Jane y yo nos acercamos también.

—Solo quiero daros las gracias, deciros que sois increíbles y que todo esto trata del amor. Y que siento haber gritado hace un rato. En realidad gritaba porque me mareaba estar rodeado de tanta gente increíble. —Sus palabras provocan algunas risas nerviosas—. Sé que estáis asustados, pero creedme: sois fantásticos. Y, en fin, no trata de vosotros. Hagamos realidad algunos sueños.

Todos gritamos y levantamos una mano hacia el techo. Se apaga la luz al otro lado del telón. Tres jugadores colocan el escenario en su sitio. Yo me retiro a un lado y me quedo en la oscuridad con Jane, que entrelaza sus dedos con los míos. El corazón me late con fuerza, imagino cómo sería estar ahora en el lugar de Tiny y rezo para que el cuarto de litro de Pepto-Bismol le cubra las cuerdas vocales, para que no se le olvide un verso, no se caiga, no se desmaye y no vomite. Bastante mal se pasa entre bastidores, así que entiendo el valor que hay que tener para salir al escenario y decir la verdad. Peor aún: cantar la verdad.

Una voz incorpórea dice: «Rogamos apaguen sus móviles para evitar interrumpir el fantástico espectáculo». Me meto la mano libre en el bolsillo y pongo el mío en modo vibración.

—Creo que voy a potar —le digo a Jane.

—Chisss —me contesta.

—Oye, ¿siempre llevo la ropa superarrugada? —le susurro.

—Sí. Chiss —me contesta también en susurros y me aprieta la mano.

Se abre el telón. El público aplaude educadamente.

Todos los actores están sentados en el banquillo excepto Tiny, que camina nervioso de un lado al otro por delante de los jugadores.

—Vamos, Billy. Paciencia, Billy. Espera tu turno.

Me doy cuenta de que Tiny no hace el papel de Tiny. Hace de entrenador.

El que hace de Tiny es un alumno gordito de primero. No deja de mover las piernas. No sé si está actuando o está nervioso. Dice con tono exageradamente afeminado:

—Eh, batea, batea, batea.

Parece que esté intentando ligarse al bateador.

—Idiota —dice alguien del baquillo—. Nuestro compañero está bateando.

—Tiny es de goma —dice Gary—. Tú eres de pegamento. Lo que digas le rebota y se pega a ti.

Sus hombros caídos y su mirada sumisa me permiten confirmar que Gary soy yo.

—Tiny es gay —añade otro.

El entrenador se gira hacia el banquillo y grita.

—¡Eh! ¡Eh! No se insulta a los compañeros.

—No es un insulto —dice Gary. Aunque ya no es Gary. El que habla no es Gary. Soy yo—. Es un hecho. Algunas personas son gays. Algunas personas tienen los ojos azules.

—Cállate, Wrayson —le espeta el entrenador.

El chico que hace de Tiny mira agradecido al chico que hace de mí, y entonces uno de los matones susurra:

—Sois los dos igual de gays.

—No somos gays —le digo—. Somos seis.

Sucedió. Lo había olvidado, pero, al revivir el momento, lo recuerdo.

Y el chico dice:

—Quieres ir a la segunda base… CON TINY.

Mi yo en escena se limita a poner los ojos en blanco. Entonces el gordito que hace el papel de Tiny se levanta, da un paso adelante, frente al entrenador, y canta «¿Qué es una segunda base para un gay?». Tiny da un paso adelante, se une a él armónicamente y ambos cantan la mejor canción de musical que he oído nunca. El coro canta:

> *¿Qué es una segunda base para un gay?*
> *¿Es ligar en Tokio?*
> *No le veo la gracia,*
> *pero quizá es lo más obvio.*

Detrás de los dos Tinys, que cantan codo con codo, los chicos del coro (Ethan incluido) empiezan una divertida y elaborada coreografía pasada de moda, de pasos altos, utilizando los bates como bastones y las gorras como sombreros de copa. En plena canción, la mitad de los chicos inclina los bates hacia la cabeza de la otra mitad, y aunque desde mi posición lateral veo que en realidad no les dan, cuando los otros chicos caen teatralmente hacia atrás y la música se interrumpe, jadeo con el público. Al momento saltan todos a la vez y se reanuda la canción. Cuando acaba, Tiny y el chico salen bailando del escenario, hacia los estruendosos gritos de la multitud, y cuando se apagan las luces, Tiny casi aterriza en mis brazos, bañado en sudor.

—No ha estado mal —me dice.

Asiento, sorprendido. Jane le ayuda a quitarse los zapatos y le dice:

—Tiny, eres un genio.

Tiny se quita el traje de béisbol, que deja al descubierto un polo violeta muy de su estilo y unos pantalones cortos.

—Lo sé, ¿vale? —dice—. Bueno, tengo que salir con los chicos.

Y corre al escenario. Jane me coge de la mano y me da un beso en el cuello.

La escena es tranquila. Tiny dice a sus padres que «seguramente es gay». Su padre se queda callado y su madre canta sobre el amor incondicional. La canción es divertida solo porque Tiny interrumpe con otras salidas cada vez que su madre canta «Siempre querremos a nuestro Tiny», como «Y he copiado en álgebra», «Vuestro vodka está aguado por algo» y «Le doy mis guisantes al perro».

Cuando acaba la canción, vuelven a apagarse las luces, pero Tiny se queda en el escenario. Al encenderse las luces, no hay decorado, pero, a juzgar por el vestuario de los actores, entiendo que estamos en el desfile del orgullo gay. Tiny y Phil

Wrayson están en el centro del escenario, y por ambos lados pasa gente cantando consignas y ondeando banderas. Gary se parece tanto a mí que me resulta extraño. Se parece más a mí en el primer año de instituto que Tiny a sí mismo en aquella época.

Hablan un minuto y luego Tiny dice:

—Phil, soy gay.

—¿Qué me estás contando? —le pregunto.

—Quiero decir que soy como ese. —Señala a Ethan, que lleva una camiseta de tirantes amarilla muy ceñida—. Está bueno y, si hablara con él un rato, tuviera personalidad y me respetara como persona, dejaría que me besara en la boca.

—¿Eres gay? —le pregunto claramente confundido.

—Sí. Lo sé. Sé que es un shock. Pero quería que fueras el primero en saberlo. Aparte de mis padres, claro.

Y entonces Phil Wrayson empieza a cantar más o menos lo mismo que dije yo cuando la escena sucedió realmente.

—Ahora me dirás que el cielo es azul, que utilizas un buen champú y que los críticos no valoran a Blink 182. Ah, ahora me dirás que el papa es religioso, que las putas follan por dinero y que Elton John es un mierdoso.

Y entonces la canción se convierte en un diálogo en el que Tiny canta su sorpresa ante el hecho de que yo supiera que era gay, y yo canto que era obvio.

—Pero soy un deportista, ¿ok?

—Tío, no podrías ser más gay.

—Pensaba que mi papel de hetero merecía un premio Tony.

—Pero, Tiny, ¡tienes mil Mi Pequeño Pony!

Y sigue así. No puedo dejar de reírme, pero sobre todo me cuesta creer que lo recuerde tan bien, que recuerde tan bien lo buenos que, pese a todo lo malo, siempre hemos sido el uno para el otro. Y canto:

—No estás enamorado de mí, ¿seguro?

—Preferiría un canguro —me contesta.

Y detrás de nosotros el coro levanta las piernas como las Rockettes.

Jane apoya las manos en mi hombro para que me incline y me susurra:

—¿Lo ves? Él también te quiere.

Me giro hacia ella y la beso en el instante de oscuridad entre el final de la canción y el principio del aplauso.

Cuando se cierra el telón para cambiar el decorado, no puedo ver la ovación del público, que se ha puesto en pie, pero la oigo.

Tiny sale del escenario corriendo y gritando:

—¡SÍÍÍÍÍÍÍÍÍÍÍÍ!

—Podría ir a Broadway —le digo.

—Mejoró mucho cuando decidí que tratara sobre el amor.

Me mira con una media sonrisa y sé que nunca ha estado tan cerca de mí. Tiny es el gay, pero yo soy el sentimental. Asiento y le susurro «gracias».

—Perdona si te sientes un poco incómodo en la siguiente parte.

Tiny alarga un brazo para tocarse el pelo, y Nick aparece de repente, como caído del cielo, y suelta un amplificador para sujetar el brazo de Tiny gritando:

—¡NO TE TOQUES EL PELO, QUE ESTÁ PERFECTO!

Se abre el telón, y el decorado es un pasillo del instituto. Tiny está colgando carteles. Estoy molestándolo, se me nota en la voz. No me importa, o al menos no me importa demasiado… Al fin y al cabo, el amor va unido a la verdad. Después de esta escena viene otra en la que Tiny bebe en una fiesta en la que el personaje de Janey hace su única aparición en escena. Un dueto con Phil Wrayson, cada uno a un lado de Tiny, que está borracho. La canción culmina con la voz de Gary, que de repente adquiere confianza en sí mismo, y luego Janey y yo nos inclinamos por encima de Tiny, que farfulla medio inconsciente, y nos besamos. Solo puedo ver la mitad de la escena, porque quiero ver la sonrisa de Jane mientras la observa.

A partir de aquí las canciones son cada vez mejores, hasta que, en la última canción antes del intermedio, todo el público canta con Oscar Wilde al dormido Tiny:

La pura y simple verdad
pocas veces es pura, y nunca simple.
¿Qué puede hacer un chico enamorado
cuando tanto las mentiras como la verdad son pecado?

Cuando termina la canción, se cierra el telón y se encienden las luces para el intermedio. Tiny corre hacia nosotros, apoya una mano en el hombro de Jane y otra en el mío, y suelta un grito de alegría.

—Es muy divertida —le digo—. De verdad. Es… increíble.

—¡Sí! Pero la segunda parte es mucho más oscura. Es la parte romántica. Vale, vale, vale, vale, ¡nos vemos luego! —dice.

Y sale corriendo a felicitar, y seguramente a reñir, a los actores. Jane me conduce a una esquina, apartados detrás del escenario, y me dice:

—¿De verdad hiciste todo eso? ¿Lo cuidaste en la liga escolar?

—Bueno, él también me cuidó —le contesto.

—La compasión es sexy —me dice mientras nos besamos.

Al rato veo que las luces se apagan y se encienden de nuevo. Jane y yo volvemos a nuestro punto de observación a un lado del escenario. Las luces vuelven a apagarse, lo que señala el final del intermedio. Y al momento, una voz desde arriba dice: «El amor es el milagro más cotidiano».

Al principio pienso que nos habla Dios, pero enseguida me doy cuenta de que la voz que sale de los altavoces es la de Tiny. Empieza la segunda parte.

Tiny se sienta al borde del escenario, a oscuras, y dice:

—El amor siempre es un milagro, en todas partes, en todo momento. Pero para nosotros es algo diferente. No quiero decir que sea más milagroso —dice, y la gente se ríe un poco—. Pero lo es.

Las luces se encienden poco a poco, y ahora veo que detrás de Tiny hay unos columpios de verdad, que parecen literalmente arrancados de un parque infantil y transportados al escenario.

—Nuestro milagro es diferente porque la gente dice que es imposible —sigue diciendo Tiny—. Como dice el Levítico: «Un tío no debe acostarse con otro tío».

Mira hacia abajo, luego al público, y sé que está buscando al otro Will, pero no lo encuentra. Se levanta.

—Pero no dice que un tío no deba enamorarse de otro tío, porque es imposible, ¿verdad? Los gays son animales que responden a sus deseos animales. Es imposible que los animales se enamoren. Pero…

De repente se le doblan las rodillas y se cae al suelo. Me sobresalto y empiezo a correr hacia el escenario para recogerlo, pero Jane me agarra de la camiseta mientras Tiny levanta la cabeza hacia el público y dice:

—Me caigo, me caigo, me caigo, me caigo, me caigo.

Y en ese preciso instante me vibra el móvil en el bolsillo. Lo saco. En la pantalla leo «Will Grayson».

capítulo veinte

lo que tengo ante mí es lo más flipante que he visto en mi vida. de lejos.

sinceramente, no creía que gideon y yo llegaríamos a tiempo. para empezar, el tráfico en chicago está fatal, pero en este caso avanzaba más despacio que el cerebro de un colocado. gideon y yo hemos tenido que hacer una competición de tacos para calmarnos.

ahora que lo hemos conseguido, me temo que no hay manera de que nuestro plan funcione. es una locura y a la vez una genialidad, que es lo que tiny merece. y me ha exigido hacer un montón de cosas que no suelo hacer, entre ellas:

- hablar con extraños
- pedir favores a extraños
- estar dispuesto a quedar como un imbécil
- dejar que alguien (gideon) me ayude

depende también de varias cosas que escapan a mi control, entre ellas:

- la amabilidad de extraños
- la capacidad de espontaneidad de extraños
- la capacidad de conducir deprisa de extraños
- que el musical de tiny tenga más de un acto

estoy seguro de que va a ser un desastre total. pero supongo que lo importante es que aun así voy a hacerlo.

sé que por poco no llego a tiempo, porque cuando gideon y yo entramos en el auditorio, están colocando unos columpios en el escenario. y no unos columpios cualesquiera. reconozco esos columpios. exactamente esos columpios. y ahora es cuando empiezo a alucinar de verdad.

gideon: puta mierda.

a estas alturas, gideon sabe lo que pasó. no solo con tiny y conmigo, sino también con maura y conmigo, con mi madre y conmigo, y en el fondo con todo el mundo y conmigo. y ni una vez me ha dicho que yo fuera un idiota, o malo, o terrible, o un caso perdido. en otras palabras, no me ha dicho nada de lo que me he dedicado a decirme a mí mismo. lo que me decía cuando veníamos en el coche era:

gideon: es lógico.
yo: ¿lo es?
gideon: totalmente. yo habría hecho lo mismo que tú.
yo: mentiroso.
gideon: no te miento.

de repente ha alargado su meñique.

gideon: te lo prometo. no te miento.

y he sujetado su meñique con el mío. hemos avanzado así un rato, con mi meñique enroscado en el suyo.

yo: la próxima vez nos haremos hermanos de sangre.
gideon: y haremos fiestas de pijamas.
yo: en el patio.
gideon: no invitaremos a chicas.
yo: ¿a qué chicas?
gideon: a las hipotéticas chicas a las que no invitaremos.
yo: ¿habrá galletas con nubes?
gideon: ¿tú qué crees?

sabía que sí.

gideon: sabes que estás loco, ¿verdad?
yo: ¿es una novedad?
gideon: por hacer lo que vas a hacer.
yo: ha sido idea tuya.
gideon: pero lo has hecho tú, no yo. bueno, estás hacién-
      dolo.
yo: ya veremos.

y era raro, porque mientras íbamos en el coche, no pensaba en gideon ni en tiny, sino en maura. mientras estaba en el
coche con gideon, tan cómodo conmigo mismo, no podía evi-

tar pensar que esto era lo que ella quería de mí. esto era lo que siempre quiso de mí. y nunca iba a ser así. pero supongo que por primera vez entiendo por qué ponía tanto empeño. y por qué tiny ponía tanto empeño.

ahora gideon y yo estamos en la parte de atrás del teatro. echo un vistazo a mi alrededor para ver quién ha venido, pero no distingo nada en la oscuridad.

los columpios están al fondo del escenario, y delante hay una fila de chicos del coro vestidos de chico, y de chicas vestidas de chico. sé que pretende ser un desfile de ex novios de tiny, porque mientras se colocan en fila cantan:

coro: ¡somos el desfile de ex novios!

no tengo la menor duda de que el chico del final se supone que soy yo. (va vestido de negro y parece de muy mal humor.) empiezan a cantar las razones por las que lo dejaron:

ex novio 1: eres demasiado inseguro.
ex novio 2: oírte cantar es duro.
ex novio 3: eres superlativo.
ex novio 4: soy demasiado pasivo.
ex novio 5: prefiero que seamos amigos.
ex novio 6: un futbolista no sale conmigo.
ex novio 7: he conocido a otro chico.
ex novio 8: mis razones no te las explico.
ex novio 9: no es para lanzar cohetes.
ex novio 10: solo ha sido un rollete.
ex novio 11: ¿quieres decir que no nos vamos a acostar?

ex novio 12: no puedo dejar de dudar.

ex novio 13: tengo otras cosas que hacer.

ex novio 14: tengo otros tíos con los que joder.

ex novio 15: nuestro amor solo era una invención.

ex novio 16: me preocupa que me rompas el colchón.

ex novio 17: prefiero quedarme leyendo, la verdad.

ex novio 18: creo que estás enamorado de mi necesidad.

eso es todo… cientos de mensajes y conversaciones, miles y miles de palabras dichas y enviadas, reducidas a una sola línea. ¿en eso se convierten las relaciones? una versión reducida del dolor, en la que no queda nada más. fue más que eso. sé que fue más que eso.

y quizá tiny también lo sabe. porque todos los demás ex novios salen del escenario menos el ex novio 1, así que veo que pasaremos por todos ellos, y quizá cada uno dará una lección a tiny y al público.

como tardaremos un rato en llegar al ex novio 18, supongo que es un buen momento para llamar al otro will grayson. me preocupa que tenga el móvil apagado, pero cuando salgo al vestíbulo para llamarlo (le pido a gideon que me guarde el sitio), me contesta y me dice que llega en un minuto.

lo reconozco de inmediato, aunque también en él algo ha cambiado.

yo: hola

o.w.g.: hola

yo: una obra magnífica.

o.w.g.: pues sí. me alegro de que hayas venido.

yo: yo también. porque, mira, he tenido una idea. bueno, en realidad la idea ha sido de mi amigo. pero lo que vamos a hacer es…

se lo explico.

o.w.g.: es una locura.

yo: lo sé.

o.w.g.: ¿crees que han venido?

yo: me han dicho que vendrían. pero si por lo que sea no han llegado, al menos estamos tú y yo.

el otro will grayson parece aterrorizado.

o.w.g.: tienes que empezar tú. yo iré después, pero no creo que pueda empezar yo.

yo: trato hecho.

o.w.g.: es una auténtica locura.

yo: pero tiny se lo merece.

o.w.g.: sí, tiny se lo merece.

sé que deberíamos volver a la obra, pero, ahora que lo tengo frente a mí, hay algo que quiero preguntarle.

yo: ¿puedo preguntarte algo personal, de will grayson a will grayson?

o.w.g.: hum… claro.

yo: ¿te da la impresión de que algo ha cambiado? quiero decir, desde la primera vez que nos vimos.

el o.w.g. lo piensa un segundo y asiente.

o.w.g.: sí. creo que no soy el will grayson de antes.
yo: yo tampoco.

abro la puerta del auditorio y echo un vistazo. todavía están en el ex novio 5.

o.w.g.: mejor vuelvo al backstage. jane se preguntará adón-
    de he ido.
yo: jane, ¿eh?
o.w.g.: sí, jane.

es muy bonito… su cara refleja doscientas emociones diferentes cuando dice el nombre de jane… desde la más absoluta
preocupación hasta la felicidad total.

yo: bueno, volvamos a nuestro sitio.
o.w.g.: buena suerte, will grayson.
yo: buena suerte para todos.

me cuelo dentro y busco a gideon, que me pone al corriente de lo que está pasando.

gideon (susurrando): el ex novio seis iba sobre suspenso-
    rios. hasta el fetichismo, diría.

casi todos los ex novios son así… no son tridimensionales,
pero enseguida queda claro que es deliberado, que tiny está

mostrando que no llegó a conocer todas sus dimensiones, que estaba tan inmerso en estar enamorado que en realidad no dedicó tiempo a pensar de qué estaba enamorado. es una auténtica tortura, al menos para ex como yo. (veo a algunos chicos que también se revuelven en sus asientos, de modo que seguramente no soy el único ex del público.) dejamos atrás los diecisiete primeros ex, se apagan las luces y trasladan los columpios al centro del escenario. de repente un foco cae sobre tiny, que está en un columpio, y es como si mi vida se rebobinara y volviera a representarse ante mí, solo que en forma de musical. es exactamente como lo recuerdo… hasta que deja de serlo y tiny se inventa este diálogo para nosotros.

yo en el escenario: lo siento de verdad.

tiny: no lo sientas. me enamoré de ti. sé lo que sucede al final de la caída… llegas al suelo.

yo en el escenario: pero me cabreo conmigo mismo. soy lo peor del mundo para ti. soy tu granada de mano sin anilla.

tiny: me gusta mi granada de mano sin anilla.

es gracioso… me pregunto si yo habría dicho eso, y si lo habría dicho él, y si en ese caso las cosas habrían sido distintas. porque yo habría sabido que me entendía, al menos un poco. pero supongo que ha tenido que escribirlo en un musical para verlo. o decirlo.

yo en el escenario: bueno, a mí no me gusta ser tu granada de mano sin anilla. ni la de nadie.

pero lo raro es que, por una vez, siento que la anilla está en su sitio.

ahora tiny mira al público. es imposible que sepa que estoy aquí. pero aun así quizá me busca.

> tiny: solo quiero que seas feliz. conmigo, con cualquier otro o con nadie. solo quiero que seas feliz. solo quiero que estés bien con tu vida. con la vida tal y como es. y yo también. es muy duro aceptar que la vida es caer. caer y tocar el suelo, y caer y tocar el suelo. estoy de acuerdo en que no es lo ideal. estoy de acuerdo.

habla conmigo. habla consigo mismo. quizá es lo mismo. me llega. lo entiendo.

y entonces me pierde.

> tiny: pero phil wrayson me enseñó una vez una palabra: *weltschmerz*. es la depresión que sientes cuando el mundo real no encaja con el mundo que crees que debería ser. vivo en un gran océano de *weltschmerz*, ¿sabes? y tú también. y todo el mundo. porque todo el mundo cree que debería ser posible seguir cayendo y cayendo para siempre, sentir el aire en la cara mientras caes, ese aire que te hace sonreír de oreja a oreja. y debería ser posible. deberíamos poder caer siempre.

y pienso: no.

de verdad. no.

porque me he pasado la vida cayendo. no las caídas de las

que habla tiny. él habla del amor. yo hablo de la vida. en mis caídas no tocas el suelo. te estrellas contra el suelo. con fuerza. muerto, o con ganas de estar muerto. así que caer es la peor sensación del mundo. porque sientes que no puedes controlarlo. porque sabes cómo acaba.

no quiero caer. lo único que quiero es tener los pies en el suelo.

y lo raro es que siento que ahora los tengo. porque estoy intentando hacer algo bueno. igual que tiny intenta hacer algo bueno.

tiny: sigues siendo una granada de mano sin anilla en un mundo que no es perfecto.

no, soy una granada de mano en un mundo cruel. pero, cada vez que me equivoco, la anilla se afianza un poco más.

tiny: y yo sigo siendo… cada vez que me sucede, cada vez que toco el suelo, duele como si fuera la primera vez.

ahora se columpia más alto, se da impulso con las piernas, y los columpios crujen. parece que va a tirarlos abajo, pero sigue moviendo las piernas, tirando de las cadenas con los brazos y hablando.

tiny: porque no podemos detener la *weltschmerz*. no podemos dejar de imaginar cómo podría ser el mundo. ¡es increíble! ¡es lo que más me gusta del ser humano!

ahora, cuando llega a lo más alto del arco, se sale del foco de luz y grita al público desde la oscuridad. luego vuelve a verse el columpio, su espalda y su culo se precipitan hacia nosotros.

tiny: y si vas a vivirlo, vas a caer, vas a enamorarte. ¡por eso amo al ser humano!

en lo alto del arco, por encima de las luces, salta del columpio. es tan ágil y rápido que apenas lo veo, pero levanta los brazos, estira las piernas, salta y se agarra a una viga. el columpio cae antes que él, y todo el mundo (el público y el coro) jadea.

tiny: ¡porque sabemos lo que sucede cuando saltamos!

la respuesta es, por supuesto, que nos caemos de culo. que es exactamente lo que hace tiny. suelta la viga, cae delante de los columpios y se queda tirado en el suelo. me encojo, y gideon me coge de la mano.

no sé si el chico que hace de mí está actuando o no cuando pregunta a tiny si está bien. en cualquier caso, tiny le indica con la mano que se vaya, hace una seña al director de orquesta, y al momento empieza una canción lenta, con las teclas del piano muy espaciadas. tiny recupera la respiración durante la intro y empieza a cantar de nuevo.

tiny: *se trata de caer*
tocas el suelo y te levantas para volver a caer

se trata de caer
no me dará miedo volver a darme contra esa pared

reina el caos. el coro se aferra desesperadamente al estribillo. siguen cantando sobre caerse, y entonces tiny da un paso adelante y canta por encima de ellos.

tiny: quizá esta noche os da miedo caer, y quizá hay alguien por aquí o por donde sea en el que pensáis, por el que os preocupáis, por el que os inquietáis, intentáis descubrir si queréis caer, o cómo y cuándo vais a tocar el suelo, pero tengo que deciros, amigos, que dejéis de pensar en el suelo, porque se trata de caer.

es increíble. es como si se elevara por encima del escenario. cree totalmente en lo que dice.

y yo sé lo que tengo que hacer. tengo que ayudarle a entender que lo que de verdad importa es la fe, no las palabras. tengo que conseguir que entienda que lo importante no es caer. es flotar.

tiny pide que enciendan las luces. mira al público, pero no me ve.

trago saliva.

gideon: ¿listo?

la respuesta a esta pregunta siempre será no. pero de todas formas tengo que hacerlo.

tiny: quizá hay algo que os da miedo contar, o alguien a quien os da miedo querer, o algún sitio al que os da miedo ir. dolerá. dolerá porque importa.

no, pienso. NO.
no tiene que doler.
me levanto. y casi vuelvo a sentarme. mantenerme en pie me exige todas mis fuerzas.
miro a gideon.

tiny: pero acabo de caerme, de tocar el suelo, y estoy aquí para deciros que tenéis que aprender a amar las caídas, porque se trata de caer.

extiendo el meñique. gideon enlaza el suyo con el mío.

tiny: caed por una vez. ¡dejaos caer!

ahora todos los actores están en el escenario. veo que el otro will grayson asoma también. lleva unos vaqueros arrugados y una camisa a cuadros. a su lado está una chica que debe de ser jane, con una camiseta que dice «Estoy con Phil Wrayson».
tiny hace un gesto, y de repente todos empiezan a cantar.

coro: abrázame, abrázame…

y yo sigo en pie. miro al otro will grayson, que parece nervioso, aunque sonríe. y veo que varias personas me miran y asienten. dios, espero que sean los que quiero que sean.

de pronto, tiny abre los brazos y detiene la música. se desplaza al frente del escenario, y los demás actores se quedan a oscuras. el foco solo lo ilumina a él, que mira al público. se queda ahí un momento, absorbiéndolo todo. y entonces da fin a la obra diciendo:

tiny: me llamo tiny cooper. y esta es mi historia.

la sala se queda en silencio. la gente espera a que se cierre el telón para que la obra termine definitivamente, para que empiecen las ovaciones. tengo menos de un segundo. aprieto con fuerza el meñique de gideon y lo suelto. levanto la mano.
tiny me ve.
otras personas del público me ven.
grito

yo: ¡TINY COOPER!

ya está.
espero de verdad que funcione.

yo: me llamo will grayson. ¡y te valoro, tiny cooper!

ahora todos me miran, muchos de ellos confundidos. no tienen ni idea de si forma parte de la obra.
¿qué puedo decir? estoy cambiando el final.
ahora se levanta un chico de veintipocos años con un chaleco moderno. me mira un segundo, sonríe, se gira hacia tiny y dice:

chico: yo también me llamo will grayson. vivo en wilmet-
te. y también te valoro, tiny cooper.

el siguiente es un hombre de setenta y nueve años sentado
en la última fila.

anciano: me llamo william t. grayson, pero puedes llamarme will. y no tengo la más mínima duda de que te valoro, tiny cooper.

gracias, google. gracias, listín telefónico de internet. gracias a los que se ocupan de los nombres.

mujer de cuarenta y pico: ¡hola! me llamo wilma grayson,
de hyde park. y te valoro, tiny cooper.

niño de diez años: me llamo will grayson. cuarto. mi padre no
ha podido venir, pero los dos te valoramos, tiny cooper.

falta uno. un alumno de la northwestern.
se produce una pausa dramática. todo el mundo mira a su
alrededor.
y por fin se levanta. si el frenchy pudiera embotellarlo y
venderlo como porno, seguro que sería dueño de medio chicago en un año. es lo que sucedería después de nueve meses si
abercrombie se follara a fitch. es como una estrella de cine, un
nadador olímpico y el próximo ganador del concurso televisi-
vo de modelos masculinos a la vez. lleva una camisa plateada y
pantalones rosas. todo en él brilla.

para nada es mi tipo. pero…

Dios Gay: me llamo will grayson. y te quiero, tiny cooper.

al final, tiny, que por una vez no ha abierto la boca en todo el rato, consigue decir unas palabras.

tiny: 847-555-3982
Dios Gay: 847-555-7363
tiny: QUE ALGUIEN ME LO APUNTE, POR FAVOR.

la mitad del público asiente.
y la sala vuelve a quedarse en silencio. de hecho, es un poco embarazoso. no sé si sentarme o qué.
entonces se oye un crujido procedente de la parte oscura del escenario. el otro will grayson sale del coro, se dirige a tiny y lo mira a los ojos.

o.w.g.: sabes cómo me llamo. y te quiero, tiny cooper. aunque no de la misma manera que podría quererte el chico de los pantalones rosas.

y entonces interviene la chica que debe de ser jane.

chica: yo no me llamo will grayson, pero te valoro un montón, tiny cooper.

es lo más raro que he visto en mi vida. uno a uno, todos los actores le dicen a tiny cooper que lo valoran. (incluso el tipo al que llaman phil wrayson… ¿qué posibilidades hay de que exista ese nombre?) y luego el público se apunta. fila a fila. algunos lo dicen. otros lo cantan. tiny llora. yo lloro. todo el mundo llora.

pierdo la noción de cuánto dura. y después, cuando han acabado, empiezan los aplausos. el aplauso más fuerte que he oído en mi vida.

tiny avanza hasta el extremo del escenario. le tiran flores.

nos ha unido. todos lo sentimos.

gideon: lo has hecho bien.

volvemos a enlazar nuestros meñiques.

yo: sí, lo hemos hecho bien.

saludo con la cabeza al otro will grayson, que sigue en el escenario. me devuelve el saludo. él y yo compartimos algo.

pero ¿la verdad?

todo el mundo la tiene.

es nuestra maldición y nuestra bendición. es nuestro ensayo y nuestro error. nuestro intentarlo.

el público sigue aplaudiendo. miro a tiny cooper.

por gordo que sea, ahora mismo flota.

Reconocimientos

Reconocemos que Jodi Reamer es una agente de la hostia y reconocemos además que puede ganarnos a los dos a la vez haciéndonos un pulso.

Reconocemos que meter el dedo en la nariz de un amigo es una decisión personal y que puede no ser apropiado para todo tipo de personalidades.

Reconocemos que este libro seguramente no habría existido si Sarah Urist Green no se hubiese reído a carcajadas cuando le leímos los dos primeros capítulos hace mucho tiempo, en una casa muy muy lejana.

Reconocemos que nos decepcionó un poco saber que la marca de ropa Penguin no tiene nada que ver con la editorial Penguin, porque esperábamos que nos hicieran descuento en sus elegantes camisetas.

Reconocemos que Bill Ott, Steffie Zvirin y el hada madrina de John, Ilene Cooper, son absolutamente maravillosos.

Reconocemos que, del mismo modo que no podríamos ver la luna si no fuera por el sol, jamás nos podríais haber visto si no fuera por el magnífico e ininterrumpido brillo de nuestros amigos escritores.

Reconocemos que uno de nosotros copió en los exámenes de selectividad, pero no era su intención.

Reconocemos que los nerdfighters son increíbles.

Reconocemos que ser la persona que Dios te hizo no puede alejarte del amor de Dios.

Reconocemos que terminamos a tiempo este libro para convencer a nuestra experta editora, Julie Strauss-Gabel, de que pusiera a su hijo Will Grayson, aunque fuera una niña. Lo que hasta cierto punto resulta inverosímil, porque seguramente deberíamos ser nosotros los que pusiéramos su nombre a nuestros hijos. Aunque fueran niños.

TAMBIÉN DE
JOHN GREEN

BAJO LA MISMA ESTRELLA

A Hazel y a Gus les gustaría tener vidas más corrientes. Algunos dirían que no han nacido con estrella, que su mundo es injusto. Hazel y Gus son solo adolescentes, pero si algo les ha enseñado el cáncer que ambos padecen es que no hay tiempo para lamentaciones, porque, nos guste o no, solo existe el hoy y el ahora. Y por ello, con la intención de hacer realidad el mayor deseo de Hazel —conocer a su escritor favorito— cruzarán juntos el Atlántico para vivir una aventura contrarreloj, tan catártica como desgarradora. Destino: Amsterdam, el lugar donde reside el enigmático y malhumorado escritor, la única persona que tal vez pueda ayudarles a ordenar las piezas del enorme puzle del que forman parte. Rebosante de agudeza y esperanza, *Bajo la misma estrella* es la novela que ha catapultado a John Green al éxito. Una historia que explora cuán exquisita, inesperada y trágica puede ser la aventura de saberse vivo y querer a alguien.

Ficción

TAMBIÉN DISPONIBLE

El teorema Katherine
Ciudades de papel

VINTAGE ESPAÑOL
Disponibles en su librería favorita.
www.vintageespanol.com